코시안
Kosian

코시안
Kosian

1쇄 인쇄 · 2019년 4월 27일
1쇄 발행 · 2019년 5월 1일

지은이 · 김우영
펴낸이 · 김화정
펴낸곳 · 푸른생각

편집 · 지순이 | 교정 · 김수란
등록 · 제310-2004-00019호
주소 · 경기도 파주시 회동길 337-16(서패동 470-6)
대표전화 · 031) 955-9111(2) | 팩시밀리 · 031) 955-9114
이메일 · prun21c@hanmail.net
홈페이지 · www.prun21c.com

ⓒ 푸른생각, 2019

ISBN 978-89-91918-72-6 03810

값 15,900원

청소년의 꿈과 미래를 위한 양서를 만들고 있습니다.
잘못된 책은 푸른생각이나 구입처에서 교환해 드립니다.
이 도서의 국립중앙도서관 출판예정도서목록(CIP)은 서지정보유통지원시스템
홈페이지(http://seoji.nl.go.kr)와 국가자료공동목록시스템(http://www.nl.go.kr/kolisnet)
에서 이용하실 수 있습니다. (CIP제어번호: CIP2019015722)

코시안
Kosian

김우영 장편소설

푸른생각
PRUNSAENGGAK

다문화사회의 현상을 다룬 장편소설이 10여 년 만에 세상에 나온다. 우리말(한국어)을 가까이하며 자연스럽게 다문화가족에 대한 공부도 함께 하게 되었다. 한국이 좋아 우리 곁으로 와 살면서 만나는 '코시안(Kosian=Korean+Asian)'을 보면 안타깝고 아련하다.

외국 나들이를 한 지가 30여 년 되었다. 1992년 8월 한·중 수교가 맺어지고 3년 후 충남 서천신문사와 함께 중국 백두산을 시작으로 매년 1회 이상 중국을 다녔다. 그러면서 중국 대륙을 떠도는 한궈쓰성쯔(한·중 2세 사생아)를 발견하였다. 지금도 중국 요령성 심양 서탑 네거리에서 들은, 우리와 피가 섞인 아이들의 '큰아버지 천원 주세요' 하는 목멘 소리가 귀에 선하다.

베트남전쟁으로 우리와 얽혀 있는 베트남은 1975년 4월 30일 통일이 되고 1986년 베트남공산당 제6차 대회에서 단호하게 도이모이 정책(새로운 변혁경제 정책)을 실시하여 국호를 개방하였다. 따라서 2000년 5월 한겨레신문과 함께 베트남 문화탐방을 다녀와 2002년 5월 2년여 만에 베트남전쟁이 낳은 '라이따이한'을 제재로 한 단편소설집을 출간하였다. 베트남 중부지방 동바시장에서 바지 끝을

잡고 '원 달라, 원 달라'를 외치던 라이따이한(한ㆍ베트남 2세 사생
아)의 잔영이 지금도 눈에 잡힐 듯하다.

　필리핀을 자주 다니며 코피노(Kopino)라고 불리는 한ㆍ필리핀 2
세 사생아들을 만났다. 어디 이뿐이겠는가? 몽골, 러시아, 태국, 방
글라데시, 라오스, 캄보디아 등 한국인과 현지인들 사이에서 태어
난 사생아는 많을 것이다.

　21세기 다문화 시대를 맞아 대학원에서 한국어와 국어국문학을
연구하며 코시안을 만난 것을 계기로 다문화사회현상 장편소설 『코
시안』을 쓰게 되었다.

　'코시안'이란 용어는 1997년경 다문화가정이 그들 스스로를 가리
키는 말로 처음 사용되었고, 2000년대 들어 동남아시아 국가 출신
의 여성과 한국 남성 간의 국제결혼이 증가하면서 많이 회자되기
시작했다.

　1990년대 이후 취업을 위해 국내로 들어오는 외국인이 2018년 말
현재 200만 명에 육박한다. 특히 동남아시아에서 많은 노동자들이
들어와 국내에 체류하고 있다. 이 가운데 한국인 아내와 아시아인
남편, 그 사이에서 태어난 아이로 이뤄진 '코시안 가정'이 늘어나면
서, 그중 상당수가 언어와 문화, 생활 등 여러 가지 사회문제를 안
고 있다. 내가 살고 있는 충남과 대전에도 코시안이 2,000여 명으로

파악되고 있다.

우리나라는 다문화가족에 대한 이해보다는 배타적인 단일민족의 풍토 등으로 외모가 다른 코시안을 배척하는 경향이 있다. 몇 해 전 어느 방송사에서 〈깜근이 엄마〉라는 제목으로 코시안에 대해 다룬 드라마가 방영되어 사회적 이슈가 되며 관심을 받기도 했지만 늘어나는 코시안에 대한 종합적이고 체계적인 정책과 관심은 부족한 실정이다.

피부색이 다르고 인종이 다르지만 이들은 분명 한국인이다. 이들이 당당한 한국인으로 상처를 받지 않고 성장할 수 있도록 우리가 가슴을 크게 열고 보듬어야 한다.

문학은 시대를 딛고 걸어가고, 시대는 문학을 업고 간다고 생각한다. 이러한 맥락에서 볼 때, 이 소설은 작금의 다문화시대를 업고 쓴 현재 사회현상 장편소설이다. 다문화사회로 가는 우리 한국 사회를 비롯하여 베트남, 필리핀, 중국 등의 아시아 여러 국가의 사회 문제를 고민하며 이를 소재로 한 스토리를 옴니버스(Omnibus) 형태로 써나갔다.

모쪼록 이 소설이 라이따이한, 한궈쓰성쯔, 코피노를 비롯하여 많은 다문화가족을 이해하고 함께 살아가는 데 도움이 되었으면 한다.

이 책이 나오기까지 도움을 주신 중부대학교 최태호 교수님을 비롯하여 오세영 교수님, 박종호 교수님, 이강현 교수님과 화신사이버대학 김영희 한국어학과장님에게 감사의 인사를 올린다.

또한 4년여 대전중구다문화교회 다문화센터 '김우영 작가의 한국어교실'을 함께 운영한 한진호 센터장님, 임주성 교장 선생님과 중부대학교 한국어학과에서 함께 공부한 제자들을 비롯하여 한국문화해외교류협회와 한글세계화운동본부, 한국문학신문, 대전중구문학회 회원님과 주변의 고마운 지인들에게도 인사를 전한다.

또한 이 소설이 10여 년 만에 빛을 보도록 애써주신 푸른사상사 한봉숙 사장님과 편집부에게도, 그리고 아픔을 딛고 일어서는 사랑하는 아내와 자녀들, 우리 7남매 형제 가족들에게 고맙다는 인사를 보낸다.

2019년 5월
대한민국 한밭벌 보문산 아래 문화마을에서
나은 길벗 김우영 작가

차례

코시안의 아픔, 그리고 고난의 행군

 김한글 교수는 마른기침을 하였다. 감기 기운이 있는 것을 보아 요즘 여러 곳의 강의장을 돌며 무리를 한 탓이라고 생각했다.

 '벌써 겨울인가? 문화동 집 앞뜰에 매달린 빠알간 홍시감을 보며 가을인가 싶었는데…….'

 김 교수는 아침 신문을 펼쳐 들고 읽다 놀라 신문에 두 눈을 빠뜨리고 말았다. 보고 또 보아도 10세 소년이 이런 끔찍한 일을 저질렀다는 게 믿어지지 않았다.

 10세 장모 군 학교에서 친구들 2명 커터칼로 목 난자 현장 즉사.
 한국인 아버지와 베트남 어머니를 둔 혼혈아, 인종차별에 불만 품고 인명 사고 일으켜….

한국인 아버지와 10여 년 전 한국으로 시집 온 베트남인 어머니 사이에서 태어난 코시안 소년. 본래 이름은 장두익(張斗益)이었지만 베트남에서 시집 온 어머니가 베트남어로 '장뚜이' '뚜이'라고 불러 가족도 주변 사람들도 그렇게 부르고 있었다.

장뚜이는 태어나 성장하면서 가족과 주변으로부터 '튀기' '시커먼스' '베트남 깜둥이'라는 인종차별적인 천대를 받으며 늘 가슴에 응어리를 키우고 있었다. 치욕적인 인종차별은 초등학교에 가서 더욱 극대화되었다. 친구들끼리 먹는 급식도 뚜이를 빼고 한국인 급우들끼리 먹고 자기들끼리만 놀았다. 심지어는 게임방에 갈 때도 뚜이를 제외하고 갔다.

집에서도 할머니가 뚜이 모자를 심하게 차별하는 것을 보고 자란 터였다. 집에서나 학교에서나 뚜이는 깜둥이 아들이라는 인종차별 속에서 눈치만 보며 자랐다. 그러던 어느 날 뚜이 아버지가 밭에서 일하고 경운기 끌고 집에 돌아오다가 붉은 노을빛 따라 처연하게 숨지고 말았다. 그나마 한국인 아버지가 있을 때는 의지라도 있어 견디었는데 이제는 외국인 엄마와 뚜이뿐이어서 외톨이 신세의 외로움은 더해만 갔다. 오늘도 할머니는 뚜이 엄마가 따뜻한 물을 사용하지 못하게 했다. 뚜이는 학교로 가면서 두 손을 불끈 쥐고 다짐을 했다.

'요 할머니, 두고 보자아!'

학교에서 친구들은 늘 이렇게 놀렸다.

"가난한 나라 베트남 '깜둥이 엄마' 둔 시커먼스!"

"튀기하고는 놀지 말자!"

그러던 중에 사고 당일 뚜이를 심하게 자극하는 놀림이 있었다.

"야, 너희 엄마가 깜둥이 시커먼스지? 뚜이 너 바지 내려봐. 거기도 시커먼지 한번 보자. 흐흐흐!"

"그래, 벗어봐! 어서 깜둥이 엄마를 닮아 뚜이도 시커먼지 봐야겠다. 히히힛!"

그동안 집 주변의 이웃과 학교 친구들로부터 당하는 인종차별에 장뚜이는 매일매일 속이 부글부글 끓었다. 이날 따라 자극적이고 심한 놀림에 뚜이는 견딜 수 없었다. 그러다가 참았던 울분이 불꽃되어 터지고 만 것이었다. 순간 자신도 모르게 필통으로 손이 가 커터칼을 집어들고 놀리던 친구를 향하여 뛰었다.

"죽여버릴 거야!"

"야, 거기 서! 인마!"

"엇, 저 시커먼스 쫓아오네?"

"어, 저거 커터칼을 들었나 봐. 피해!"

그러나 죽이기로 마음 먹고 사력을 다하여 쫓는 뚜이를 떨칠 수는 없었다. 뚜이는 잠시 추격 끝에 붙잡은 친구 두 명을 교실 바닥에 넘어뜨리고 커터칼로 목을 그었다.

"개시키, 개시키! 내가 시커먼스야? 그럼 네놈들을 시뻘겋게 만들어주마."

"이 새끼는 우리 엄마를 베트남에서 온 가난한 '깜둥이 엄마'라고 놀렸지. 에이, 이노무시키……"

"아, 아아악……!"

"사, 사람, 살려요……!"

"허어억…… 허어억……!"

뚜이의 손에 잡힌 두 아이는 뚜이를 유난히도 괴롭히던 아이들이었다. 순식간에 일어난 일이었다. 친구 둘을 교실 바닥에 넘어뜨리고 배에 올라탄 뚜이는 날카롭고 번뜩이는 커터칼을 목 좌우로 쓰으윽…… 쓰으윽…… 섬뜩하게 문질렀다. 그러고는 공포에 질려 도망도 못 가는 다른 친구의 배를 깔고 앉아 역시 마찬가지로 커터칼을 좌우로 흔들며 목을 난도질했다. 그것도 한 번도 아닌 여러 번에 걸쳐.

선홍빛 피가 뚜이 얼굴과 머리, 어깨로 튀다가 교실 바닥으로 흘렀다. 교실 바닥은 마치 갑작스럽게 내린 소나기에 황톳물이 흐르는 시골길처럼 시뻘건 피가 흘러 피범벅이 되었다.

그 직후 뚜이의 괴이한 행동에 주변 사람들은 더욱 놀랐다. 뚜이는 방금 친구의 목을 그으며 튀긴 피가 묻은 손으로 교실 벽에 붙어 있는 장난감 총을 떼었다. 그러고는 주변에 몰려 있는 학생들과 교사들을 향하여 총을 난사하는 시늉을 하며 포효했다.

"야, 이 개식끼들아! 나랑 엄마는 베트남에서 온 시커먼스다. 이 놈들아, 너희 나라 잘살면 얼마나 잘산다고 지랄이야 지랄이. 이 기관총으로 다 쏴 죽일 거야! 따따따땅! 따따따땅!"

뚜이는 실제 소리가 나지 않는 장난감 모형총을 가지고 주변을 빙빙 돌며 기관총을 난사하듯 입으로 소리를 내며 울부짖었다. 까만 얼굴에 큰 눈을 번득이며 누가 가까이 오기라도 하면 바로 죽여버릴 듯이 소리를 지르며 날뛰었다는 것이다. 이를 지켜본 어느 학생은 벌벌 떠는 손으로 뚜이를 가리키며 이렇게 말했다.

"야, 저…… 저 자식 장뚜이? 꼭 텔레비전에서 나오는 시커먼 람보 같다! 야, 무 무섭다아, 무서워……!"

그나마 제정신을 차린 몇몇 아이들이 교무실에 알리고 제일 먼저 달려온 교사가 즉석에서 핸드폰으로 경찰에 신고하였다. 교사들은 아이들을 다른 교실로 내보내고 경찰이 올 때까지 기다렸다. 뒤늦게 온 5학년 담임 최 선생과 6학년 담임 박 선생이 한켠으로 물러나며 대화를 주고받았다.

"박 선생님, 저 아이들이 스무 살 청년으로 성장하여 군대를 가면 가공할 탄약과 무기를 다룰 텐데 저 뚜이처럼 총부리를 적군이 아닌 아군에게 겨누면 어쩌지요?"

머리가 벗겨진 박 선생은 고개를 숙이며 탄식조로 대답한다.

"맞아요, 최 선생님. 그 문제가 큰일이군요. 만약 코시안 2세, 3세들이 군대에서 미사일 기지의 발사 버튼을 담당한 병사라면 더욱 심각하군요. 표적 대상지가 적이 아닌 아군이라면?"

"아, 만약 그 표적이 청와대를 향한다면?"

"맞아요. 만약 코시안 2세로서 저렇게 뚜이처럼 불만에 싸여 있다가 군대에 가서 박격포 사수가 되어 서울시내 한복판으로 발사 스위치를 누른다면……?"

"아, 생각만 해도 소름이 끼쳐요."

"이거야말로 우리가 만든 부메랑이야. 스스로 자폭하게 생겼어요. 저 뚜이의 무서운 눈빛을 보세요, 최 선생님."

조용하던 학교는 금방 출동한 경찰차로 인하여 운동장에 소요가 일고 교장과 교무실 교사, 학생들이 주변으로 몰려들었다. 가해자 장뚜이는 사고 현장에서 긴급 출동한 경찰에 체포되어 연행되고, 목을 난자당한 두 학생은 뒤이어 병원 앰뷸런스에 실려 나갔지만 숨이 멎어 즉사한 뒤였다.

사고 현장은 경찰에 의하여 '수사 중 접근 금지'라고 쓰인 폴리스 라인으로 둘러쳐지고 건장한 전경 몇이서 총을 들고 현장을 지키고 있었다. 대낮에 일어난 희대의 커터칼 난자 사건에 신문과 방송사 기자들이 구름처럼 현장에 출동하여 취재하고 있다. 방송사는 수시로 속보로 알리고 사고 현장과 경찰서, 병원 등을 번갈아가며 취재에 열을 올리고 있다.

이 사고로 학교와 교육청, 교육과학기술부, 여성가족부, 외교통상부는 물론이고 행정자치부와 청와대까지 긴급회의를 열어 대책을 세우는 등 사회가 크게 동요했다.

다음 날 신문과 방송에서는 일명 다문화가정 형성에 따른 '코시안(Kosian, Korean+Asian)' 또는 '온누리안(Onnurian)'에 대한 집중 취재와 특집, 대담이 이어졌다. 사건은 연일 화제의 이슈가 되어 달아올랐다.

김 교수는 참담한 표정으로 옷을 입고 일어섰다. 사고 현장과 병원, 경찰서 등을 오가며 취재 열기가 뜨거운 텔레비전을 끄고 집을 나섰다. 감기로 기침을 하며 지하철을 탔다. 저녁때이지만 지하철은 제법 많은 사람들로 붐비고 있었다.

김 교수는 의자에 등을 기대고 앉아 눈을 감았다. 방금 집에서 보고 나온 신문과 TV의 장면들, 장뚜이가 피투성이로 경찰에 연행되는 모습이며 이를 바라보는 교사와 학생들의 눈초리가 머릿속에 가득하였다.

'외국인 여성과 코시안.'

이들은 김 교수가 매일 만나는 사람들 아닌가? 새삼 자신의 일에 대한 많은 생각이 교차한다. 김 교수가 대전 둔산동에 있는 아침대학교 한국어과에 강의를 나가기 시작한 것은 오래되었다.

김 교수는 유난히 한글을 좋아하신 선친의 영향을 받아 이름까지 '김한글'로 작명(作名)을 받았다. 선친의 우리말 사랑의 환경 속에서 성장하다 보니 자신도 자연스럽게 한국어를 사랑하게 되었다.

대학에서 국문학을 전공하여 이른바 이 지역에서는 한글을 사랑하는 김한글 교수, 우리말을 좋아하는 학자, 다문화가정에 대한 전문 교수로 통하고 있다. 특히 다문화가정에 대한 애착은 누구도 김 교수를 따를 사람이 없을 정도로 대전에서는 열심히 뛰고 있다. 강의, 상담, 취업, 법률, 결혼, 자녀, 영주 문제 등 다양한 분야에서 활동하고 있어 하루 24시간이 모자랄 정도로 바쁘게 움직이고 있다.

오늘날 베트남, 필리핀, 말레이시아, 태국, 방글라데시, 중국 등 아시아권을 비롯하여 서구와 유럽 등의 다양한 민족이 한국으로 옮겨와 살고 있어, 그야말로 지구촌 한 가족 시대에 살고 있음을 실감하게 한다. 또한 근래에는 북한의 탈북자, 이른바 '새터민' 문제가 부상하여 다문화가정의 교육과정이 더욱 바빠졌다. 새터민은 같은 동족이지만 언어나 문화, 생활 양식이 달라 다른 이국인 못지않게 이 분야에 종사하는 교육자를 바쁘게 하고 있다.

오늘 코시안 학생이 교실에서 벌인 폭력치사 사건으로 코시안 문제는 국민의 관심사로 떠올랐다. 코시안은 한국인 아버지와 아시아인 어머니 사이에서 태어난 한국인 2세를 일컫는 용어이다. 코시안이란 용어는 1997년경 다문화가정 그들 스스로를 가리키는 말로 처음 사용되었는데, 2000년대 들어서 동남아시아 국가 출신의 여성과 한국 남성 간의 국제결혼이 증가하기 시작하면서 자주 회자(膾炙)되었다.

지금은 다문화가정 시대

김한글 교수는 학교 연구실에서 다문화가정 자료철을 열어보았다. 김 교수는 언제부터인가 다문화가정에 대한 방대한 자료를 모으고 있었기 때문이었다. 또 다문화가정에 대한 레포트와 논문도 상당수 작성하여 발표하곤 했다.

이러다 보니 각종 신문이나 잡지, 등 서적에서도 많은 원고 청탁이 들어오고 있다. 대부분의 논조(論調)는 다문화가정의 현황과 추세, 그리고 앞으로의 전망 등이다. 특히 앞으로 점점 늘어나는 다문화가정에 대한 중앙정부와 지방정부의 대책에 대하여 써달라고 했다. 그리고 민간단체의 역할과 재외 외국인들이 한국으로 입국하고 싶어 하는 부분을 묻곤 했다.

김 교수는 다문화가정에 대한 자료철을 덮고 연구실 밖을 내다보았다. 그러고는 심호흡을 하며 깊은 생각에 빠졌다.

현재 우리 사회가 사용하는 '코시안(Kosian)'이란 용어에 대하여 생각해봤다. 이 말은 한국인(Korean)과 아시아인(Asian)의 합성어이다. 이 용어가 인종차별적이라는 지적이 여러 번 제기되었다. 한국인 스스로가 아시아인의 일부이면서도 아시아인과 구별되려는 신종 오리엔탈리즘(orientalism)이라는 지적이 그간 제기되어왔다.

아시아권에 함께 살면서 한국보다 소득 수준이 높은 국가 출신과의 혼혈아에 대해서는 그렇게 부르지 않는다는 점, 2세들이 대한민국 국적을 가진 한국인이라는 점, 이국적인 외모에 따른 차별이라는 점 등이 포함되었다. 국립국어원은 '온누리안'이라는 신조어를 대안으로 제시하였으나, 대중적인 힘을 얻지는 못하고 있었다.

최근 통계에 따르면 한국인에게 시집 온 아시아 여성은 20만여 명이다. 또한 이들에게서 태어난 2세는 약 10만여 명에 가깝게 파악되고 있다. 그런 데다가 근래 한국인으로 귀화한 외국인이 10만여 명이 넘어서고 있어 글로벌 시대 높아진 한국인의 위상을 보여주는 근거가 되고 있다.

우리나라에 들어온 외국인 수는 2018년을 기준으로 약 200만여 명이 된다고 한다. 2020년에는 200만여 명, 2100년에는 1천만 명에 가까울 것으로 전망하고 있다. 결혼, 이민, 취업, 유학, 관광 등을 포함하여 불법취업자까지 합하면 실제 거주자는 더 많을 것으로 파악된다. 지난해 김 교수가 사는 대전에서는 500여 명이 외국인과 국제결혼을 하였고 인근 충남은 2,000여 명이 외국인과 결혼한 것으로 파악되고 있다.

경기도 안산시나 부천시, 인천, 서울의 가리봉동, 전북 임실, 부안, 순창과 충남 서천, 금산, 충북 옥천, 부산과 양산, 경북 경산, 제주도, 울릉도 등 자그마한 섬마을에 외국인들이 모여 사는 집결촌이 형성될 정도이다.

우리나라 농촌에는 할머니만 살고 있어 한때 '할매조네스(할머니+아마조네스)'라는 말이 유행했었다. 그러던 것이 이제는 급기야는 '할코네 마을'이란 신조어가 등장하였다. 한 마을에 할머니와 코시안이 산다고 하여 할코네 마을이라고 부르게 된 것이다.

코시안은 보통 외국인 노동자와 한국인 사이에서 태어난 2세, 한국에 거주하는 아시아 이주노동자의 자녀를 가리키며, 넓게는 코시안으로 이루어진 다문화가정이 모여 사는 지역까지도 포함한다.

1990년대 이후 취업을 위해서 국내로 들어오는 외국인들이 급격하게 늘어났는데, 특히 동남아시아에서 많은 노동자들이 들어와 국내에 체류하는 것으로 알려졌다. 이 가운데 한국인과 국제결혼을 하여 아이를 낳고 사는 코시안 가정이 늘어나고 있는데, 이들 중 상당수가 불법체류자들이어서 여러 사회문제가 되고 있다.

그동안 이들 외국인 노동자들은 저임금과 차별대우를 받았을 뿐 아니라, 1999년 이전까지만 해도 불법체류자로 단속에 걸리면 무조건 강제 추방을 당했다. 2000년 본국과 한국에 혼인신고를 한 경우에 한해 영주권 개념의 F2비자(사증)를 발급하고, 2002년 5월부터는 국내 취업도 가능하게 되었다. 그러나 임금이나 직종 선택의 폭이 제한적이고, 귀화 절차도 까다로우며, 단일민족의 성격이 강해 배타적인 한국 사회의 풍토 등으로 인해 외모가 다른 이들에 대한

차별 문제는 갈수록 심각해지고 있다.

김 교수가 거주하는 대전과 충남에는 약 3,000여 명에 가까운 코시안이 있고 이 중 70%가량이 취학 중인 아동으로 추정되고 있다. 우리나라는 다문화에 대한 이해보다는 배타적인 풍토 등으로 외모가 다른 코시안을 배척하는 정서가 팽배해 있다.

얼마 전 어느 방송사에서 〈깜근이 엄마〉라는 제목으로 코시안에 대해 다룬 드라마가 방영되어 사회적 이슈가 되며 관심을 받기도 했지만 늘어나는 코시안에 대한 종합적이고 체계적인 정책과 관심은 터무니없이 부족한 실정이다.

정부가 지난 2006년 발표한 여성 이민자 가족의 사회 통합 지원 대책에 따르면 농촌 총각의 국제결혼이 급격하게 증가하고 있고, 1990년대 초반부터 농촌 총각들이 외국인 여성들과 결혼한 지 10년이 지나면서 초·중학교에 다니는 코시안이 급격하게 늘고 있다고 한다.

코시안 문제를 정부차원에서 관리하고 지원해야 할 필요성이 있음에도 불구하고, 내국인이 되었다는 이유로 특별한 관심을 갖지 않아 '왕따'를 당하거나 한국 교육에 적응하지 못하는 일이 허다하다고 한다.

김한글 교수가 가르치는 대전 둔산동 아침대학교 한국어교실 반에 다니는 충북 옥천의 필리핀 출신 주부 팡피아는, 학교에 가기 싫어하는 아들 때문에 요즘 속이 상할 대로 상해 있다.

"교수님, 우리 아이를 도와주세요."

김 교수는 상담실을 찾아온 팡피아에게 차를 대접하며 곰곰이 생각하다가 말했다.

"마침 충북 옥천에 내가 가르친 최국화라는 한국어 지도사가 다문화가정 아이들을 아주 잘 가르쳐요. 내가 부탁할게요."

팡피아는 흘러내린 노오란 머리카락을 쓸어 올리며 고마워했다.

"교수님, 감사합니다. 땡큐, 땡큐!"

김 교수는 차분하게 설명을 했다.

"팡피아님, 제 이야기 잘 들으세요."

"네, 교수님."

"앞으로 팡피아님은 한국과 필리핀 두 국가의 문화와 언어에 능통한 다문화적인 아이로 성장시키려는 긍정적인 노력을 해야 해요. 단순히 한국문화에 늦게 적응하고 한국어를 잘 못한다고 당장에 큰일이 났다고 생각할 일은 아니에요. 본디 이중언어 환경에서 자라는 어린이는 언어 습득 과정이 느려도 나중에는 두 가지 언어를 완벽하게 할 수 있는 아이로 성장하게 되거든요. 그런 아이가 국제화 시대 환경에 쉽게 순응하여 성공하는 사람들이 될 수 있어요. 따라서 아들을 학습 부진아로 치부하여 한국어와 한국 문화만을 주입시키겠다는 생각은 잘못된 거예요."

팡피아는 요즘 마음이 답답하다. 왜냐면 그녀의 아들도 피부색이 다르다는 이유로 학교와 이웃의 친구들으로부터 따돌림을 당하고 어울리지 못하고 있기 때문이었다. 특히 수업 시간에 젊은 여선생님에게 질문을 하면서 할머니라고 부른다거나 집에서 어른한테 밥 처먹으라고 하는 등 말실수가 잦아서 더욱 그렇다. 이런 날은 놀림을 당하고 울며 집에 오기가 일쑤라는 것이다.

김 교수는 팡피아의 요청으로 최국화 지도사에게 부탁하여 아들에게 기초적인 초급반 한글 수업을 받게 해준 바 있으나 아직은 걸음마 단계이다.

엄마라도 제대로 한국어 교육을 받으면 다행인데 팡피아와 같은 외국인 엄마의 교육 부족이 자녀 교육에도 심각한 영향을 끼치고 있다. 기초교육을 받지 못한 외국인 어머니에게 제대로 된 가정교육을 받지 못한 코시안들은 언어 습득이 늦어서 무늬만 한국인인 이방인이 될 수밖에 없다.

또 김한글 교수에게서 한국어 지도사 강의를 듣고 공부하여 충남 금산 자원봉사센터에서 한국어를 가르치고 있는 김인경 지도사가 김 교수를 찾아와 상담을 한다.

"교수님, 제가 가르치는 '탁신'이라는 주부가 있어요. 태국에서 오신 분인데, 요즘 이분의 심리 치료와 가정 상담까지 하느라고 애를 태워요."

"음, 그래요."

김인경 지도사는 김 교수 연구실 탁자에 놓인 커피잔이 식은 줄도 모르고 하소연을 하고 있었다.

"글쎄 말이에요, 교수님. 그분은 유치원에 다니는 딸과 언어 소통이 안 되어 답답해요. 게다가 아이는 같은 유치원의 아이들로부터 놀림뿐 아니라 따돌림까지 받아 주눅이 심하게 들어 혼자 있기를 좋아하는 아이가 되어버렸어요."

김 교수는 커피를 마시며 고개를 끄덕였다.

"맞아요. 외국에서 시집 온 대부분의 여성들이 겪는 공통점이에요. 힘들겠어요."

"우리들 한국어 지도사는 한국어만을 가르치는 것이 아니라 그들의 친구나, 동생, 언니가 되어 인생에 대해 종합적으로 상담해줘야해요."

"맞아요, 맞아!"

김인경 지도사가 금산 자원봉사센터에서 만난 다문화가정 이야기는 이렇다. 탁신이라는 태국 여성을 포함하여 태국 처녀 3자매가 모여 사는 이색적인 '태동서 마을'이란다.

첫 번째로 태국 처녀 탁신이 국제결혼상담소를 통하여 이곳으로 시집을 왔다. 그러고는 무려 스무 살이나 연상인 남편 이덕영(李德英) 씨를 설득하여 태국에 사는 자신의 바로 밑 여동생 '특턴'에게 한마을에 사는 노총각 고(高) 씨를 소개하여 지난해 시집을 왔단다. 그리고 올해 막내 여동생 '텃친'을 역시 한마을에 사는 노총각 윤(尹) 씨에게 소개하여 시집을 온 것이다. 그래서 한마을에 태국에서 시집온 자매가 셋이서 오순도순 살아가고 있는 것이다.

이 마을에 살던 이덕영 씨는 본래 고 씨나 윤 씨와 친하지 않았다. 그러나 태국인 자매와 결혼해 사는 동서지간이 되다 보니 이제는 친하게 잘 지내고 있다. 그래서 사람들은 이 마을을 '태동서 마을'이라고 부른다고 한다.

"저 마을이 태동서 마을이야!"

"허허허, 조만간 저 마을은 태국촌이 되겠어, 태국촌."

"그 덕분에 저 마을 쉰 살이 넘은 노총각 세 명이 구제되어 대 안 끊기고 후손을 이어가잖아."

"그래도 좀 이상해. 이웃마을이 저 시커먼 태국마을이 된다는 게 말이야. 쯧쯧쯧……."

"……아마도 이런 식으로 한 백 년 정도 지나면 인근 마을이 죄다 태국촌으로 바뀔 것 같네. 허허허."

이들이 처음 한국에 시집 와서 음식을 만드는데 콩기름을 쳐야 할 음식에 주방세제를 치는 등 웃지 못할 해프닝은 다반사였다. 다문화가정의 초기 한국에서 겪는 이런 실수는 수없이 많다.

탁신은 이덕영 씨와의 사이에 아들을 낳았다. 이 아이를 돌보기 위하여 태국에서 친정 동생 특턴을 불러 도움을 받았다. 목장을 하고 있던 이덕영 씨는 이웃에 사는 노총각 고 씨를 불러 곧잘 목장 일을 돕게 하고 있다. 그러던 지난여름, 목장에서 겨울용 사일리지를 제조하면서 가조과 함께 식사를 했다. 밥상에서 탁신의 여동생 특턴과 고 씨가 우연히 마주치고 둘는 장난삼아 말을 주고받았다.

"특턴, 툭 털고 나에게 시집 와요. 그럼 잘해줄게요. 하하하……."

그러자 한국말이 서툰 특턴을 대신하여 언니 탁신이 말을 전해주었다.

"얘, 특턴. 이분이 혼자 사는 총각인데 너보고 시집 오라는 거야. 맘에 드니? 호호호."

수줍은 특턴은 얼굴을 붉히며 고개를 돌리고 조용히 말한다.

"차암, 언, 언니도……."

이렇게 주고받은 농담이 진담이 되어 일이 급진전되었다. 서로 한국과 태국을 몇 번 오간 뒤 특턴과 고 씨가 한 가정을 이루고 부부가 되었다.

또 탁신의 여동생 막내 텃친은 두 언니 탁신과 특턴이 주선하여 이웃마을 노총각 윤 씨와 결혼을 시켰다. 멀리 타국에 와서 두 자매가 외롭게 사느니 차라리 태국에 있는 막내를 데려와 세 자매가 함께 오순도순 살아가자는 것이었다.

그래서 그 취지는 적중했다. 비가 오거나 날씨가 쌀쌀하면 세 자매가 만나 고향을 생각하며 태국 전통음식을 조리하여 먹으며 놀았다. 또는 태국에 있는 늙으신 부모님을 초청하여 며칠씩 머물 때는 큰딸네 집과 둘째 딸, 막내딸 집을 번갈아 머물면서 쉬었다 가는 좋은 점이 있었다.

처음 탁신이 태국에서 시집 와 혼자 금산에 왔을 때는 말도 통하지 않고 문화도 다르고 음식도 맞지 않아 힘들었다고 한다. 하지만 남편의 적극적인 협조와 도움으로 잘 적응하였다. 그러다가 여동생 둘이 시집와 한마을에 사니까 가끔 모여 태국의 전통음식을 즐기며 잘 지내고 있다. 더러 집에서 속상한 일이 생기면 만나 하소연도 하였다. 특히 같은 동서끼리 만나면 한국 동서끼리만 어울린다거나 음식을 못하면 이를 탓하곤 했다. 그러나 좋은 점도 많았다. 자녀가 아프면 서로 달려가 위로하고 병원에 데려가곤 했다.

김인경 지도사는 김 교수에게 이렇게 말했다.

"이렇게 모여 사는 이들이 꼭 좋기만 한 것이 아니에요."

"그럼 또 어떤 어려운 일이 있을까요?"

"태국에서 시집 온 세 자매가 자주 모이는 것까지 좋은데, 집안의 어른들 눈길이 곱지 않다는 거지요."

김 교수는 커피를 마시며 묻는다.

"예를 들면……?"

김인경 지도사는 더듬거리며 말한다.

"음, 시어머니나 시누이들이 '저 태국 여자들끼리 모여 작당한다' 고 한대요."

"음……?"

"또 이웃 여자들이 '태국 여자들끼리 만나 한국 남편들 흉본다' 라 고 비아냥거린다는 거지요. 이런 일로 부부싸움도 종종 일어나요."

"음, 그렇겠군요. 또 문제는 무엇일까요?"

김인경 지도사는 이어서 말한다.

"이런 문제는 하나씩 극복하면 되는데, 그보다 아까 서두에 말씀 드렸듯이 부모들과 코시안들의 문화의 차이가 큰 문제예요."

김 교수는 안경을 고쳐 쓰며 말한다.

"우리 한국의 가정에서는 어렸을 적 아이들 대부분의 교육을 엄마들이 시키는데 외국인 여성과 코시안들의 문제가 큰 문제겠군요. 김 선생님."

"교수님, 이런 문제는 결국 우리 같은 사람들이 현장에서 바로잡아주고 보살펴주어야 해요."

"맞아요, 수고가 많아요."

김인경 지도사는 단호하게 말했다.

"국제결혼상담소를 통한 결혼 이민 여성이 늘면서 문제점들이 드러나기도 해요. 금산에서 가까운 전북 무주에는 캄보디아에서 시집 온 나이 어린 여성이 한국에 온 지 한 달 만에 정신병력이 있는 남편에게 살해된 사건이 있었어요. 국제결혼상담소에서 실적 위주로 결혼을 추진하면서 한국인 배우자에 대하여 잘 살펴보질 못한 결과지요. 이러자 한때 캄보디아에서는 한국 남자와 자국 여성의 결혼을 잠정 중단시키기도 했잖아요."

김 교수는 고개를 끄덕이며 말한다.

"맞아요. 이런 문제가 잇따르자 정부는 한국인 배우자의 출국 전 소양 교육을 의무화하고 결혼사증 발급 심사 기준과 국제결혼 중개 업체에 대한 단속·점검을 강화하는 내용의 국제결혼 건전화와 결혼 이민자 인권 보호 강화 대책을 마련하기도 했지요."

김한글 교수와 김인경 지도사가 금산자원봉사센터의 다문화가정에 대하여 상담하고 있는 사이에 해는 서편으로 지고 있었다. 저녁노을이 붉게 지면서 연구실 창밖 나무 그림자를 길게 뉘었다. 김인경 지도사는 빨랫줄처럼 길게 늘어선 노을 그림자를 따라 자리에서 일어난다.

"교수님, 많은 이야기를 나누었네요. 좋은 말씀 고맙고요. 오늘도 자원봉사센터 다문화가정 교실에는 '태동서 마을' 세 자매와 아이들과 함께 한국어 공부를 하기로 했어요."

"아, 그래요. 어서 가세요. 열심히 하시고요."

"네, 안녕히 계세요."

김한글 교수는 경기도 수원에 있는 아세아대학교 한국어과에 강의차 갔다. 강의실로 가는 길에 휴게실에서 한국어과 주임교수인 김영화 교수를 만났다. 김 교수는 김영화 교수를 동료 교수 이상으로 생각하며 연민을 갖고 있었다. 혼자 사는 김영화 교수도 역시 혼자 사는 김한글 교수와 동병상련의 처지인 데다 김한글 교수가 싫지는 않은지 자주 만나고 있었다.

지난해 한국국제협력단(Korea International Cooperation Agency) 주관으로 선정한 한국어 지도교수로 중국 연길에 있는 새벽대학교 한국어 세종학당에 함께 근무한 바 있다. 그때도 둘이는 학교 기숙사에 묵으며 많은 정분을 쌓아갔다.

연길 연변대학 국문과 출신인 김영화 교수는 중국어와 한국어에 능통하였다. 그래서 연길 새벽대학교 한국어 세종학당에서도 중국어과와 한국어과에 동시 겸임교수로 재직하였다. 그 후 경기도 수원에 있는 아세아대학의 중국어과와 한국어과에 교환교수로 와 있는 것이다.

김한글 교수는 김영화 교수와 함께 휴게실에서 다문화가정의 코시안 교육에 대하여 심각하게 토론하였다.

"김 교수님, 한국어 교육을 제대로 받지 못한 이들의 10년, 20년 후에는 혼혈인으로 인한 사회문제가 생길 것 같아요. 이들이 하나의 사회세력으로, 아이콘으로 대두될 것으로 내다보고 있어요. 프랑스의 이민자와 혼혈인이 이미 하나의 사회세력화된 것처럼 10년, 20년 뒤엔 우리나라도 같은 전철을 밟게 될 거란 생각이 들어요."

김영화 교수는 얼마 전 있었던 프랑스의 인종 폭동을 예로 들면서 '코시안이 한국 사회의 잠재적 불안요소'로 작용할 우려가 있다며 염려했다. 김한글 교수도 고개를 끄덕이며 말했다.

"현재의 코시안이 하층민화되지 않도록 미리 방지하는 차원에서 범정부적인 대책이 필요합니다. 코시안들은 정체성 형성 과정에서도 두 나라의 문화가 혼재된 가정 교육과 한국의 학교 교육을 동시에 경험하면서 번민 속에 주변인으로 성장하고 있습니다. 우리나라 교육에 있어서도 교육과정에서 다민족의 가치와 다양한 문화의 어울림에 대한 이해를 높이는 내용을 포함하고 학생 때부터 다양한 문화에 적응할 수 있는 교육 프로그램이 절실합니다."

자판기에서 뽑은 커피의 향내를 맡으며 김영화 교수는 말한다.

"다행히 최근 교육과학기술부가 발표한 제8차 교육과정 내용에 현재의 문화상대주의에서 다문화 · 다민족의 이해에 관한 별도의 단원을 만든다는 내용이 포함돼 있어요. 참 잘되었지요."

"잘 되었네요."

김 교수는 정색을 하며 김영화 교수를 보며 말한다.

"언제부터인가 '코시안'이라는 말이 우리 사회에서 국제결혼 가정의 자녀를 의미하는 말로 쓰이고 있어요. 아직 그 뜻이 널리 퍼진 것도 아니고, 개념 정립도 되어 있지 않은 단어인 것 같습니다. 다 같은 아이들인데 굳이 다른 용어를 써가면서까지 달리 불러야 할 이유가 있을까요? 누군가가 국제결혼 자녀를 가리키기 위해 별 뜻 없이 이런 단어를 고안해냈겠지만, 차별적인 단어로 오용될 여지가 많은 단어이며, 현재 실제로 그런 현상이 발견되고 있습니다."

김영화 교수도 덩달아 말한다.

"현재는 코시안으로 널리 알려졌지만 이제는 온누리안으로 부르면 될 것 같아요. 왜냐하면 지난해 세계적인 국제결혼 가정을 포괄하고 혼혈인들을 존중할 수 있는 명칭을 공모한 결과 서울에 사는 한 주민이 응모한 '온누리안'이 당선되었대요."

김영화 교수의 설명에 의하면 과정은 이렇다. 공모에 전국에서 많은 사람들이 응모해 심사위원들이 당선작을 가려냈다. 온누리안은 온 세상을 뜻하는 순우리말 '온누리'와 사람을 뜻하는 어미 '-ian'가 합쳐진 합성어이다. 아시아 국제결혼 가정뿐만 아니라 세계 각국을 아우르면서 한글의 아름다움을 느낄 수 있는 데다 외국인 누구나 쉽게 발음할 수 있는 명칭이라는 점이 최고 점수를 받았다는 것이다.

한궈쓰성쯔

김영화 교수와 이야기를 나누며 김한글 교수는 생각에 잠겼다.

김영화(金英華) 교수는 본디 조선동포가 아니다. 당초 할아버지가 함경도에서 살다가 두만강을 건너 간도 땅으로 이주하여 살았다. 거기서 태어난 아버지는 어찌어찌하여 한마을에 사는 한족(漢族) 어머니와 결혼하여 김영화를 낳았다. 그래서 김영화 교수는 조(朝)·중(中) 2세이다.

그녀는 조선동포 아버지와 한족 어머니 사이에서 자라면서 조선족 문화와 말, 한족 문화와 말, 한국의 문화와 말 그야말로 다양한 다문화가정에서 자랐다. 어려서부터 한족과 조선동포 문화의 섞임 속에서 성장한 것이다.

고향 길림성(吉林省) 도문시(圖門市) 촌락에 살 때 마을 한호족인 양양린(揚揚隣)이라는 한족 노인이 김영화에게 종종 한시(漢詩)를 가르쳐주었다. 처음 알려주었던 시는 송(宋)나라의 시인 도연명(陶

淵明)의 「귀전원거(歸田遠居)」란 시문(詩文)이었다.

젊어서 세속에 적응하지 못했으니

성격이 본래 언덕과 산을 사랑했다.

잘못 올가미에 빠져 내처 30년이 지났다.

조롱의 새도 옛날의 숲을 그리워한다.

연못의 고기도 이전의 늪을 생각한다.

남쪽들의 황무지를 개간하자.

고집을 세우고 전원으로 돌아온다.

마당은 천여 평인데

초가는 8, 9칸이다.

버들 · 느릅나무는 뒤 처마를 그늘 지우고

오얏 · 복사나무는 마루 앞에 늘어서 있다.

가물가물 촌락은 먼데

하늘하늘 마을의 연기

개는 골목길 안에서 짓고

닭은 뽕나무 위에서 운다.

집안에 번거로움이 없으니

빈방에 한가로움이 넘친다.

오랫동안 새장 속에 있다가

다시 자연으로 돌아왔구나!

…(후략)…

　양양린 노인이 고향 흑룡강성(黑龍江省)에 살 때 그 조상인 양시춘(梁始春)이 도연명에게 직접 시문(詩文)을 사사(師事)받았다고 한다. 덕분에 자신도 이 재능을 이어받아 시문을 좋아한다면서 그의 집에 자주 놀러가던 영화에게 많은 중국 문장가들의 시문을 읽어주곤 했다고 했다.

　양 노인은 도연명 오류선생(五柳先生)이 장사군공(長沙郡公) 대사마(大四馬)를 지낸 도간(陶侃)의 증손으로써 네 차례나 관료 생활을 마감하고 20여 년간을 시골에서 은둔 생활을 하면서 「귀거래사(歸去來辭)」를 남기는 등 이상주의적인 자연시를 많이 지은 음유시인이어서 그를 더욱 흠모하게 되었다고 했다.

　그런 영향일까, 영화도 도연명의 시문이 좋았다. 농촌의 서정적이고 인정에 넘치는 문장들이 마음에 들었다. 고향 길림성 도문촌의 산하 풍경이 「귀전원거」의 시문 중간 부분의 시구와 일치했다.

　서른이 넘어 영화는 한때 공부를 위하여 북경에서 살았다. 도문을 떠나온 후 울적하고 고향이 그리울 때면 이 시를 읊조리곤 했다.

　　버들·느릅나무는 뒤 처마를 그늘 지우고
　　오얏·복사나무는 마루 앞에 늘어서 있다.

가물가물 촌락은 먼 데
하늘하늘 마을의 연기
개는 골목길 안에서 짓고
닭은 뽕나무 위에서 운다.

날이 저물면서 북쪽의 만리장성(萬里長城) 팔달령(八達嶺) 하늘가에 어두운 그림자가 스치더니 이내 비가 오기 시작한다. 비바람과 함께 찬 기온이 왕부정가(王府井街) 뒷골목인 동안시장(東安市場) 신적(新積) 21분적(分積) 영화의 작은 방에도 칼끝을 세우고 예리하게 몰아치고 있었다. 찬 기온 탓일까 골목길에 한바탕 바람이 휘리릭 휘몰아치더니 으스스 날씨가 추워졌다. 김영화가 애를 낳고부터는 더욱 추위를 느꼈다.

"아이구 추워라. 웬 놈에 날씨가 이리디 춥네?"

영화는 침을 퉤 하고 내 뱉고는 방 안에 들어와 이불을 뒤집어쓰고 이를 앙물었다.

"나아쁜 짜아식. 내를 이렇게 망쳐놓고서리 한국으로 가버리다니 내레 이 일을 어찌하면 좋을까이?"

이제 곧 소학교를 가야 할 아들 진아는 밖에 놀러 나가 집 안이 조용하다. 영화는 진아만 생각하면 눈물이 앞을 가리고 가슴이 아련하다. 한족(漢族) 아이들과 잘 어울리지 못하는 진아는 늘 옹그라지게 작은 셋방 문 앞에 쪼그리고 앉아 있거나 한국에 다니러 갔다는 아빠는 언제 오냐고 묻곤 한다.

"엄마, 우리 아빠 한국에서 언제 와? 응?"

"글쎄다이, 아마 올 봄꽃이 피고 저 냇가 둑길에 새싹이 돋아나면 오실 거레이."

영화는 가만히 누워 지나간 일들을 생각해봤다. 눈가에는 눈물이 고인다. 길림성 도문촌의 고향 인정들이 주마등처럼 스친다.

스무 살 때, 김영화는 도문에서 비교적 공부를 잘한 덕분에 연길로 진출하여 연변 새벽대학 문학부에서 한국어를 전공하였다. 학교를 마친 후 연변일보사 건물 내에 있는 연변여행사에 스카우트되어 취직하였다. 북한 출신의 조선동포가 운영하는 관광회사인데 주로 한국에서 오는 관광객을 대상으로 인근의 백두산과 도문시, 일송정, 해란강, 목단강(牧丹江), 하얼빈 등의 관광 일정을 편성하고 운영하는 팀장으로 있었다. 영화가 하는 일은 한국에서 오는 관광객들을 안내하면서 현지인들과의 통역을 맡아 해주면 되는 일종의 현지 가이드 역할이었다.

고향 도문촌에서는 영화가 연변의 관광회사에 취직했다고 좋아했다. 인근 일대에서는 이런 데 취직하기가 쉽지를 않았기 때문에 도문촌 사람들과 일가친척들이 부러워했다. 중국의 유명한 시인들의 시문을 가르쳐주었던 이웃집 왕 씨 노인은 어린애처럼 무척 좋아했다.

"영화야. 취직했다구? 차암 좋은 일이구나. 나중에 객지에 나가더라도 이 좋은 시들은 잊어먹지 말고 종종 읊조리거라! 답답할 때 마음 다스리는 데는 시 문장이 최고이니라."

"예, 왕 씨 할아버지. 잊지 않고 자주 읽을게요. 셰셰대가(謝謝大家)!"

도문촌 사람들까지 영화를 무척 예뻐하였다. 까아만 긴 머리에 고운 얼굴, 그리고 상냥하고 친절하며 얌전한 그녀를 모두 '영화야!' '영화야!' 하면서 머리를 쓰다듬어주시곤 했다.

취직하여 한참 일맛이 들기 시작한 그해 여름. 영화는 운명의 남자와 만나게 된다. 이성태(李成太)라는 한국 남자였는데 이씨는 '한국통일관광단' 일행과 함께 연변에 나타났다. 목적은 민족의 성지(聖地)라는 백두산과 연변 일대 관광이었다.

영화는 조선동포 아버지와 한족 어머니 사이에서 태어난 탓에 한국어와 중국어가 능통하여 연변여행사에서 가장 선호하는 가이드였다. 그래서 한국에서 방문하는 중요한 관광객일수록 여행사에서는 영화를 점찍어 배정하였다. 따라서 이성태가 낀 한국통일관광단 일행의 안내도 역시 영화에게 배정하였다. 영화는 중국 내 조선동포인 아버지와 조상이 같은 한국 사람들의 후손인지라 아는 한도에서 정성껏 관광 안내를 했다. 1주일에 걸쳐 관광 가이드를 하는데 역사적으로나 문헌적으로 잘 모르는 것이 있으면 중화인민공화국 인민방송국의 한태인 국장에게 묻곤 하였다.

한태인 국장은 조선동포로서 연변의 우수한 인재들만 공부한다는 연변 새벽대학 국어문학과 출신이다. 그리고 그간 신문사 기자와 사장, 방송국 기자를 거쳐 현재 국장까지 올라간 입지전적인 인물이다. 또한 시와 수필에 능하고 역사 공부에 대한 집념이 남달라

아는 것이 많은 연길의 대표적인 지식인이었다.

한국에서 온 통일관광객 중에 청바지에 안경을 쓰고 유난히 영화에게 친절하게 잘해주는 사람이 있었는데 그가 바로 이성태라는 남자였다. 당시 그는 남대문시장에서 의류업을 하고 있는 사장이라며 돈이 많다고 자랑하곤 했다.

관광 첫째 날, 백두산에 오르는 날. 이도백하(二道白河)를 지나 백두산 관리소를 거쳐 정상을 올라 내려올 때 백두산온천(白頭山溫泉) 호텔 백화점에서 비싸고 귀한 호랑이 가죽으로 만든 고급 코트를 사서 영화에게 선물하기도 했다.

"참 얼굴이 곱군요. 영화 씨, 이것은 내 정성이니 받아주세요."

"아니라요. 저희들은 관광객 선상님들에게 이런 선물을 못 받게 되었습다레."

"괜찮아요. 내가 연변여행사 총경리에게 잘 말해놓을게요."

여행 중에 자주 옆에 와서 자주 중국 문화에 대해서도 묻고 식사를 할 때도 옆에서 함께 하고 친절하던 한국인 관광객 이 씨가 1주일의 여행을 마치고 한국으로 돌아갔다.

한국으로 돌아간 그는 연변으로 국제전화도 자주 하고 한국에서 유행한다던 화장품과 목걸이 등 선물을 자주 보내왔다. 영화는 그 이 씨가 고마웠다. 그리고 이씨 는 기회가 있을 때마다 말했다.

"언제 기회가 된다면 한국으로 한번 초청할게."

"예, 고마워요."

그런 이성태가 연변에 다시 온 것은 다음 해 여름이었다. 잠깐 들릴 테니 한번 만나자는 짧막한 말을 남기고 그는 국제전화를 끊었다. 오전에 전화를 받고 영화는 기쁜 마음에 연길공항으로 마중 나갔다.

"아아, 한국에서 성태 씨가 온다레."

콧노래를 하며 이 씨가 보내준 한국 화장품으로 예쁘게 단장했다. 그는 연길공항에 가기 전에 하얀 종이에 간단한 문구를 썼다. '大韓民國 李成太 社長 歡迎'이란 푯말이었다. 많은 사람들로 붐비는 연길공항에서 혹시 이 씨를 못 만날까 하는 우려에서였다. 그래서 영화는 이 푯말을 들고 공항 출국장에서 이씨를 맞기로 했다.

연길공항은 국제공항이어서 그런지 입국장과 출국장이 많은 사람들로 붐볐다. 가는 사람 오는 사람 인사와 배웅을 하는데 그야말로 부산하였다. 영화는 입국장 승객들이 나타나는 입구를 눈여겨 지켜보았다. 그러기를 잠시 후 저만치 지난번 연변에서 만나 잠시 정이 들었던 이 씨가 눈에 띄었다.

"성태 씨, 여기디요, 여기요. 내레 여기 있시요!"

"아, 영화 씨! 잘 있었어?"

둘은 반가운 마음에 가볍게 포옹을 하고 공항에서 택시를 타고 시내로 들어섰다. 길가 양쪽엔 은사시나무가 곧게 정돈되어 있었다. 그리고 시내 곳곳엔 우뚝우뚝 솟은 빌딩들이 연길이 연변의 대표적인 도시임을 실증해주었다.

연길로 들어선 둘은 서시장(西市場)에 도착하여 택시에서 내렸다.

"영화 씨, 배고프다. 우선 어디 가서 밥부터 먹읍시다."

"예, 그라디요."

허기를 메우며 그간 밀린 이야기를 많이 나누었다. 밤이 으슥해
지자 둘은 숙소를 가야 했다. 그러나 중국은 사회주의 국가로서 남
녀가 호텔이나 여관을 못 간다. 이러자 이성태가 자연스럽게 말한
다.

"그럼 영화 씨가 산다는 해란로 방으로 가지, 뭐."

"예? 그런데 어찌 남녀가 한 방에 있을 수가 있디요?"

"뭐 그럭저럭 하룻밤 이야기나 나누며 있지 뭐."

"……?"

둘은 자연스럽게 김영화가 사는 해란로의 방으로 갔다. 그날 둘
은 운명의 밤을 맞았다. 말 그대로 남녀가 한 덩어리가 되었던 것이
다. 남녀 관계라는 것이 한 번 무너지면 그다음부터는 그저 마파람
에 게 눈 감추듯, 기름진 길에 미끄러지듯 자연스럽게 부부처럼 함
께 자며 그렇게 며칠 뒹굴었다.

다음 날부터 며칠간 영화와 이 씨는 시내 관광을 했다. 서시장,
부루하통하 강변, 모아산, 연길역 거리와 백화점, 영화관, 고급 북
경오리 전문 요리점 등을 다니며 볼거리와 먹거리를 취할 수 있었
다.

"성태 씨, 우리 정말 결혼하여 나 한국에 데려가는 거디요?"

"그으럼! 말이라고 해? 자기는 내 거야. 이제 내 부인이라고."

이렇게 말하던 이 씨가 어느 날 한국에 계신 어머니가 위독하다
며 다녀온다며 말하고 한국으로 떠났다. 그러나 곧 돌아온다던 그

는 함흥차사였다. 이 씨하고 그간 연락하던 핸드폰과 집 전화로 연락해봐도 연결이 되질 않았다.

몇 달이 지나자 영화의 배가 불러오기 시작하였다. 이 씨의 아이를 임신한 것이다. 한국으로 이 씨를 찾으러 간다고 해도 주소와 전화번호가 없어 도무지 찾을 길이 없었다. 아이는 열 달 만에 태어났다. 아들이었다. 영화는 급한 대로 이름을 지었다. 진아. 이진아(李進亞). 이른바 한중 2세 '한귀쓰셩쯔(韓國私生兒. 한국인 사생아. 중국판 라이따이한)'이다.

'몹쓸 사람 같으니라고. 같은 민족이니, 한국에 데려가느니 별의별 달콤한 말로 이내 간장 녹이더니먼. 내레 이럴 줄 몰랐디요. 흐흑흑…… 흐흐흑……'

며칠 식음을 전폐하고 영화는 자리에 누웠다. 그러기를 며칠이 지난 후 북경로에 살던 도문촌의 고향 친구 리경자(李經子)가 찾아왔다.

"이게 무슨 일이고?"

"경자야, 나 죽겠다. 이러다가시리 죽는 게 아닌가?"

경자 친구는 방바닥을 치며 큰 소리로 말한다.

"내 어쩐지 그 사람 그럴 줄 알았다. 어쩐지 니 영화한테 잘해준다고 생각했었지비."

그 후 이 일로 영화는 몸져 누웠다. 도문촌 집에 있는 아버지, 어머니한테는 차마 연락할 엄두도 못 냈다. 그간 좋은 한국 남자 만나 시집 가면 부모님을 한국으로 모셔가 잘 살아보겠다고 말했기 때문이다.

그러나 당장 먹고살 일이 걱정이었다. 우선 그녀가 한 일은 친구 경자가 소개해준 '페이랴오'라는 일이었다.

경자도 영화처럼 한국 남자와 동거를 하다가 아이를 낳았다. 얼마 후 남자는 집에 다녀온다며 한국으로 간 후 소식이 없다. 경자는 아이가 미워 자주 때리고 심하게 구박했는데, 아이가 집을 나가버렸단다. 이래서 경자는 영화랑 비슷한 처지이고 고향이 같아 서로 이웃에서 의지하고 살았다. 하루하루의 밥벌이를 위해서는 무엇이든 해야 했다. 둘이는 교대로 인근의 부자 한족 노인들을 찾아가 '페이랴오(陪老)' 일을 하기 시작했다. 외로운 노인의 말벗이 되어주고 병이 들면 돌봐주는 일이었다. 본래 페이랴오는 중국의 최대 명절인 춘절(설날) 때 고독하고 외로운 노인의 말벗이 되어주고 수고비를 받는 일이었다. 근래 북경과 심양에서는 소개소에 이런 일을 해줄 사람을 구하는 주문이 쇄도한다고 했다. 심양에 조선족이 많아 살고 경자나 영화 같은 처지의 조선동포 여인이 있기 때문이라고 했다.

페이랴오 기본 요금은 30~50위안(5,600원~8천 원)이다. 또 부유층 한족 노인과 여성이 함께 수영해주는 페이유용은 시간당 300위안(4만 8천 원)이며, 함께 여행하는 페이뤼유는 여행 경비를 제외하고 하루에 100~200위안(1만 6천 원~3만 2천 원)을 받는다. 본래 이 직업은 1, 2차 술자리를 끝내고 3차로 접대부와 함께 나간다는 뜻의 '싼(3)페이'에서 유래된 것이다.

이곳 심양 중심가 거리 주변에도 서탑 네거리에 이어 영화 같은 한궈쓰성쯔를 데리고 사는 여인들이 제법 있다. 이들이 주로 이 직업을 선호하며 그날그날 밥벌이를 해결하고 있었다. 특히 인근 천진이나 심양 근처엔 이 같은 한궈쓰성쯔가 많아 조선족 여인들이 페이랴오 일을 많이 하고 있다.

영화는 이 페이랴오 일을 하다가 우연히 연변의 조선족 신문사인 연변일보의 장구만 기자를 만날 수 있었다. 장 기자라는 분은 중국 연변 일대와 한국의 사정을 누구보다도 잘 알고 있는 언론인이었다. 따라서 중국과 한국을 수시로 넘나들고 있었다. 그래서 도문촌 친구 경자와 함께 자신의 답답한 심경을 털어놓고 상담을 하였다.

자신과 처지가 같은 여성들이 많고 근래 한국과 중국 간의 문제로 떠오른다는 얘기를 듣고 영화는 몸이 부들부들 떨리고 이가 마주치는 느낌을 받을 정도로 충격을 받았다.

장 기자로부터 들은 얘기는 이러했다. 영화의 아들 진아 같은 아이들을 일명 '한궈쓰성쯔'라고 한다. 과거 베트남의 '라이따이한'이나 필리핀의 코피노와 비슷하다고 하여 보통 중국판 라이따이한이라고 불린단다. 이 아이들은 대부분 나이가 많게는 열 살이 넘어간다고 한다. 왜냐면 1992년 한중 수교 이후 본격적인 한국의 중국 진출이 이뤄졌기 때문이다.

이들 역시 베트남의 라이따이한처럼 한국인 아버지들로부터 철저히 외면받고 있다. 교육을 제대로 받지 못하고, 심한 사회적 냉대를 받으며, 호구(戶籍, 호적)가 없어 정상적인 사회인으로 성장하기 어렵다는 현실도 비슷하다.

정상적인 교육을 받으려면 한국 사생아들은 중국에서 보통 아이들보다 더 비싼 비용을 물어야 한다. 소학교의 경우 호구가 없어도 다닐 수가 있지만 1년에 1만 위안 정도는 학교 당국에 찔러줘야 한다. 부정이 가장 잘 통하는 곳이 비로 이들 나라인 중국이기 때문이다. 이쯤에서 장구만 기자는 침을 뱉으며 욕을 한다.

"영화 씨나 경자 씨나, 우리는 조상이 같은 한국 사람이지만 '제 버릇 개 못 준다'는 한국 속담이 맞는 말이에요."

"참, 그렇구만이래요."

지금 현재 약 5천여 명의 상당수 한궈쓰성쯔가 중국 대륙을 떠돈다고 한다. 한중수교 이후 중국으로 들어온 한국 남자들과 현지 여성들 사이에서 태어나 버림받은 사생아들이 유리걸식하고 있다는 것이다.

"이곳 중국에서 무책임한 한국 남자들의 피해자가 된 상대가 주로 영화 씨 같은 우리 조선족 여성들이라는 점이 더욱 우리의 마음을 착잡하게 만든다 이겁니다. 말이 통하는 같은 민족이기에, 사업을 한다는 남자들을 위해 안내를 하고 통역을 해주고, 서로 정이 들기도 훨씬 쉬웠지요. 또 한국 남자와 결혼해 '잘사는' 고국에 가서 살리라는 '장밋빛 꿈'을 꾼 여성들도 있었구요."

"맞아요. 저도 한때 이씨하고 그러길 바랐으니까요."

"그래요. 나도 한때……!"

경자도 고개를 끄덕였다. 무엇보다도 동족에 대한 기대가 컸던

만큼 배반의 참담함은 더 컸을 것이란다. 이들 여성들은 애비 없는 자식, 배반감과 절망감뿐 아니라, 헤어날 길 없는 빚더미를 떠안는 경우조차 있다고 한다.

중국 동북 3성 일대의 심양, 길림, 연변, 장춘 등 조선족 거주 지역과 상하이, 청도 등 대도시에는 한국 남자들에게 버림받은 후 유흥가로 빠진 조선족 여성들과, 아버지뿐 아니라 어머니에게서도 버림받고 길거리에서 구걸하는 한궈쓰성쯔들을 볼 수 있다고 한다. 호적에 오르지 못해 학교에도 가지 못하는 이들 한궈쓰성쯔들은 앞으로 더욱 늘어나리라는 것이다.

장구만 기자는 말했다.

"한국전쟁 이후 버림받은 혼혈아들의 아픔을 경험한 우리가 똑같은 아픔을 주는 가해자가 되고 있다는 것은 슬픈 일입니다. 그리하여 '피압박자는 피압박자에게 더욱 강하다'라는 말이 실감이 나요."

장 기자가 말하는 심양 서탑가 주변 스케치를 들으며 영화는 울먹였다. 경자도 따라 눈시울이 뜨겁다.

오락실에는 매일 땅거미가 지면 아이들이 하나둘씩 몰려든다. 꼴이 영 말이 아니다. 입고 있는 옷에는 때가 잔뜩 묻어 원래는 주황색 옷이었지만 이제는 주황색인지 검정색인지 구분이 안 된다. 구겨질 대로 구겨진 회색 털바지는 말 그대로 '거지바지'다. 이들은 밤이 깊어가는데도 오락실을 좀처럼 떠나지 않는다.

오락실에 오는 아이들 가운데 3분의 1 정도는 오갈 데 없는 한궈쓰성쯔들이다. 이 아이들은 끼리끼리 뭉쳐 다니며 구걸을 해서 돈을 모은 뒤 오락실이나 만화방에서 시간을 보내는 게 일과라나? 두세 시간을 게임에 몰두한 뒤 이들은 어디론가 숨어든다. 딱히 갈 곳이 있는 것은 아니다. 그저 1미터 25센티의 몸을 누일 수 있는 쪽방만 있으면 된다. 때론 5위안을 주고 PC방이나 비디오방에서, 때론 길거리 모퉁이에서 밤을 보낸다. 간혹 구걸해서 재수 좋게 50위안이나 100위안짜리 지폐라도 건지는 날엔 '빈관'(여관)에서 따뜻하게 하룻밤을 지내기도 한단다.

어디 그뿐인가? 저 멀리 아프리카와 남미 대륙에까지 한국 남자들이 버리고 온 현지처와 아이들의 딱한 사연이 서양 신문에 보도된 적도 있다며 장구만 기자는 분노와 조국에 대한 실망감에 몸을 부르르 떤다. 그러면서 그는 말한다.

"부도덕한 한국 남자들의 무책임은 비난받아 마땅하지요. 그러나 이곳 중국 정부도 보고만 있을 일이 아닙니다. 우선 실태 조사를 하고 그들을 도와줄 수 있는 방법을 찾아야 합니다. 민간과 정부가 역할을 분담할 수도 있을 겁니다. 이 문제는 비단 개인의 부도덕을 넘어 고국인 한국의 국가 이미지와도 연관되는 일이기 때문입니다."

그러면서 장구만 기자는 얼마 전 가까운 심양에서 취재한 내용을 사례별로 말해주었다. 이곳에서 사업을 하는 한국인 이 모(40세) 여인은 지난해 초 '주미랴'(25세)라는 재중동포 미혼모의 부탁을 받고 네 살짜리 아이를 자신의 집에 잠깐 데리고 있었다. '보애'라는 이름의 여자아이였다. 보애는 낮엔 그럭저럭 놀다가도 해만 지면 애타게 엄마를 찾았다.

이 씨는 처음에는 우는 아이가 미웠으나 시간이 지날수록 같은 피를 가진 한국인이 저지른 짓을 생각하니 몹시 화가 났다고 한다. 이씨는 보채는 보애를 다시 엄마 품으로 되돌려줬다.

보애의 엄마 주 씨는 흑룡강성 성도 하얼빈 근처 아성시가 고향이었단다. 지방 대학이긴 하지만 대학까지 나왔다. 학교 졸업 뒤 대련에 있는 한 한국인 무역회사에 들어갔다. 그리고 거기서 한국인 '유지만'(32세)을 만났단다.

유 씨는 주씨에게 처음엔 러브레터도 보내고, 주 씨가 머무는 숙소에 가서 며칠씩 머물기도 하면서 환심을 샀다. 결국 동거에 들어갔고 아기가 생겼다. 유 씨는 "아들만 낳으면 모든 것을 해주겠다."고 몇 차례씩 말했다. 임신 중에 한국의 시부모와 아주버니(유 씨의 형)까지 와서 아들을 낳기를 원한다고 말했다. 주 씨는 딸을 낳았다. 그 아이가 보애였다. 유 씨는 아이를 몹시 귀여워하고 갖은 사랑을 다 퍼부었다. 아이가 100일이 되어 방긋방긋 웃기 시작하던 어느 날, 유 씨는

"한국에 잠깐 다녀오겠다."

하고 떠났다. 그것이 그의 마지막이었다. 주 씨는 어렵사리 한국의 시부모와 통화를 했다.

"아무 말 말고 그저 잊으라."

그뿐이었다. 그러나 주 씨는 그것만으로는 안 될 듯싶어 주위 사

람들에게 한국 다녀와서 갚겠다며 8만 위안을 빌리고 자신의 어머니를 한국에 보내 애원을 했다.

"제발 딸아이 장래를 위해서라도 한국에 데려가 호적에 올려 학교라도 보내게 해주세요. 아이가 불쌍해요. 그 아이가 무슨 죄가 있나요?"

그러나 헛수고일 뿐이었다. 유 씨는 이미 딸을 둘이나 둔 가장이었다. 모든 게 아들을 얻기 위한 '작전'이었던 것이다. 결국 한국인 특유의 아들 타령은 중국 땅 조선족 여인의 일생을 망치는 결과를 초래하였다.

눈물로 세월을 보내던 주 씨는 요즘 월급 700~800위안을 받고 식당에서 일을 하고 있다. 아이는 고향의 친척에게 맡겼다. 주씨는 때로는 죽고 싶은 충동을 억누를 길이 없었다.

주씨의 경우에서 보듯 한국 남자를 잘못 만나 처참히 무너진 재중동포 여성들은 도처에 널려 있었다. 장구만 기자는 입술을 깨물며 말했다.

"우리네 조선족 여자들은 한국인들의 프로포즈를 액면 그대로 받아들이지만 실제로 보면 80퍼센트 가짜 결혼이래요. 그래서 사기결혼을 당하는 것이 많다요."

장구만 기자가 전하는 또 한 사람의 피해자 이야기이다.

조선족 이수미 씨는 사업차 중국에 온 박철수(33세) 씨와 눈이 맞아 한국에 건너갔다. 그렇지만 조선족 여자를 며느리로 들일 수 없다는 가족들의 반발에 결혼식은 올리지 못했다. 그럭저럭 살다가 딸을 낳고 시간이 흐르면서 이 씨는 더욱 어려움을 겪었다. 남자 집안에서는 노골적으로 이 씨한테 중국으로 되돌아가라고 압력을 넣었다. 부부싸움이 잦아졌고 급기야 주먹다짐으로 이어졌다. 심지어 남편은 애한테까지 손찌검을 해댔다. 결국 이 씨는 아이를 데리고 다시 중국으로 되돌아왔다.

"나아쁜 노옴들이래요, 한국 남자들……!"

영화는 얼굴을 붉게 상기시키며 손을 불끈 쥐었다.

또 한궈쓰성쯔들 중에 가장 비극적인 경우는 바로 한국 남자와 탈북 여성 사이에서 태어난 아이들이란다. 이들은 아빠가 없는 데다 국적도 없다. 게다가 엄마마저 공중에 뜬 신세이다.

그나마 엄마가 중국인이라면 돈(1만 위안 정도)을 줘서라도 호구를 사서 아이를 키울 수 있지만, 엄마가 북한 사람이라면 이마저도 안 되어 결국 이런 애들은 영영 중국 대륙을 떠돌 수밖에 없단다. 이들이 중국 공안이나 북한 특무대(경찰)에 잡히는 날엔 곧바로 북한으로 송환된다.

중국 대륙에 한국인 사생아들이 떠돌고 있는데 심양과 연변에는 더욱 심하다고 한다. 한궈쓰성쯔들은 이른바 '꽃제비'(북한의 거지 소년) 흉내를 내고 있는 것이다. 이들이 이렇게 구걸을 해서 몇 푼이라도 돈이 생기면 다른 많은 한궈쓰성쯔처럼 시내의 허름한 오락실로 들어가 밤을 지샌다.

"영화 씨, 이뿐이 아니야요. 한 가지 더 말해볼까요?"

"네, 말씀해보세요, 장 기자님."

옆에 있던 경자도 귀를 쫑긋하며 듣고 있다. 지난 가을에 심양에 갔을 때 만난 조선족 유미옥 씨는 10여 년 전 50대 한국인 사업가의 통역원 겸 안내원으로 일했다. 당시 유 씨에게 이 남자는 '장밋빛 희망' 그 자체였다.

남자는 그에게 중국 노동자 평균 월급(1천 위안 안팎)의 두 배에 이르는 월급을 줬고, 사업에 성공하면 한국에 데려가주겠다는 약속도 했다. 결국 유 씨는 이 남자에게 몸까지 허락해 아이를 낳았다. 하지만 지난해 말 어느 날 이 남자는 갑자기 사라져버렸다. 유 씨가 친척과 친구들에게 끌어모아 건네준 사업자금 20만 위안까지 떼먹고 줄행랑쳤다.

유 씨는 한동안 눈물로 지내며 기다렸으나 끝내 남자는 되돌아오지 않았다. 얼마 뒤, 복수심에 겨워 그는 '남자의 흔적'인 아이 '말천'(7세)을 때리기 시작했다. 결국 엄마의 잦은 폭행을 견디지 못해 아이는 집을 나가버렸다. 그야말로 거리의 꽃제비로 전락한 것이다. 이제 지금 유 씨에게 남아 있는 건 자학과 절망감뿐이라고 분노하며 그곳 술집에 나가며 술과 눈물로 복수의 세월을 낚고 있다고 장구만 기자는 영화에게 전했다.

유 씨처럼 '사기결혼'을 당하고 돈까지 뜯긴 뒤, 본의 아니게 아이까지 거리로 내몰고 만 조선족 미혼모들은 흑룡강성, 길림성, 요령성 등 중국 동북 3성 지역에 부지기수라고 한다. 유 씨의 경우처럼 사기결혼을 당해 거액의 돈까지 빼앗긴 이들은 빚더미에 올라 생존 전선에서 몸부림쳐야 한단다. 이 때문에 상당수 미혼모들은 한국 남자에게 당하고서도 또다시 중국에 나와 있는 사업하는 한국 남자들에게 술집이나 노래방 등지에서 웃음과 몸을 파는 아이러니를 겪고 있다고 한다.

심양, 연길 등의 노래방이나 가라오케 등에서 하루 밤에 300위안을 벌기 위해 웃음을 팔고, 일부는 700~800위안을 받고 '2차'도 서슴지 않는다. 심양의 대표적인 유흥가인 서탑가와 연변가에서 일하는 접대부 가운데 상당수가 한국 남자로부터 버림받은 조선족 미혼모들이란다.

일부 악착같은 조선족 미혼모들은 도망간 한국인 남편을 찾기 위해 한국영사관 등을 뒤지기도 한다. 하지만 한국 남자를 찾기란 한강에서 바늘 찾기다. 결혼사진 등을 찍긴 했지만 그들이 알고 있는 남편의 인적사항은 대체로 부정확하기 일쑤이다. 더욱이 사라진 한국 남자 가운데는 한국에서 사업을 부도내거나 카드빚, 사고 등을 내고 가까운 중국으로 도망쳐 나온 수배자나 기소중지자들도 많다는 것이다.

장구만 기자가 심양에서 만난 한 한국인 사업자는 이렇게 말했다고 한다.

"한궈쓰성쯔 문제는 더 늦기 전에 한국 정부가 나서서 해결해야 할 중요한 문제이다."

그러면서 그는 한궈쓰성쯔가 생성되는 현실이 안타깝다고 한다.

"아마 1994년경부터 한국인들이 본격적으로 중국에 진출해 사업을 했을 겁니다. 중국어에 약한 한국인들은 가이드와 통역이 필요했지요. 이를 해소하기 위해서는 조선족 여자들은 이들의 요구에 딱 들어맞았지요. 하루 만 원 정도만 주면 얼마든지 부려먹을 수 있었기 때문이지요."

"그래서 그런 일이 자주 생기었구맹요?"

"그렇습니다. 처음에는 통역이나 가이드로 쓰다가 좀 지나면 대부분 같이 살게 되지요. 허세가 많은 한국인들은 대부분 그럴듯하게 자신의 사업을 포장해서 여자들을 속였을 것입니다. 그리고 조선족 여자들도 마땅히 할 일이 없기 때문에 이들의 말에 쉽게 속아 넘어갑니다."

저만치 허공을 따라 어디선가 들리는 노랫소리. 한궈쓰성쯔.

한 10년 저쪽이었습네다

이 조용하던 선양 땅에 갑자기 한국 사람들이

마치 메뚜기 떼처럼 똥칸에 구더기처럼

우르르 몰려 들어와 곳곳에 닥치는 대로

뚝딱뚝딱 공장들을 지어대기 시작하였더랬습네다

무슨 사업가라는 명함 쪽지를 내밀면서리

아이 아버지가 내게 접근을 해온 것도

그 무렵이었습네다

그 사람, 생긴 것도 그만하면 나무랄 데 없고
돈도 무서운 줄 모르고 물 쓰듯 썼고
돈만 많은 게 아니라 학식 높은 사람답게 예절바르고
게다가 내게는 더없이 친절하고 정답게 대해주니
함께 살림 살자는 말에 그만 감격 안 하고 배기갔습네까
행복이요?

한 이태 동안은
이 세상에 부러운 게 하나 없는 여자였드랬습네다

그 사람 내게 접근한 것이
자기 사업상 필요해서였다는 이웃들의 말을
미안하다든지 잘살라든지 말 한마디 안 남기고
어느 날 공장이고 뭣이고 쥐도 새도 모르게 처분해가지고
마포 바지에 방귀 새듯이 사라져버렸는데도
아예 귓결로도 새겨듣지 않았드랬습네다

이 얼마 전 한국 들어갔다 나온 사람 입을 통해
그 사람, 나 만나기 전에 이미 서울 강남 무슨 동인가에다
제 마누라 자식 버젓이 두고 있었다는 말을 듣는 순간
용서하자던 마음이 싹 사라지는 것입네다

일곱 살짜리 우리 아이는 오늘도
국적도 얻지 못하고 국제미아가 되어

바람 찬 거리 뒷골목을 거지로 떠돕네다

당신들 소위 말하는 한류 열풍인지 뭔지 덕에

이곳 선양 땅엔 우리 아이 같은 애들 대단히 많습네다

나같이 내놓고 말도 못 하고 사는 여자들 숱합네다

그렇지만 아무리 살기 바쁘고 고단해도 구차하게

한국까지 구걸하러 갈 여자들 여기 없습네다

당부하건대 절대로 동정적으로 쓰지 마시라요

당신네 나라, 그 사람 덜 된 사람들에게

혹 말귀를 알아들을지도 모르니 몇 마디 하갔습네다

사람이 그리 살면 안 된다 말입네다

사람이 사람 중한 줄 모르고 돈만 알고서리

여기까지 와서 그런 몹쓸 짓들 하면

대다수 안 그러는 한국 사람들 욕먹는다 말입네다

나쁜 짓 하는 사람은 언젠가는 꼭

천벌 받는다 말입네다

하늘이 용서 않는다 말입네다

안 그렇습네까

정신들 좀 차리고 사람답게 행동들 좀 하라고

일러주시라요 아시갔지요

저만치 어디선가 들리는 처량한 한궈쓰성쯔 노래를 들으며 장구만 기자는 이 문제를 조용히 생각해봤다.

천성적으로 경제적인 욕심이 많은 한국인들이다. 인구 15억이라는 대륙 중국 시장을 넘보고자 한국인 사업자들은 1994년부터 본격적으로 중국 진출을 시작하였다. 초기에는 대부분 섬유, 전기, 전자부품, 의류, 완구 등 주로 노동집약형이고 소규모 투자 형태인 기업들이 대거 진출했다. 이어 1990년대 말에는 대기업들이 잇따라 진출했고, 특히 고부가가치 제품의 경우에는 생산공장이 현지에 직접 세워졌다. 최근에는 전자회사와 고급 디지털 가전제품과 휴대폰 단말기 등이 진출하였고 이어 대기업의 자동차 회사들이 줄이어 진출하여 승용차를 생산하고 있다.

한국 기업들이나 사업가들은 언어적 장벽 등 여러 요인 때문에 재중동포들이 많이 사는 흑룡강성, 길림성, 요령성 등 동북 3성에 몰려들었다. 이들 가운데는 중소기업가나 자영업자들도 많았는데, 이들은 현지에서 원활한 사업을 위해 때로는 조선족 명의가 필요했다. 예를 들어 식당, 미장원, 옷가게 등 소매업은 외국인 독자 출자가 금지돼 있어 사업목적상 조선족 종업원의 이름을 빌리는 것이 필요했던 것이다.

장구만 기자는 말했다.

"언제인가 여름날 일이었어요."

심양에서 열세 시간 밤기차를 타고 조선족자치주 연길시에 내렸다고 한다. 경적을 울려대는 허름한 택시들의 틈을 비집고 길을 건고 있는데 한 어느 소년이 소리를 질러 돌아보았다고 한다.

"큰아버지! 내레 북조선에서 왔시요. 좀만 도와달라요."

하고 손을 내밀어 처음엔 깜짝 놀랐다고 한다. 딱한 생각에 라면을 사주겠다며 식당으로 데려가 이 소년에게 한궈쓰성쯔를 아느냐고 물었다.

"예, 많습니다레."

그 소년은 시키지도 않았는데 장 기자가 사주는 라면이 고마워 줄줄 얘기를 하더란다.

"내레 북한에서 넘어온 아이들과 주로 구두닦이나 구걸을 하는데 언제부터인가 한궈쓰성쯔들이 우리들을 따라하고 있었디요."

그날 영화와 경자, 장구만 기자는 많은 이야기를 나누었다. 그들이 한궈쓰성쯔의 당사자들이라서 더욱 가슴 쓰리고 앞길이 막막하였다. 장 기자는 다음에 또 얘기하자며 총총히 골목길을 빠져나갔다.

장 기자가 간 다음 답답한 기분에 영화와 경자는 서(西)시장 골목으로 갔다. 이 골목은 둘이서 가끔 가는 '먹거리 순례' 길이다. 이렇게 먹거리 순례라도 하면 조금 마음이 편해지기 때문이었다.

서시장 골목에는 '훠궈', 일명 '샤브샤브'라는 음식점이 많다. 이 음식은 몽골에서 유목민족이 먹던 음식이었다. 그 후 원나라 시대에 몽골 사람들이 전쟁을 벌이며 중국 대륙으로 내려올 때 먹을 것을 해결하기 위해서 솥과 양을 짊어지고 내려왔다. 이것이 중국 훠궈의 유래라고 한다.

이 훠궈 골목에는 많은 종류의 훠궈 상점들이 즐비하다. '내몽골식 훠궈' '충칭 훠궈' '베이징 훠궈' 등으로 크게 세 가지로 나뉜다. 한족들은 처음부터 모든 것을 한꺼번에 다 넣고 끓여서 먹지만, 본래는 먹을 양만 넣고 그때그때 살짝 익혀서 먹는 것이 제격이다. 맛의 모든 재료가 섞인 '짬뽕' 맛이 아니라, 신선한 고기와 해산물을 그대로 맛볼 수 있으며, 영양가도 매우 풍부하여 영화가 특히 좋아하는 메뉴이다.

베이징 훠궈는 신선로 같은 용기에, 가운데 석탄을 넣고 그 열을 이용해서 얇게 썬 양고기와 해산물 각종 야채 등을 살짝 익혀서 깨장에 찍어 먹는다. 한족민들이 즐겨 먹는 가장 대중적인 대륙의 전통 훠궈라 할 수 있다.

그리고 경자가 잘 먹는 충칭 훠궈는 큰 양동이 같은 데에 아주 맵고 혀가 마비될 정도로 매운 국물을 끓여 고기 등을 살짝 익혀먹는다. 이것이 매운 것을 잘 먹기로 소문난 사천 훠궈이다. 특이한 것은 한족들은 펄펄 끓는 국물에 고기를 대신해서 생선을 익혀 먹기를 좋아하는데, 매운 국물 때문인지 비린내가 전혀 안 나고 톡톡 쏘는 맛이 일품이다. 근데 입이 마비될 정도로 맵다.

영화와 경자가 함께 좋아하는 내몽골 훠궈는 각종 약재와 뼈 같은 것으로 국물을 내어 국물 맛이 매우 좋다. 다른 훠궈와 달리 아무 양념장도 찍지 않고 먹으며, 재료들을 국물에 살짝 익힌 후 바로 먹는다. 국물 맛이 좋고 향기로워, 양고기의 독특한 냄새를 거의 느낄 수 없다.

또 예전에 성태 씨가 가끔 와서 주머니의 돈을 자랑하며 잘 사주던 훠궈가 있다.

"내가 좋은 훠궈 한번 사주지. 영화 씨, 이리 와요."

"정말, 내는 인민폐가 없다요."

"아, 염려 말고 따라와요."

그것은 바로 '원앙새 훠궈(위엔양훠궈)'이다. 내몽골 훠궈와 충칭 훠궈를 같이 먹는 것이다. 담백한 맛과 매운 맛을 동시에 먹고 싶을 때 먹으면 좋다. 하얀 국물이 내몽골 훠궈인데, 인삼 등 각종 약재가 들어 있다. 빨간 것은 사천의 '충칭 훠궈'이다. 고추씨 기름이 위에 두껍게 떠 있어 느끼하다고 생각할 수 있는데, 후춧가루와 고춧가루를 많이 사용하여 양념 맛이 참으로 좋아 영화와 경자는 "띵호아!" 하며 좋아한다.

이뿐이 아니다. 연길 서시장 골목골목에는 많은 종류의 음식이 즐비하다. 그러나 그것들은 일부 부유한 한족들의 차지이지 영화나 경자 같은 조선족 여인한테는 그림의 떡이다. 그래서 그들은 늘 습관처럼 지나가며 구경만 하는 것이다.

"경자야, 우리 골목 구경이나 하면서 가자."

"뭐, 언제는 안 그랬나, 뭐."

중국이라는 나라는 국토가 넓고 다양한 민족으로 구성돼 있어 각 지방·민족마다 독특한 음식 문화를 보유하고 있다. 이러한 음식 문화는 크게 루차이식(魯菜系)과 즈양차이식(淮揚菜系), 쓰촨차이식(川菜系), 오우차이식(吳牛菜系) 등 네 가지 계통으로 나뉜다. 산둥차이식(山東菜系)이라고도 하는 베이징 요리도 크게는 이 계통에 속하는 루차이식은 북방 계통의 요리로 양념을 많이 사용하기 때문에 맛이 진하며, 밀가루 음식을 주식으로 한다.

일부는 상하이(上海) 요리로 알려져 있는 즈양차이식은 양쯔강 하류 지역 요리로 민물고기, 새우, 게 등을 비교적 담백하게 요리하나 전반적으로 음식 맛이 달다.

사천요리 계통인 쓰촨차이식은 중국 서남 내륙 지방의 요리로 고추, 마(중국 후추의 일종) 등 자극성 있는 진한 양념을 사용하고 있어 맵고 자극적이다.

웨이차이식(越菜系)이라고도 하며, 광둥(廣東) 요리로 알려진 오우차이식은 중국 남부 해안 지방 요리로 사용하는 재료가 다양하고, 특히 신선한 해산물을 사용해 재료 본래의 맛을 유지할 수 있도록 담백하게 요리한다.

먹거리 순례를 마치고 집으로 돌아온 영화와 경자는 또 술을 마시기 시작했다. 영화의 집엔 답답할 때 마시기 위하여 사다 놓은 술 공부가주(孔府家酒, 공자의 집에서 만들었다는 중국 술)가 몇 병 있다. 영화가 취중에 경자를 보면서 말했다.

"얘, 경자야. 우리 고향 도문촌 생각이나 하면서 술이나 마시자."

"그러자 영화야."

"2차 술이디?"

"고오럼, 2차 술이지."

영화는 힘이 없는지 후들거리는 다리를 세우고 벽장을 뒤져 공부가주 한 병을 꺼냈다.

"마시자, 경자야."

"그래 우리 같이 불쌍한 한궈쓰성쯔 엄마가 술 마신다고 공안원이 잡아가지는 않을 게이다."

"고오럼. 마시자, 영화야."

"참, 진아는 어데 갔네?"

"글쎄. 요새 앞집 장호만이라는 한족 아이네 집에 놀러 잘 갔어."

"응, 그래. 맘 놓고 마시자."

둘이는 서로 신세타령과 한국 남자들 욕을 주고받으며 술을 마시기 시작하였다. 그렇게 얼마를 마셨을까 영화는 경자는 술에 취하여 방에 쓰러져 잤다.

얼마를 그렇게 깊게 잤을까. 영화는 꿈을 꾸기 시작하였다. 고향 마을에 하이얀 눈이 내리기 시작하였다. 넓디넓은 도문 들판에 설원(雪原)이 만들어지고 그 길을 영화는 아들 진아를 데리고 걸어가고 있었다.

가도 가도 끝이 없는 대설원. 엄동설한의 도문 들판을 둘이는 마냥 걸었다. 걸어가면서 영화는 앞으로 쓰러지고, 진아는 옆으로 쓰러졌다. 그렇게 걷다가 쓰러지고 쓰러졌다 걷기를 얼마를 반복했을까.

긴 겨울이 가고 기어이 이곳에도 봄은 오고 있었다. 연길시를 가로지르는 부루하통하 옆을 흐르는 시냇가에도, 시장 근처에도 따스한 봄은 노오란 병아리처럼 시나브로 다가오고 있었다. 갖가지 야생화와 잡초들로 길가 둑길에는 초록초록하게 봄이 땅으로부터 솟아나고 있었다. 영화는 울적한 마음으로 고향 도문촌을 떠올리며 왕씨 노인이 잘 암송하던 시를 되뇌고 있었다.

> 버들·느릅나무는 뒤 처마를 그늘 지우고
> 오얏·복사나무는 마루 앞에 늘어서 있다
> 가물가물 촌락은 먼데
> 하늘하늘 마을의 연기
> 개는 골목길 안에서 짖고
> 닭은 뽕나무 위에서 운다

대문가에서 누군가 찾는 소리가 들렸다.

"계십니까. 김영화 씨 계십니까?"

술에 취하여 자던 경자가 옆에 쓰러져 있는 영화의 어깨를 흔들며 깨운다.

"영화야, 누가 왔나 부네?"

"누, 누, 누구시다요……?"

영화는 아픈 허리를 고쳐 앉으며 앉은뱅이 자세로 허름한 셋방 문 앞으로 엉기적엉기적 기어 나갔다. 그런데 거기에 애증(愛憎)으로 꿈에도 그리던 그 남자 이성태가 우뚝 서 있는 게 아닌가. 그것도 장미꽃 한 다발을 환하게 안고 웃는 모습으로 말이다.

"아니, 다, 당신……?"

"나야, 영화야!"

"아아……!"

이성태는 영화를 바짝 안으며 말한다.

"영화야, 가자. 오늘 오후 한국행 비행기 표 세 장 사 왔어."

"예, 예엣……?"

"진아는 어디 갔어?"

그러자 한국에서 아빠가 나타난 줄 알기라도 한 것처럼 진아가 대문에서 달려왔다.

"엄, 엄마아. 누가 왔어?"

진아는 대문간에 말쑥하게 정장을 차려입고 서 있는 이성태를 보며 고개를 갸웃거린다.

"엄마, 이 아저씨 누구야?"

진아는 엄마가 낯선 남자와 이야기를 주고받는 모습이 신기한 듯 고개를 갸우뚱거리며 서 있다.

"인사 드려라. 너희 아빠야!"

"이, 아저씨가 우리 아빠야……?"

"응."

"아, 아, 아빠, 안녕하세요?"

그러자 눈물을 글썽이며 성태가 진아를 번쩍 들어 안는다.

"응, 내가 네 아빠야, 진아야."

성태는 영화를 보며 미안한 듯 말한다.

"영화야, 미안해. 그간 어머니 돌아가시고 시골에 있는 땅 정리하여 서울에 우리가 살 아파트도 마련하고 하느라고 좀 바빴어."

"……?"

"자세한 얘기는 가면서 비행기 안에서 하자구. 자, 빨리 서둘러요. 비행기 타려면 시간이 없어. 한국에 우리 살 집이랑 진아가 갈 학교도 다 정해놓았어. 그리고 우리는 이달 춘삼월 호시절에 서울에서 결혼하는 거야."

"그럼 우리 진아는 이제 한궈쓰성쯔가 아닌가요?"

성태는 눈을 휘둥그레 뜨며 진아를 안은 채 큰 소리로 말한다.

"그으럼! 우리 귀하고 착한 배달의 한민족 진아를 왜 한궈쓰성쯔로 만들어? 이렇게 버젓하게 아빠가 살아 있는데 말이야. 안 그래, 진아야?"

이렇게 한국 경기도 수원으로 오게 된 김영화는 한동안 이성태의 사랑을 받으며 잘 살았다. 그러나 행복도 잠시였다. 어느 날 이성태는 진아에게 안겨줄 인형을 사 오다가 달려드는 차에 치여 내장 파열로 그 자리에서 즉사했다. 남편 이성태와 살 때는 시댁에서 잘 해주었는데 막상 남편이 사망하자, 중국 며느리라며 갖은 구박 끝에 내쫓기고 말았다.

영화는 아들 진아를 인근 다문화가정 교육센터에 맡기고 중국 연길로 돌아갔다. 영화는 연길에서 그야말로 무위도식하고 있었다. 아픔을 겪고 진아마저 한국에 버려두고 온 처지에 무슨 일을 하기

싫었다. 세상이 싫고 무서웠다. 죽을까 하고 고민도 했었다.

그러던 어느 날 고향 도문에 살 때 친하게 지냈던 친구 장룡심을 중국 연길역 앞에서 우연히 만나 식사를 하게 되었다. 그러면서 서로 신세 타령을 하였다.

"영화 너, 한국 사람한테 상처를 받았으니 한국에 가서 한풀이하듯 돈이라도 벌어라!"

"어디 좋은 사업이라도 있나?"

장룡심은 얼굴이 상기된 채 말을 이어간다.

"그럼 내가 다리를 놓을 터이니 한번 한국에 나가봐. 아들도 한국에 맡겨놓았다며?"

영화는 다짐을 하듯 고개를 끄덕이며 대답한다.

"그으래, 알았어. 까짓 거 해보마."

이렇게 해서 영화는 한국에 약장사를 하러 나오게 되었다. 한국 남자 이성태를 따라와 잠깐 한국 생활을 했을 뿐 한국에 대하여는 생소한 영화였다. 그래서 더럭 겁도 났다. 그러나 기왕 해보자고 마음먹은 일이니 헤야 했다.

한국은 자본주의 나라이다. 영화는 장룡심이 소개해준 연길의 한(韓) 씨 아주머니를 따라 약(藥) 보따리를 담보로 서울역 앞 여인숙에 들었다. 그 한 씨 아주머니는 숙박비도 벌 겸 일단 지하철 서울역에 나가 약부터 팔란다. 영화는 숨 돌릴 시간도 없이 이튿날 약보따리를 안고 지하철역으로 갔다. 영화는 깜짝 놀랐다.

중국에 있을 때는 한국에 이렇게 많은 교포들이 모여 있을 줄은 상상도 못 했다. 마치 중국 시장을 방불케 했다. 백여 명 정도의 중국 교포들이 지하도 양쪽에 장사진을 벌려놓고 태연하게 앉아서 장사하는 모습에 놀라움을 금치 못했다.

영화는 넋 나간 사람처럼 멍하니 약을 파는 교포들을 바라보았다. 연길에서 같이 온 한 씨 아주머니는 수완 좋게 한국 남자들 바지를 잡고 약을 잘도 팔았다. 그러나 영화는 저들처럼 지하도에 앉아 약을 팔 자신이 없어졌다. 그래도 함께 짧게나마 남편 이성태와 행복했던 순간을 떠올리니 눈물이 나온다.

'왜 그러지? 생면부지인 서울 지하철역 땅바닥에 앉아 약 장사하는 내 모습이 처량해서? 아니면 진아 생각이 나서? 먼 나라 타향에서 홀로 서기 두려워서?

변명 같은 상상을 해보기도 했다. 마음속에 수십 개의 실타래가 서로 엉켜 풀 수 없는 것처럼 착잡했다. 곁에서 지켜보던 어떤 이쁜장한 아가씨가 영화한테 말을 걸어온다.

"언니, 내 옆에 앉아요. 한국 나온 지 며칠 안 됐죠?"

한국 땅에 와서 약 장사를 하면서 영화에게 처음으로 호의를 베푸는 그 아가씨가 너무 고마웠다. 영화는 바로 그 아가씨 곁에 앉았다.

"고마워요. 나 어제 한국에 왔어요."

"언니는 중국 어디에서 왔어요? 난 심양 서탑에서 왔는데?"

"나는 연길에서 왔어요."

둘이는 인사조로 이 말 저 말 묻다 보니 친해졌다. 한국에서 처음 만나는 미스 김은 영화한테는 구세주나 마찬가지였다. 미스 김은 말했다.

"한국에 온 지 3개월이 되었는데 식당에서 일하다가 너무 힘들어 약을 팔고 있어요."

미스 김은 한국에 적응한 현지 선배답게 한국에서 주의할 점들과 알아야 할 일들을 하나하나 알려주면서 약값과 파는 방법도 상세히 가르쳐주었다. 그러면서 자기가 약 파는 것처럼 해보라는 것이었다. 미스 김은 지나가는 어떤 손님을 불렀다. 신통하게도 그 손님은 미스 김의 부름에 응했다. 한참 이 약, 저 약 좋다고 하더니만 어떤 약인가를 파는 것이었다. 영화는 신기하고 재미있었다. 그 손님이 가고 영화보고 직접 해보란다. 영화는 갑자기 입에 든든한 자물쇠를 채워놓은 듯 좀처럼 열리지 않는다. 미스 김이 팔 때 보면 재밌고 쉬워 보였는데 영화 자신은 왜 그리도 어렵고 힘든지……?

어느 날이었다. 하느님이 도우셨는지 웬 젊은 아저씨가 부르지도 않았는데 영화 앞에 와 앉았다. 그 아저씨는 약보다도 중국에 대해 알고 싶어 했고 이것저것 많이도 묻는 것이다. 영화는 아는 대로 대답해드렸고 그렇게 시간이 한참 흘렀는데 보다 못한 미스 김이 답답했는지 자기 약을 사라면서 대화를 중단시켰다. 그 아저씨는 미스 김이 말참견하는 것이 시끄러워서 그랬는지 얼른 약을 사준다. 그리고 영화한테 또다시 묻기 시작했다. 그러자 미스 김은 말했다.

"이 언니 어제 한국에 도착해서 숙박비도 없어요."

그 아저씨는 이내 말했다.

"아, 그래요? 그럼 약을 팔아드려야지. 제가 시간을 너무 많이 빼앗은 것 같군요. 미안합니다."

그 아저씨는 미안해하면서 10만 원짜리 수표를 내놓고 그만큼 약을 달란다.

또 운이 좋게도 두 번째로 영화한테 호의를 베푸는 손님을 만났다. 영화가 약 가격을 모르기에 옆에 미스 김이 대신 약을 챙겨주었다. 너무 고마웠다. 남편 이성태에게 받던 용돈 말고는 한국 땅에 와서 처음으로 만져보는 한국 돈이다. 웬지 마음이 뿌듯했다.

이렇게 영화의 한국에서의 약장사는 시작되었다. 이튿날 연길에서 같이 온 한 씨 아주머니와 미스 김을 지하철 서울역에서 다시 만났다. 한 씨 아주머니는 저쪽으로 가면서 미스 김한테 당부를 한다.

"여기 영화 씨는 장사를 처음하는 순진파이니 아가씨가 잘 알려 줘요."

그리고 아주머니는 사람이 많이 다니는 길목에 진을 치고 앉아 수단 좋게 약을 팔기 시작했다.

"언니, 오늘은 언니 혼자 약 팔아봐요."

"응, 그래. 알았어!"

영화는 대답을 해놓고 지나가는 손님을 부르려고 무진 애를 썼는데도 입이 좀처럼 열리질 않는다. 결국 반나절이나 지나도 어제 같은 행운은 찾아오지 않았고 약은 한 개도 팔지 못했다. 영화는 점점 주눅이 들고 자신감도 없어졌다. 미스 김이 말한다.

"언니는 너무 착하고 체면을 많이 생각해요. 그러면 약을 못 팔아요.”

“그건, 그런 것 같아요……”

영화도 그 점은 인정을 했다. 결국 약장사에는 소질이 없는 것 같아 중간에 포기하고 말았다. 그렇다고 중국 연길에 그냥 돌아갈 수는 없었다. 연길에서 나올 때 장룡심과 ‘한국서 돈 벌어 올게!’ 하고 약속한 그 말이 뇌리에서 떠나지 않았다. 그래서 힘들게 가져온 약은 싼 가격에 미스 김한테 넘겨주고 남들이 힘들다는 식당일을 선택했다.

“언니, 앞으로 다시 약 팔고 싶으면 날 다시 찾아와요. 식당일은 많이 힘들 거예요.”

“고마워, 나 미스 김을 잊지 않을게. 일 못하게 되면 다시 찾아올게.”

둘이는 며칠 사이 정이 들었는지 서로가 헤어지기 아쉬워했다. 영화는 한국에 먼저 나와 이 일대에 안면을 많이 익힌 미스 김 소개로 서울역 지하도 근처에 있는 ‘전주설렁탕집’에서 일하게 되었다. 식당일은 예상한 것처럼 힘들었다. 식당에서 숙식을 해결하다 보니 아침 8시에 일하기 시작하면 저녁 11~12시는 되어야 잠자리에 들수 있었다. 육체노동을 못 해본 영화에게 너무나 힘에 부쳤다.

그리고 설렁탕이니 도가니탕이니 뚝배기니…… 처음 듣는 이름들인지라 기억하기에도 무척 신경이 쓰인다. 알아듣지 못할 용어들이 수도 없이 많다 보니 일하는 데 애로사항이 많았다. 어느 날 주인아주머니가 손님 심부름을 시킨다.

"이봐요, 연길댁. 이 앞에 있는 슈퍼에 가서 '88라이트' 하나 사가지고 저 10번 테이블에 앉아 계신 손님한테 갖다드려요."

"예, 알겠어요."

영화는 서푼어치도 안 되는 자존심을 지키려고 '88라이트'가 뭐냐고 묻지도 않았다. 속으로 달달 외우면서 앞의 슈퍼에 가서 가르쳐준 대로 주문했다.

'88라이트를 주세요!'

앵무새처럼 달달 외워 말했더니 슈퍼 주인이 중국 조선족 어투를 알아차리고 빙그레 웃으며 담배를 준다. 영화도 웃음이 저절로 나와 배시시 웃었다.

'뭔 담배 이름이 이렇게 어려워? 주인아주머니는 그냥 담배 사오라면 될걸 가지고 괜히 어렵게 말하여 사람을 어리둥절하게 만드네?

영화는 속으로 투덜투덜거렸다. 그렇게 하나하나 부딪치면서 한국 생활에 익숙해갔다. 서울 말투에 서툴러서 혹여나 실수나 하지 않을까 싶어 조심히 일하다 보니 육체적으로 정신적으로 이중으로 힘들었다. 그리고 영화를 더 힘들게 하는 것은 식당 주인 내외의 인종차별이었다.

"저 조선족 여자, 말귀도 못 알아듣고 동작이 굼떠서 젬병이야. 이제 내보내야 될 것 같아."

"장사가 안된다고 핑계 대고 내보냅시다아."

"그러자구!"

영화는 주방에서 음식을 가지고 안방 앞을 지나다가 주인 부부가 주고받는 말을 우연히 엿들었다. 기분이 몹시 상했다. 그렇게 얼마 후 월급날이 되었다. 월급을 반밖에 안 주는 것이었다. 장사가 안되어서 그렇다고 했다. 영화는 이렇게 말하고 싶었다.

'그러면 장사가 잘되면 월급을 더 주시나요?'

그러나 맘 좋은 영화는 꾹꾹 참았다. 이웃 식당에는 흑룡강성 목단강에서 온 박씨 성을 가진 여자가 식당에서 일을 하고 있었다. 박 여인은 밤이 되면 홀에서 술을 마시는 손님들의 술주정을 받아주며 술시중을 들어야 한단다. 어느 때는 그 도가 넘쳐 손님들의 성희롱에 시달린단다. 더욱 박 여인을 힘들게 하는 것은 밤 12시 이후 식당 옆에 임시로 마련한 컨테이너 방에서의 일이란다. 일을 마치고 피곤한 몸으로 컨테이너 방으로 가서 잠을 자려면 술에 취한 주인 아저씨가 문을 두드린다는 것이다.

"박 여사! 나요, 나. 문 좀 열어요. 잠이 안 와요. 우리 마누라가 잠이 들었어요."

"아저씨, 왜 그러세요? 하실 말씀이 있으시면 내일 말씀하세요. 저 피곤하여 자야 돼요."

"박 여사, 문 좀 열어요. 어서……"

매일이다시피 그렇게 문밖에서 다그치는 소리에 시달려 제대로 잠을 이룰 수가 없었다. 그러던 어느 날 주인아주머니한테 발각이 나서 부부는 크게 부부싸움을 했다. 죽이느니 살리느니 소리치면서 밤새 식당 그릇을 깨며 난리를 치다가는 결국 박 여인한테 불똥이 뛰었단다.

"야, 조선족! 요년, 이이한테 네가 먼저 옆구리를 쿡쿡 찌르며 꼬리를 쳤지? 그러니까 이 사람이 밤마다 네 방 앞에서 서성거리지! 야, 요 앙큼한 조선족년 같으니라구."

하면서 머리채를 잡고 휘젓더란다. 박 여인은 그 수모를 당하고도 참았다. 이유는 자신이 '불법체류자'이기 때문이다. 이 약점을 알고 있는 주인집 내외는 툭하면 '불법체류자이나 출입국관리소에 신고하겠다!'고 협박했다. 별의별 수모과 모멸을 당하고도 박 여인은 부엌으로 달려가 와락 쏟아지는 눈물을 감수해내야 했다. 목단강에서 한국에 들어올 때 주위 친척들에게 빌린 돈 갚는 일과 자신만 쳐다보는 가난한 가족들이 눈에 밟혔다.

결국 박 여인은 식당 주인 성화에 못 이겨 할 수 없이 짐보따리를 싸고 남대문 직업소개소를 찾아 다른 식당으로 옮겼다. 중국 조선 동포들이 한국에 돈을 벌기 위하여 많이 들어와 있으나 이런 수모는 허다하다고 한다. 잦은 폭행, 월급 떼먹기, 성희롱, 실직, 먹거리 잠자리 설움 등이 차디찬 눈덩이처럼 뭉쳐 있단다.

이들 조선동포들의 소망은 한결같았다.

영화는 어려서부터 원래 허약 체질이었다. 처음으로 하는 고된 일인지라 몇 달가량 지나니 탈진 상태가 되어 자리에서 일어나질 못했다. 식당 뒷방에서 며칠 몸져 누웠다. 주인 내외는 안방에서 따뜻하게 지내면서 종업원 영화는 뒷방 차디찬 골방에서 혼자 온기 없는 이불을 부여안고 자야만 했다. 낯선 곳에서의 기나긴 밤 동안

잠을 설치다가 아침이 되어 부스스한 얼굴로 다시 식당일을 해야만
했다.

갈등을 겪으며 힘들게 식당일을 하는 어느 날이었다. 연길에 사
는 영화의 남동생이 울먹이며 국제전화를 해왔다.

"누나, 아버지 아침에 돌아가셨소!"

"뭐, 무어야, 아, 아버지가……?"

청천벽력 같은 소리에 가슴이 쿵 하고 내려앉는 순간 머리가 하
얗게 되었다. 이어 눈물이 비 오듯 볼을 타고 흘렀다. 영화는 아버
지 사망 소식을 듣고도 아무래도 못 갈 것 같아 그동안 고생고생하
여 모은 돈을 동생에게 송금했다. 그리고는 전화를 걸었다.

"아버지 살아생전 누나가 효도 한 번 못 했으니 마지막 가는 길에
입고 가실 수의나 최상품으로 해드려라. 돈은 보냈다. 부탁한다."

"알았어요."

영화는 못 간다고 말을 해놓고도 마음이 뒤숭숭하여 다시 생각을
고쳐먹었다. 중국으로 가기로 했다. 식당 주인한테 아버지가 돌아
가셨다는 사정을 이야기를 하고 급히 인천공항으로 갔다.

지체하지 않고 비행기를 타고 연길 장례식장에 도착하니 아버지
장례는 아직 끝나지 않았다. 아버지 관 앞에 무릎을 꿇고 앉아 울고
또 울었지만 마지막 가시는 길에 아버지 얼굴을 보지 않고는 견딜
수가 없었다. 한 시간 후면 화장터에서 한 줌의 재로 사라질 아버지
가 보고 싶어 장례식장 직원한테 관을 한 번 열어달라고 사정했다.
그러나 절대 안 된다는 것이었다.

그러나 평생을 눈칫밥만 먹고 산 영화가 아닌가? 직원이 잠깐 자리를 비운 사이에 핸드백에 접혀 있는 칼을 꺼내 관뚜껑을 열어젖혔다. 뚜껑을 여는 순간 영화는 비명을 지르며 뒤로 넘어졌다. 옆에 있던 어머니와 동생 가족들도 아연실색을 했다.

"어머나, 이를 어째?"

관 속에 누워 계신 아버지가 실오라기 하나 안 걸친 초췌한 알몸이었기 때문이었다. 그러자 동생이 눈을 휘둥그레 뜨고 장례식장 사무실을 찾아 호통을 치며 따졌다. 동생 손으로 최고급 수의를 분명 입혀드렸기 때문이다.

"야, 이놈들아! 우리 아버지 수의 입혀드리려고 준 돈 어디다 쓰고 아버지가 알몸이냐, 이놈들아!"

"네……?"

장례식장 사장은 담당 직원을 불러 알아보았다. 아버지 수의 실종 사건의 전말은 이랬다. 비싼 수의에 눈독을 들인 담당 직원이 다른 사람에게 팔 목적으로 수의를 벗겨 가버린 것이었다. 그리고 그 직원은 이미 수의 판 돈을 받아 챙겨 이미 장례식장을 떠난 뒤였다. 사장은 정식으로 유족에게 사과하고 최고급 수의는 아니더라도 그에 버금가는 수의를 다시 영화 아버지에게 입혀드렸다. 유족 입장에서 괘씸하고 분하지만 마지막 떠나시는 아버지 장례식을 그르칠 수 없어 그냥 조용히 진행하였다.

영화와 유족들은 이래저래 닥친 슬픔에 울고 또 울어도 아버지를 여읜 슬픔을 어찌할 수 없었다. 조용히 눈 감고 계시는 아버지가 그렇게 가엾고 애처로울 수가 없다. 영화는 아버지의 하얗고 초췌해진 얼굴을 만지고 또 만지면서 울었다.

"아버지! 이 셋째 딸이 왔습니다. 눈 좀 떠보세요. 왜 내 오기를 기다리지 않고 이렇게 벌써 떠나셨습니까? 건강하게 기다리신다면서 왜 약속을 지키지 않습니까? 이렇게 가시면 난 어쩌란 말입니까?"

그렇게 몇 시간 동안 가슴 치고 통곡해도 아버지는 대답이 없었다. 영화는 속으로 생각했다.

'이렇게 예고도 없이 떠나실 줄 알았으면 별장이 아니라도 시골에 자그마한 집이라도 사서 사시게 했을 것을……. 아버지께서 꿈꾸시는 그림 같은 집을 설계도 해놓았는데……! 그런 아버지가 지금 이렇게 아무 말씀이 없이 누워 계시다니……!'

영화는 막 임종을 하신 아버지 시신을 붙잡고 통곡했다.

"아버지, 미안합니다. 정말 죄송합니다. 이 불효 자식이 너무 늦게 왔습니다. 아버지 이 불효 자식을 용서해주세요!"

문득 옛 문장 한 구절이 생각이 났다.

나무는 고요히 서 있으려 하나 바람이 그치지 않고
자식은 어버이를 받들려 하나 기다리지 않는다!

그리고 박목월 시인과 김현승 시인이 애절하게 읊조렸던 시가 북한 남양시와의 국경인 도문강(圖門江)에 비수처럼 내리꽂힌다.

회초리를 들긴 하셨지만

차마 종아리를 때리시진 못하고

노려보시는

당신 눈에 글썽거리는 눈물……(중략)

아버지의 눈에는 눈물이 보이지 않으나

아버지가 마시는 술에는 항상

보이지 않는 눈물이 절반이다

아버지는 가장 외로운 사람이다

아버지는 비록 영웅(英雄)이 될 수도 있지만……!

가슴에 서리는 처연한 시구 속에 터질 것 같은 가슴을 부여잡고 아버지 떠나시는 마지막 길은 눈물로, 참회의 눈물을 흘리며 이렇게 다짐했다.

'아버지! 다음 세상에서는 제가 꼭 아버지에게 멋진 별장을 지어 드리겠습니다!'

영화는 중국에서 아버지를 하늘나라로 보내드리고 한국으로 돌아왔다. 아버지를 여윈 아픔과 조선족이라고 차별대우하는 식당일에 회의가 들었다.

'이제 어찌해야 되나? 식당일은 더는 못할 것 같고, 그렇다고 다시 약을 팔아야 하나? 이대로 중국 연길에 돌아갈까?'

순간 수원의 다문화센터에 있는 아들 진아 얼굴이 떠올랐다.

"엄마, 나 과자 사줘!"

하고 손짓을 하는 것 같았다.

"진아아, 엄마가 돈 벌면 다시 만나 행복하게 살자!"

"응, 엄마 기다릴게!"

아들 진아와 손도장을 찍으면서 놀이공원도 같이 가고 함께 축구 놀이를 하며 뛰어주기도 했다. 그리고 좋은 아파트에서 살게 해주 겠다고 약속했던 기억들이 생생히 떠오른다.

중국에서 한국으로 올 때 약을 사기 위하여 주변 친척들한테 많 은 돈을 빌렸다. 영화는 진퇴양난에 빠졌다. 절대 빈손으로 돌아갈 수는 없었다. 꿈과 희망의 땅 한국, 생애 최초의 남자 이성태, 한궈 쓰성쯔 아들 진아 등, 부담감과 욕망이 컸기에 울며 겨자 먹기로 다 시 약장사 길을 택할 수밖에 없다. 이번에는 비상한 각오로 도전했 다. 죽지 않으면 까무러치기다. 더 이상 물러설 길도 없었다. 영화 는 지하철 서울역에 나가 또 다시 심양 서탑가에서 온 미스 김을 찾 았다.

"미스 김, 미안해요. 다시 약을 팔게요 !"

"그래요, 언니. 그딴 식당일 하면서 스트레스 받을 것 없어요. 다 시 시작해봐요!"

강하게 마음을 다잡고 같이 지하철역에 사이좋게 앉아 약장사를 본격적으로 배우게 되었다. 미스 김은 영화에게 용기를 주고 영화 또한 젖 먹던 힘으로 철통같이 꽉 닫힌 입을 겨우겨우 열었다.

한번 말문을 떼고 보니 별로 어렵지가 않았다. 약장사 잘하는 미스 김이 칭찬해주고 영화도 기분이 좋았다. 그렇게 지하철 서울역에서 약장사는 시작되었다. 그래도 근 한 달 동안 식당에서 일하면서 서울 말투를 배운 덕을 많이 본 것 같다.

영화는 돈이 별로 없었기에 서울역 근방에서 제일 저렴한 여인숙을 찾았다. 그러다 보니 연탄불 때는 허술한 집을 얻게 되었다. 그래도 하루하루 나가면 약을 조금씩이라도 팔고 오니 스스로 대견했다. 저녁 늦게 피곤한 몸으로 여인숙에 들어서면 화장대 앞에 놓인 어린 아들 진아의 사진이 하루 피로를 싹 가시게 해주었다.

한 달이 지나보니 수입이 짭짤했다. 수입은 생각 외로 좋았지만 온종일 햇빛 구경을 못 하고 통풍도 안 되는 지하도에서 지나가는 행인들 쳐다보노라면 머리가 막 어지러웠다. 그래도 약을 파는 재미에 고통스러움을 잊곤 했다. 그러던 어느 날이었다.

"가스 중독이다! 일어나봐! 어서어서……!"

하며 깨우는 주인집 아주머니 목소리에 아스라이 눈을 떴다. 그렇게 얼마나 시간이 흘렀을까? 눈을 떠보니 영화가 여인숙 밖 길바닥에 앉아 있었다. 머리가 지끈지끈 아프고 어지럽다. 주인집 아주머니가 말한다.

"하이고, 연변댁 오늘 큰일날 뻔했네. 우리 집에서 송장 치울 뻔했어. 참내? 쯧쯧쯧."

주인집 아주머니는 혀를 차며 말한다.

"오늘 아침 참 이상하더라구. 항상 일찍 일어나는 연변댁이 안 보여서. 방문 앞을 지나는데 연탄가스 냄새가 났어요."

"그, 그래요?"

"문을 열고 보니까 눈이 뒤집혀 흰자위만 보이더라구. 바지를 입힐 사이도 없이 속옷 바람에 축 처진 연변댁을 막 끌고 밖으로 나왔지, 뭐. 그러고는 길바닥에 눕혔어. 연탄가스 중독자한테는 땅 냄새가 제일이거든. 그렇게 밖에서 한 시간가량 지나니까 연변댁이 정신을 차린 거야. 그러지 않았으면 지금쯤 연변댁은 저 세상 사람이 되었을 거예요."

영화는 속이 메스껍고 머리가 아팠지만 참고 겨우 대답했다.

"고, 고마워요. 아주머니!"

그렇게 얼마의 세월이 지났다. 서울 지하철역에서 울고 웃으며 약장사를 하며 무덥던 긴 여름이 영화의 삶 속으로 지나가고 있었다. 그러면서 영화는 회의가 들기 시작했다.

"이건 아닌데……?"

영화는 이 길이 자신이 걸어가야 할 길이 아닌 것 같다는 생각이 들었다. 남산의 우뚝 솟은 타워에 가을 기러기가 날고 남산 숲에 단풍이 빠알갛게 들었다. 영화는 평소 책을 보고 글 쓰는 것을 좋아했다. 문득 중국 고향 도문을 그리며 노트에 「고향」이란 시를 썼다.

　　　연분홍빛 살구꽃
　　　고향마을 뒤덮는 때

두만강 나루터
뱃놀이 즐겁다

고향
내 마음 쉼터
종다리도 하늘 솟구친다!

연길에 있는 모아산 단풍이 그리울 때쯤 영화는 중국으로 돌아갔다. 연길로 가는 비행기 안에서 많은 생각들이 떠올랐다. 고향 도문의 모습, 돌아가신 아버지, 그리고 동생과 함께 사시는 어머니, 한국 남자 이성태, 아들 진아, 지하철 서울역의 미스 김 등이 비행기 창 밖에 뜬 흰 깃털구름에 묻혀 지나가고 있었다.

많은 생각들이 스치면서 언제인가 읽은 미국의 학자 새뮤얼 스마엘스의 어록이 생각났다.

"인생의 대부분은 자신이 만든다!"

그리고 또 미국 브라이언 트레리 교수가 피닉스 리더십 센터에서 강의한 내용이 생각났다.

"인간의 마음에는 일곱 가지 법칙이 있다. 첫 번째, 통제의 법칙. 나의 생각을 조절하고 감정을 결정한다. 두 번째, 우연의 법칙. 계획을 하지 않는 것은 실패를 계획하는 것이다. 세 번째, 인과의 법칙. 생각은 원인이고 상황은 결과이다. 네 번째, 신념의 법칙. 가정을 가지고 무엇을 믿으면 그것은 현실로 이루어진다. 다섯 번째, 기대의 법칙. 기대하는 만큼 자기실현이 이루어진다. 여섯 번째, 인력의 법칙. 긍정적 부정적 지배적 사고. 일곱 번째, 생각의 법칙. 생각이 바뀌면 내 인생이 달라진다."

영화는 지나간 과거를 흘러가는 강물에 싹 흘려보내고 다시는 그런 아픈 과거를 되풀이하지 말고 새로운 삶과 행복만을 만들어가자고 굳게 다짐하였다.

영화는 연길로 돌아와 모든 것 다 내려놓고 다시 시작하기로 했다. 다행히 아들 진아는 수원의 다문화가정 교육센터에서 무럭무럭 잘 자라주고 있었다. 진아를 위해서라도 앞으로 한동안 잊고 잘 살아야겠다고 다짐했다.

이 무렵 한족은 물론 조선족들이 한국 진출을 서두르고 있었다. 한국의 그야말로 기회의 땅, 황금의 땅이었다. 몇 년만 고생하면 중국에 와서 집 하나 사고, 건물 한 채 사는 것은 쉬웠다,

그러자 한국어학원이 인기를 끌기 시작했다. 중국 심양, 장춘, 하얼빈, 연변 등지에 한국어학원이 여기저기 생겼다. 영화도 고향 사람 소개로 연길시 부루하통하 근처에 있는 '세종학원'에서 근무를 시작했다.

젊은 시절 대학에서 문학을 공부한 이력도 있고 한국어를 유창하게 구사하는 영화한테는 자연스럽게 강의가 적합하였다. 다행히 대학 시절 공부를 잘한 탓에 한국어 강의는 수월했다. 세종학원 김영화 강사의 인기는 날이 갈수록 연변 하늘을 찌르고 있었다.

영화는 앞으로 어학으로 진출하기 위하여 낮에는 세종학원, 밤에

는 새벽대학원 한국어학과에서 체계 있게 학문적으로 공부를 하였다. 그러는 사이에 새벽대학교에 한국의 세종어학당이 들어서고 그 주임교수로 김영화 교수가 임명되었다.

김영화 교수는 그 자신이 조중 2세이다. 중국 연변 새벽대학교 한국어 세종학당에 있으면서 한국에 있는 아들 진아와 함께 살 궁리를 하던 중, 새벽대학교 교환교수로 온 한국의 김한글 교수 소개로 수원 아세아대학교 한국어학당 교수로 가게 되었다.

김영화 교수는 드디어 꿈에도 그리던 아들 진아를 데려와 방을 하나 얻어 함께 수원에서 행복하게 살게 되었다. 김 교수는 지금 자신이 다문화가정이면서 자신이 강의하고 있는 교과목이 바로 다문화가정이라는 아이러니 속에서 살고 있는 것이다. 또한 돌연히 세상을 뜬 이성태의 아들 이진아는 한궈쓰성쯔이자 코시안이다.

중국 연길 새벽대학교에 있을 때나 지금 한국에 와 있을 때나 유일한 동료는 대전 아침대학교 한국어과 김한글 교수이다. 김 교수는 같은 길을 가는 선배이자 생활 속 멘토이면서 연인이었다.

한국어 지도사

바람이 차고 겨울을 준비하는 듯했다. 찬바람이 서편에서 불어와 대전 둔산동 아침대학교 담벼락에 부딪치곤 한다. 담에 붙어 있던 현수막들이 바람에 흔들거린다.

오늘은 학기 막바지 강의이다. 학생들의 한국어 교육을 위한 문화 내용과 즐거운 한국어 수업을 위한 교실 활동이다. 김 교수는 부지런히 가르치고 학생들도 부지런히 따라했다. 교안 위주로 강의를 했다. 이들은 현재도 현장에서 나가 외국인 여성이나 코시안을 대상으로 한국어를 가르치고 있지만 더욱 잘하기 위하여 보충 교육을 받고 있다. 이들은 앞으로 우리 한국을 빛낼 고급 인적 자원들이다.

김 교수는 한국어 지도사 강의를 마치고 늘 하는 것처럼 한국어 지도사들과 빙 둘러앉아 토론을 나누었다. 오늘은 전북 부안에 살면서 임실 지역으로 강의 상담을 나가 바쁘게 지내는 솔바위 지도사가 현장 사례를 발표했다.

솔바위 지도사는 이 마을 작은 교회에 모인 필리핀 주부들의 이야기를 소개하였다. 이 마을에는 필리핀에서 시집온 여성이 10여 명이 되었다. 한 마을에 필리핀 여성이 많은 이유는 먼저 필리핀에서 시집온 여성이 한국인 남편과 의논하여 고향 마을의 여성을 초청하여 결혼시켰기 대문이다.

솔바위 지도사는 이번에는 자신이 직접 마을에 출장하여 지도하는 전북 순창의 '할코네마을' 이야기이다.

마을 이름 할코네는 할머니와 코시안만 산다 하여 붙은 이름이다. 이 마을에는 현재 50여 호에 70여 명의 주민이 살고 있다. 할아버지는 불과 10여 명이고 할머니와 외국에서 시집 온 여성들과 이들로부터 태어난 코시안들이 전부이다. 그래서 할머니+코시안이란 낱말을 합성하여 '할코네마을'이 되었다고 한다.

이 할머니들은 명절 때만 기다린다고 한다. 이유는 명절이나 되어야 대처로 나간 자식들이 손자 손녀를 안고 나타나 사람 사는 내음을 풍기게 되기 때문이다.

"워서 명절이나 돌아와야 헐 텐디?"

"대처로 돈 벌러 간 애들이 몰려와 사람 사는 동네가 될 것인디 말여."

마을회관을 방문하여 솔바위 지도사는 물었다.

"왜 할머니들만 계세요? 할아버지는 어디 가셨어요?"

마침 할머니 몇 분이 저녁식사를 마치고 TV를 보고 있었다. 마을 회관 방 한쪽에는 노래방 기계에 자동 안마기·물리치료기까지 갖추어져 있었다.

솔바위 지도사의 질문에 어느 할머니가 대답한다.

"마을회관이 우리들 차지가 된 지 몇 년째여. 할배들은 그림자도 없제?"

마을회관 벽에는 몇 년 전 사진인지 몰라도 이 회관 준공식 사진이 먼지 속에 걸려 있었다. 사진 속 준공식 테이프를 자르는 장면에는 남자들만 가득했다. 당시 100여 명이던 마을 주민은 현재 70여 명으로 줄었다. 이 중에 남자는 불과 20여 명, 나머지는 할머니와 이국인 여성들과 그들이 낳은 코시안 10여 명뿐이다. 그마나 남자 20여 명 중에 10여 명은 읍내 농공단지로 출퇴근한다고 했다.

최근 몇 년 사이 할아버지들이 잇따라 돌아가셨다는 얘기다. 이제 남자들의 자리를 할머니들이 다 차지하고 있다고 한다. 할머니들은 거의 날마다 마을회관에 모여 화투도 치고 윷놀이도 하면서 소일한다고 한다.

농촌에서는 고령화 속에 남녀의 역전 현상이 급속하게 진행 중이다. 그간 남자들의 전유물처럼 여겨졌던 퇴비내기, 풀베기, 농약뿌리기는 물론 경운기 운전까지 할머니 농군들이 손수 해낸다.

읍내에서 종종 실시하는 영농교육의 수강생도 거의 할머니들이다. 이들은 못자리 관리 요령이나 볍씨 고르기, 원예작물 역병 대책 등을 이해될 때까지 하나하나씩 짚어가면서 남자들보다 더 열성적으로 배워 강사들의 탄복을 자아내기도 한다.

매사에 적극적이다. 면민의 날 등 주요 행사의 주인공도 할머니들이다. 이제는 할머니들을 대상으로 하는 노인 공굴리기, 투호, 고리걸기 등이 행사의 주요 프로그램이다. 할머니들이 어린 코시안 손주를 업거나 손잡고 나와 함께 놀이를 하는 것이다. 아들은 농공단지에 출근하고 외국인 며느리는 일터로 나가기 때문이다.

솔바위 지도사의 이야기를 들으며 일동은 고개를 끄덕였다. 그리고 한숨을 내쉬었다. 솔바위 지도사는 말한다.

"요즘 농촌에 가면 제일 어려운 일은 누구네 집을 찾는 일이에요. 그런데 길을 물으려 해도 길거리에 사람이 없고, 겨우 사람을 만나 물어봐도 모른다고 해요. 몇 집을 지나쳐봐도 한국 농촌으로 시집 온 외국인 여성뿐인데, 그분들은 일단 말이 안 통하고 좀 통한다고 해도 마을 사람을 모르기 때문에 어설퍼요."

"네, 참으로 가여운 일이에요."

"우리의 농촌 어찌해야 하는지……."

솔바위 지도사에 이어 이번에는 초등학교에서 사서로 일하면서와 다문화가정 학생들을 가르치는 이화연 지도사의 차례가 되었다.

"제가 방문하는 다문화가정은요, 태국에서 시집 온 '툭턱신'이라는 외국인 여성의 집이에요. 남편은 날품팔이를 하는데 벌이가 시원치 않았어요. 아이가 책을 읽다가 엄마에게 질문을 했대요. '엄마, 물장구가 뭐예요? 그러자 엄마는 대답을 하지 못했어요. 아빠와 엄마, 아이가 서로 말이 안 통해요."

김 교수가 대꾸한다.

"그런 경우는 참 답답하지요."

이화연 지도사는 이어 말한다.

"그러던 어느 날, 이러한 가족 문제와 생활고로 괴로워하던 아빠가 달리는 열차에 뛰어들어 자살을 했어요. 참으로 비극적인 다문화가정이에요."

그러자 옆에 있던 하진아 지도사가 말한다. 하 지도사는 대전 대덕구 공단마을 주변의 다문화가정을 방문하여 한국어를 가르치고 있다.

"언어와 문화, 시어머니와의 갈등을 극복하지 못하고 무너진 다문화가정이 한둘이 아니에요."

김 교수가 말한다.

"그래서 여기 계신 선생님들의 손길이 필요한 겁니다. 부지런히 한국어 교수법을 익혀 현장으로 달려가야 해요."

김 교수의 말에 전체가 동의한다.

"맞아요. 우리가 도시와 농촌으로 가야 해요."

이화연 지도사는 이어서 말한다.

"저는 서울 다문화가정이 많이 모여 있는 가리봉동에서 네 살짜리 아이 김민이를 가르치고 있어요. 이 가정은 엄마가 미얀마에서 시집 온 다문화가정이에요. 이 아이가 심각한 상황이에요. 대인기피 증상을 보이며 바깥세상에 전혀 관심이 없어요. 특히 아무도 알아듣지 못하는 말을 중얼거리는 등 폐쇄적인 모습을 보이고 있어요. 민이 아버지는 민이가 엄마와 함께 있었지만 실제로 혼자 있는 것이나 마찬가지였다고 했어요. 말이 통하지 않았거든요."

충북 옥천 다문화가정센터에서 코시안들을 가르치는 최국화 지도사가 말한다.

"그런 사례는 우리 옥천에도 여럿 있어요. 그런 경우는 우리가 따스한 마음으로 다가가 상담과 대화를 통해 가르쳐야 해요."

김 교수가 차분하게 말한다.

"맞아요, 맞아. 그렇게 해야 해요. 인내심을 가지고……."

이날 강의를 마치고 토론에 참석한 한국어 지도사들은 한결같이 말한다. 외국인 여성과 코시안들이 살아가면서 부딪치는 큰 문제는 외국인 엄마와 아빠 사이의 문화 차이가 아니라 바로 주변 한국인들의 시선이란다. 많은 코시안 아이들은 학교에서 다른 아이들이 얼굴이 시커멓다고 놀린다며 어려움을 털어놓는단다.

대부분은 인종차별에서 문제점이 시작된다. 한국인들은 코시안을 가리켜 피부가 하얗다, 검다, 붉다, 말이 많다, 키가 작다 등등으로 놀려댄다.

김 교수는 강의 때마다 갖는 토론을 정리했다.

"맞아요. 오늘 발표와 토론을 하느라고 수고했어요. 결론은 피부색이 다르고 인종이 다르지만 이들이 분명 한국인이라는 겁니다. 이들이 당당한 한국인으로 성장할 수 있도록 우리가 세심하게 배려하고 도와줍시다."

"맞아요!"

정부에서는 새터민을 비롯하여 다문화가정에 대한 교육을 심각한 문제로 판단하고 수년 전부터 한글지도사, 한국어 지도사, 다문화상담사 등을 배출하고 있다. 이들은 각 대학과 각급 사회의 기관, 단체, 백화점 등의 문화센터에 개설된 다문화과정에서 결혼이주 여성과 그 아이들을 적극적으로 교육시켜 한국 사회에 적응하도록 하고 있다.

한국어 교육은 비단 국내뿐만 아니라 외국에서도 많이 이루어진다. 가까운 중국에만 한족과 조선동포를 포함 약 300만 명이 한국어를 배우고 싶어 한다고 한다. 물론 베트남, 태국, 필리핀, 방글라데쉬를 포함한 아시아권과 미국, 유럽 등에서도 한국어를 배우고 싶어 하는 이들이 늘어나 대학에서도 한국어과를 신설하여 운영하고 있다고 한다.

2100년 다문화인구 1천만 시대

　김 교수는 며칠 전 충남 금산 추부면에 있는 깻잎대학교 졸업식
에 갔었다. 졸업식을 마치고 깻잎대학교 한국어과 학과장 최태화
교수와 함께 추어탕집에 앉아 식사를 하며 대화를 나누었다.

　"김 교수님, 이제 우리 같은 한국어과 교수들이 상승세예요, 상승
세. 허허허……."

　"맞아요, 최 교수님. 그만큼 우리 국력이 커졌다는 거지요. 세계
각국 사람들이 한국으로 한국으로 몰려들고 있으니 말이에요."

　"이제 우리에게도 새벽이 오고 있어요, 여명이 열리고 있다고."

　"아, 맞아요!"

　두 교수는 다문화가정 교육 전반에 대하여 많은 이야기를 나누었
다. 김 교수는 식사를 마치고 탁자의 물을 마시며 말한다.

　"최 교수님, 현재 한국에 거주하는 외국인은 200만 명을 넘어서
고 있다고 해요. 다문화가정이 우리나라 인구의 2퍼센트를 넘게 차

지하며 어느덧 우리 사회의 어엿한 구성원으로 자리매김해 있어요. 그렇다면 우리는 이 시점에서 과연 다문화사회를 맞이할 준비가 되어 있는가? 하고 생각을 해봐야 할 것 같아요."

최 교수도 덩달아 물을 마시며 말한다.

"처음엔 '다문화'라는 말을 듣고 우리나라의 전통 차(茶) 문화를 말하는 줄 알았지요. 하하하……."

"저도 주변에서 그런 소리 들은 적 있어요. 내가 다문화 강의를 한다니까 무슨 차 문화 강의예요? 우리도 그 강의를 들으러 가면 안 될까요? 이러는 거예요. 그래서 제가 다문화 문제에 관심들 좀 가지라고 호통을 쳤지요."

"맞아, 그래야겠네요. 김 교수님, 다문화를 잘 모르고 경솔했던 것을 사과합니다아."

"앞으로 2100년쯤 되면 우리나라에 다문화가정이 1천만 명이 된다고 해요. 그러니 이제 다문화가정 정책을 함께 고민해야 되는 시점이지요."

"알겠습니다. 이제 이 시대의 아이콘은 다문화입니다. 허허허!"

그렇게 대전 아침대학교 한국어과 김한글 교수와 깻잎대학교 한국어과 최태화 교수의 다문화 이야기가 뜨겁게 이어진다.

다문화가정. 몇 년 전만 해도 다문화가정에 대한 이해가 부족하였다. 그러나 이제 다문화는 더 이상 생소한 용어가 아니다. 다문화가정의 급격한 증가로 우리 사회는 다문화사회로 급속히 접어들고 있다. 교육과학기술부에서는 제7차 교육과정 개정안에 다문화교육을 명기하기까지 이르렀다고 한다.

서울이나 인천 등 대도시나 농촌에 가보면 다문화가정은 쉽게 만날 수 있다. 또한 장기거주 불법체류자나 귀화 영주자는 통계에서 제외하고 불법체류자의 자녀들까지 합하면 실제는 120만 명을 훨씬 웃도는 실정이라고 한다. 앞으로 2100년이면 약 1천만 명이 넘을 것이라는 예상이다.

김 교수는 말했다.

"미국의 글레이저 교수는 이제 한국은 다문화주의 시대라고 말했지요."

최 교수가 맞장구를 친다.

"맞아요. 앞으로 프랑스, 독일처럼 우리나라도 외국인 비율이 2020년에는 인구의 5%, 2050년에는 인구의 9.2%를 차지할 것이라고 전망하고 있어요."

김 교수는 다문화가정이 사회적, 국가적으로 문제점을 안고 있지만 장점은 있다고 강조한다.

"한국 국민으로서의 권리와 의무를 교육하는 것은 사회적 활동을 할 수 있는 적응 능력을 향상시키죠. 이주민 다문화가정 자녀를 교육시켜서 이중언어 사용자, 이중문화자로서 활동하게 하면 글로벌 시대에 한국은 세계적으로 풍부한 인적자원 국가가 될 수 있어요."

최 교수도 고개를 끄덕인다.

"이제는 대중매체에서도 다문화에 대한 다양한 프로그램이 운영되고 있어요. 우리나라에 시집 온 외국인 여성, 일을 하러 온 외국인 근로자, 우리나라를 배우러 온 유학생을 주변에서 쉽게 만날 수 있어요. 〈미녀들의 수다〉나 〈러브 인 아시아〉 같은 프로그램을 통해 사람들은 이들의 일상과 생각을 접할 수 있고, 거리마다 베트남 음식점이나 인도 커리 레스토랑이 속속 생겨나서 다양한 각국 음식 문화를 누릴 수 있지요. 경기도 안산의 국경 없는 거리, 서울 가리봉동의 옌볜거리, 혜화동의 필리핀마을, 이태원의 이슬람마을, 프티 프랑스라고도 불리는 서초동 서래마을, 경남 남해의 독일마을 등 외국인 거주지는 지역의 명소로 자리잡고 있지요. 다문화는 이미 우리 일상 속에 깊숙이 들어와 있어요."

최 교수는 학자답게 역사적으로 다문화를 분석하고 있었다.

"김 교수님, 사실 '다문화'도 알고 보면 우리에게 새로운 단어가 아니예요. 역사를 거슬러 올라가 보면 고대 가야의 김수로왕의 아내 있잖아요. 남편의 성이 아닌 자신의 성을 자식에게 물려준 것으로 유명한 허황옥 말이에요. 허황옥 역시 천축국(인도)에서 와서 왕비가 된 인물이니 지금으로 보면 결혼이주 여성인 셈이지요. 또 처용가로 잘 알려진 신라 시대 인물인 처용도 아라비아인으로 신라의 기후가 좋아 신라에 귀화했다고 전해져요. 당시 국제무역이 성행하면서 많은 무슬림들이 신라에 정착했다는 기록도 발견되고 있지요. 그리고 항몽 400년을 거치면서 우리나라는 타의이든, 자의이든 몽골족과 피 섞음이 이루어졌어요. 또 우리나라 건국 초대 대통령을 지낸 이승만 대통령의 영부인 프란체스카 여사가 오스트리아 출신이지요. 본성은 도너이고요. 검약 정신이 투철하였던 프란체스카 여사는 1992년에 한국에서 작고했지요. 우리나라 초대 대통령이 오늘날 다문화국가로 갈 것을 미리 예언했는지 몰라도 일찍이 외국인과 결혼해서 다문화가정을 건국 1호로 대통령궁에 꾸린 거예요. 그리고 근대사를 살펴보면 1960년대에 파독 광부, 간호사 가서 그곳에 정착해서 살고 있는 재독 한인을 비롯한 해외 거주 한인들의 경험도 지금 우리 사회에서 살고 있는 수많은 외국인 근로자, 결혼이주 여성의 삶과 크게 다르지 않아요. 어디 그뿐이예요? 일제 치하의 36년 동안 우리나라 왕손과 일본 왕손의 결합이 이루어져요. 물론 이는 강제에 의한 일이지만요. 또한 저 1960년대 베트남전쟁으로 인한 라이따이한의 다문화 역사도 빼놓을 수 없는 사건이지요."

"오, 그러네요. 듣고 보니 우리의 다문화 역사는 오래전부터 이어져오고 있었네요!"

김 교수의 말은 이어진다.

"다문화는 다양한 문화들이 공존하는 포괄적인 개념이지만, 근래에는 농촌의 결혼이주 여성을 우선 떠올리게 되는데, 이는 정부 각 부처의 다문화정책이 이 부문에 집중되는 경향 때문일 거예요. 그러나 사실 전체 이주민 중에서 결혼이주 여성은 10퍼센트 내외에 불과하다는 점을 고려할 때 정책의 사각지대가 발생할 수 있어요. 이제 다문화정책은 결혼이주 여성 외에 외국인 근로자, 유학생, 재외동포, 탈북 새터민 등을 함께 고려하는 정책으로 확대해서 이해할 필요가 있어요."

최 교수도 열변에 맞장구를 친다.

"우리의 다문화정책은 이주민들의 안정적 정착을 넘어 선주민(기존의 내국인)과 이주민이 함께 공존, 상생할 수 있도록 다름을 인정하고 포용하는 정책을 의미하지요. 이주민을 위한 한국어 교육과 문화 이해도 중요하지만, 더욱 필요한 것은 우리 사회의 모든 구성원들이 이주민을 포용하고 상호 문화를 존중해나가는 감수성을 갖추는 일일 거예요."

"그럼요."

"이주민은 정책적 시혜의 대상이 아니라 다양한 문화의 새로운 창조 주체라는 관점에서 접근할 필요가 있어요. 한국어를 배우고 김치 담그기를 배웠던 이주 여성들은 이제 캠코더를 들고 자신의 이야기로 연극을 만들어 공연을 하며 문화적 역량을 표현하고 있어야 해요. 다문화가정 아이들은 한국의 「홍길동전」과 베트남 전래동화인 「땀과 깜」을 함께 읽으며 성장하고 있어요. 따라서 이제는 세계 각국의 동화와 문화를 통해 문화 다양성에 접근하는 생각을 열어야 해요."

김 교수는 우려의 내용도 빼놓지 않는다.

"지금 우리나라에 시집 온 이주 여성이 약 20만 명에 가깝다고 해요. 이들이 낳은 코시안들이 머지않아 군대를 갑니다. 그러면 군대에서 이들이 그 많은 신식무기와 화약고를 관리할 텐데 만약 전쟁이 나면 이들의 총구가 과연 어디를 겨눌 것인가? 그것도 생각해봐야 해요."

최 교수는 고개를 끄덕인다.

"맞아요. 근래 이 문제가 사회학자들의 근심거리로 등장하고 있어요. 어려서부터 이웃과 학교에서 이른바 튀기, 시커먼스라는 별명을 듣고 자란 이들의 불만이 있지요. 군대에서 상사로부터 구타나 기합을 받은 코시안들이 불만을 품고 우리 국민에게 총구를 겨누거나 폭탄을 던지지 말라는 법이 어디 있나요?"

"그러니 올바른 정책이 필요하지요."

김 교수 못지않게 최 교수도 모처럼 열변을 토한다.

"이제는 명절이나 가정의 달 5월에만 집중되던 다문화가족에 대한 사회의 시각을 개선해야 해요. 또한 대중매체도 그럴 때만 다문화사회 기사를 특집으로 내지 말고 연중 다뤄야 해요."

김 교수가 응수한다.

"우리나라 정부는 2006년 이후 국제결혼을 통해 한국으로 이주해온 여성들에 대한 지원 정책을 체계화하였지요. 그래서 '다문화가족지원법'과 같은 법률적 근거를 확보하며 각 부처별로 다양한 정책을 입안해 추진하고 있어요. 좋은 현상이에요."

최 교수는 말한다.

"언제인가? 신문에서 한 프랑스 여성의 기고문을 읽고 많은 것을 생각했어요. 그 내용은 대략 이러하지요."

김 교수가 소개하는 신문기고문 내용은 이렇다.

나는 프랑스에서 대한민국으로 이민한 이민자로서 한국으로 이주한 지 벌써 20여 년이 되어간다. 한국에서 결혼해서 아이 둘을 낳고 다문화가정의 주부로서 대한민국 국민으로 살아왔다. 나는 이미 오래전부터 다문화사회인 프랑스에서 태어나고 살았기 때문에 다문화가정에 대해 이상하게 생각하거나 그 구성원으로 살아가는 것이 크게 어려울 것이라고 생각한 적은 없다. 당연히 한국 사회의 다문화가정을 이상하게 바라본 적도 없다. 나 역시 그저 사랑하는 사람들과 '우리 가정'을 만들었을 뿐이다. 나는 현재 남자아이 두 명을 키우며 균형 잡힌 교육을 시키는 데 주력하고 있다. 한국어와 불어, 한국 문화와 프랑스 문화를 동시에 가르치고 있는데, 아직 열세 살과 일곱 살밖에 안 된 어린아이들임에도 지금껏 아무 문제 없이 행복하게 양쪽 문화를 받아들이며 잘 적응하고 있다.

기고문은 한국에서의 국제결혼을 주위에서 반대한 이유에 대하여서도 진지하게 피력하고 있다. 김 교수는 이 대목에서 가슴이 찡해왔다고 했다.

처음에 한국에 와서 결혼한다고 했을 때 주위의 반대로 어려움을 겪었다. '한국은 단일민족이라서 국제결혼은 안 된다', '파란 눈 며느리는 못 받아준다'는 뼈아픈 말들이 가슴에 사무치기도 했다. 유럽의 다문화를 체험했던 나와 나의 가족들이 듣기에는 상당히 당황스러운 말들이 아닐 수 없었다. 나는 '단일민족'이라는 개념을 20세기 나치 정권을 이끌었던 히틀러 때문에 처음 알게 됐다. 내가 그렇듯이 유럽에서는 단일민족을 아무래도 히틀러 같은 독재정권과 연관해서 많이들 생각하는 경향이 있다. 때문에 나도 처음 한국에 와서 그런 유의 말을 들었을 때 적잖이 당황할 수밖에 없었다. 물론 나는 반대를 극복하고 결혼에 골인했지만 말이다. 그런데 한 가지 짚고 넘어가야 할 것은 우리가 흔히 알고 있는 것처럼 대한민국이 단일민족만으로 구성된 국가는 아니라는 점이다. 이는 역사가 증명해준다.

프랑스 여성의 기고문을 소개하던 김 교수는 생각난 듯 말한다.

"우리는 흔히 말합니다. 세계 유일의 단일민족은 대한민국뿐이라고. 한우, 맑은 공기, 자연도 우리나라가 가장 순수하고 훌륭하다고 말입니다. 그러나 한우는 잡종 체계와 환경의 오염 등으로 오염이 되어가고 있어요. 그리고 우리 세종대왕이 만든 한글이 순수한 우리 말글인 건 사실이지만 각종 외래어의 유입으로 우리의 순 한글이 얼마나 오염되어가고 있는지 그 실상은 심각합니다."

오로지 한글만을 사랑하는 깻잎대학교 한국어과 학과장 최태화 교수는 눈을 크게 뜨며 말한다.

"아니에요. 우리나라 한글만은 세계 어디에 내놓아도 최고죠. 암, 우리의 성군 중에 성군 세종대왕이 세종 25년 겨울에 정음 스물여덟 자를 만드셨잖아요."

김 교수도 강조하여 말한다.

"지난 2007년 한국어가 국제특허출원 공식 언어가 되었지요. 이제 한국어가 국제특허협력조약(PCT-Patent Cooperation Treaty)의 국제 공개어로 공식 채택되었어요. 한국어가 각종 국제기구나 국제조

약의 공식 언어로 지정되기는 이번이 처음이지요. 스위스 제네바에서 열린 제43차 세계지식재산권기구(WIPO) 총회에서 183개 회원국의 만장일치로 한국어를 PCT 국제출원을 위한 국제 공개어로 추가한 거예요. 종전까지 PCT 국제 공개어는 영어, 프랑스어, 독일어, 일본어, 러시아어, 스페인어, 중국어, 아랍어 등 여덟 개였는데, 이제 한국어와 포르트갈어가 추가돼 열 개가 됐어요. 참 잘된 일이지요, 최 교수님."

김 교수도 이 대목에서 진지하게 말한다.

"이제 우리 한글을 수출하고 있잖아요. 이미 필리핀, 베트남, 중국 등에 우리 한국어 지도사들이 나가 한글을 부지런히 가르치고 있어요. 현재 지구촌에는 6,500개 언어가 분포되어 있고, 이 가운데 6,100개 언어가 아직 문자가 없는 형편이라고 합니다. 세계적으로 2주마다 1개의 언어가 사라진다고 하니 이 추세대로라면 2100년엔 3,000~4,000개의 언어가 사라질 운명에 놓여 있는 셈이에요. 이러한 문자 환경에서 교육 수출의 미래는 밝다고 봐요. 한글 문자를 통해 교육 수출국으로서 자리를 잡는 장기적인 안목이 필요한 때예요. 이미 유네스코에서 훈민정음을 세계문화기록유산으로 지정했잖아요. 한글은 다른 문자와 비교해 매우 쉽고 빠르게 배울 수 있다는 장점이 있어요. 옛날에는 한글을 아침글자라고 해서 너무 쉬운 글이라 깔보던 때도 있었지요. 한글이 쉽고 과학적인 것은 10개의 모음과 14개의 자음을 조합할 수 있기 때문이지요. 한글의 우수성은 이미 많은 외국 학자들에게서도 인정받고 있어요. 중국인들의 삶을 담은 소설 『대지』로 유명한 미국의 작가 펄 벅은 '한글이 전 세계에서 가장 쉽고 단순하며 훌륭한 글자'라고 말했어요. 또 영국의 제프리 샘슨도 '한글을 새로운 차원의 자질문자(feature system)로 분류하자'라고 했잖아요."

최 교수가 문득 화제를 바꾼다.

"참, 김 교수님. 이번에 아침대학교 강주한 지도사가 베트남에 간다고 안 했어요?"

김 교수는 고개를 끄덕이며 대답한다.

"맞아요. 강주한 선생님이 호치민에 있는 휴맨직업기술학교의 한국어 교사로 가기로 결정이 났어요."

"그것 참 잘되었네요. 베트남에는 2만여 명의 라이따이한이 있지요. 그들이 한국어를 빨리 배워서 우리 한국에 와서 취업하도록 해야지요."

"강주한 지도사는 평소 성적도 좋고 매사에 모범생이었어요. 특히 강 선생님은 구국도놀이라든지 승경도놀이 같은 우리 전통 놀이 문화의 전문가라서 베트남에 가면 우리 문화를 알리는 전도사 역할을 잘할 것 같아요."

"그래요. 베트남에 한국의 문화를 알리는 일은 매우 중요하지요."

김 교수는 이어서 강주한 지도사의 베트남 진출에 대하여 설명을 하였다.

"강주한 지도사는 한국국제협력단(KOICA)으로 추천이 되도록 안내하였어요. 그래서 호치민시 휴맨직업기술학교에 가서 라이따이한들을 위하여 교육하는 거예요."

최 교수가 환하게 웃으며 말한다.

"김 교수도 잘 알겠지만, 한글의 위력은 근래 폭발적으로 커지고 있어요. 바로 디지털의 코드와 한글은 너무나 잘 맞기 때문이에요. 디지털 시스템에서는 한글의 업무 능력이 한자나 일본어에 비해 일곱 배 이상 빠르고 경제성이 있어요. 한글 수출은 상생의 사업이며 가장 확실한 투자이지요. 한글은 세계 언어 중에서 가장 우수한 언어이며 미래의 언어로 자리매김할 것을 확신해요. 강주한 지도사가 베트남으로 진출하여 우리의 자랑 한글을 전파하도록 도와주세요."

한국어 교육의 은사이기도 한 최 교수의 격려에 말에 김한글 교수는 힘차게 설명을 했다.

"우리 대전 아침대학교 한국어 지도 과정은 훈민정음 제자 원리를 이용한 조합의 원리를 적용했고 게임이나 노래 등을 이용하여 한글을 쉽고 재미있게 지도할 수 있도록 노력했어요. 문법보다는 실생활에서 활용할 수 있는 회화 중심으로 교육하는거지요. 그래서 보통의 경우 유아(5~6세 기준)는 주 3회씩 2~3개월이면 쉬운 문자 해득이 가능했고 외국인 여성들의 경우는 주 3회씩 2주 정도면 문자 해득이 충분합니다. 한글과 한국어 지도를 병행하고 언어의 특징이나 기초문법, 표준어, 다양한 교수법으로 진행됩니다. 이렇게 '한글 지도'를 이수한 후, 유아나 외국인 여성 또는 노인들을 대상으로 한글 지도를 할 수 있는 분야는 그 전망이 매우 넓고 밝다고 봐요. 이제 우리는 '단일민족이고 한민족이다' 라는 사고는 변해야 합니다. 이미 농촌에는 네 가구당 한 가구 정도로 이주민 여성이 있으며 그에 따라 이주민 자녀 문제가 발생하고 있어요. 언어 발달 과정에서 어머니가 사용하는 언어가 가장 큰 영향을 주는데 어머니가 외국인이다 보니 아이들은 한국어보다 어머니의 모국어를 더 빨리 습득하게 됩니다. 그래서 한국의 아이들이면서도 한국어보다 외국어를 더 빨리 접하게 되는 현상이 일어나고 있어요. 다문화 가정의 한국어 교육은 국가 차원에서도 중요하게 다루어야 한다고 생각해요. 한국어 지도사는 이런 문제를 해결하는 데 한몫을 할 수 있고, 문화관광부 산하 기관인 세종학당이나 세계화재단 등에서 한국어 지도사를 동유럽이나 동남아 등에 봉사단원으로 파견하고 있지요. 이런 봉사단에 동참할 수도 있고 국내에서도 다문화가정 등에 한글뿐만 아니라 한국어 문화 등을 보급하는 일을 할 수 있어요. 이것은 일자리 창출의 차원을 넘어 애국의 길이라고 생각해요. 또한 한글은 하루아침이면 깨우친다고 해서 아침글이라고 할 만큼 배우기가 쉬운 글이에요. 이러한 한글을 현장에서 직접 교육할 수 있도록 다각적으로 연구하여 한국어 지도사들이 보람을 갖고 지도할 수 있기를 바라는 마음입니다."

최 교수는 열변을 토하는 김 교수에게 박수를 친다.

"우와! 우리 김한글 교수, 이제 한국어 박사가 다 되었네. 좋아요. 좋아. 허허허."

"뭘요? 교수님이 저를 그렇게 가르치고 지도하셨잖아요. 아직 부족합니다. 더 배워야지요."

"아니요. 이 정도이면 국내 어디에다 내놓아도 손색이 없는 한국어 교수 1급이오, 1급. 허허허."

김한글 교수는 고개를 조아리며 말한다.

"격려해주시어 고맙습니다. 그간 저희에게 한국어를 잘 지도해주신 교수님의 지침에 따라 강주한 지도사를 베트남에 파견하여 우리 나라의 국위를 떨치고 오도록 잘 안내하지요."

라이따이한

긴 겨울의 터널이 지나갔다. 산 계곡에서는 얼음 밑으로 졸졸졸 시냇물이 노오란 개나리가 속살을 드러내며 피어난다. 전라북도 대둔산에서 흐르는 대전 중구의 유등천 둑변에 아지랑이가 피어오르는 봄날.

이른 아침 김한글 교수의 배웅을 받으며 강주한 지도사는 대전을 출발하여 인천공항으로 가는 리무진 버스를 탔다.

"강 선생, 잘 다녀오시오. 부디 가서 외국의 문물을 배우고 우리의 소중한 한글을 잘 전파하여 국위를 떨치시오."

"네, 알겠습니다. 교수님이 가르쳐주신 대로 베트남 라이따이한들에게 우리 한국어를 지도하여 한국의 이미지를 높이도록 하겠습니다. 안녕히 계세요."

강주한 지도사는 갖가지 상념에 빠져 버스 의자에 깊숙이 몸을 파묻었다. 한참을 달린 버스는 인천공항 국제선 탑승장 앞에 멈추었다. 강주한 지도사는 수속을 밟고 기다렸다. 얼마 후 탑승 시간이 되어 게이트로 나가 비행기에 올랐다.

인천공항을 가볍게 이륙한 호치민행 비행기는 인천 영종도의 파아란 봄녘 들판을 아래로 하고 훌쩍 창공을 날아 인도차이나 반도를 향하여 날아갔다. 거친 기류와 구름을 헤치고 날던 비행기는 다섯 시간 정도 긴 여행을 마치고 가쁜 숨을 몰아쉬며 베트남의 남부 수도 호치민 떤선녓 공항에 도착하였다.

한국에서 떠날 때는 봄 날씨였으나 베트남은 무더위로 후끈거리고 있었다. 공항 밖으로 나오자 와라락 하고 찌는 듯한 무더위가 물벼락처럼 달려들었다.

'어휴, 왜 이리 더워!'

손으로 이마의 땀을 훔치며 인상을 찌푸렸다. 그리고 고개를 들어 저만치 '한국 강주한 한국어 지도사 선생님 호치민 방문 환영/호치민 휴맨직업기술학교'란 피켓을 든 일행을 보고 강주한 지도사는 방긋 웃으며 손짓을 했다.

"여, 여기요. 제가 한국에서 온 강주한입니다."

"네, 반가워요. 어서 오세요. 반가워요. 환영합니다."

미리 연락을 받고 마중을 나온 한국인 한 명과 라이따이한 한 명이 출구에서 기다리고 있었다.

"안녕하세요. 한국에서 온 강주한입니다. 반가워요."

"안녕하세요. 본국으로부터 연락을 받고 나온 휴맨직업학교 이충희 사무장입니다. 베트남에 오신 것을 환영합니다."

"아, 그래요. 고맙습니다."

"그리고 이쪽은 텅드억입니다. 인사드려요. 강주한 선생님이세요."

"안녕하세요. 텅드억이에요. 강 선생님 말씀 이미 들어 알고 있어요. 앞으로 잘 지도하여주세요, 선생님."

비교적 한국말이 유창한 텅드억이라는 청년은 청바지에 가벼운 티셔츠 차림이었다. 작은 체구에 검은 피부가 강단이 있어 보인다. 특유의 남국인 기질이 있어 보였다. 강주한 지도사는 반갑게 손을 내밀며 인사했다.

"그래요. 반가워요. 텅드억. 앞으로 현지 사정을 잘 알려주시길 부탁해요."

"네, 선생님. 제가 잘 안내해드리지요.

옆에 서 있던 이충희 사무장이 말한다.

"강 선생님, 이 텅드억이라는 학생은 우리 휴맨직업기술학교 학생회장이에요. 매사에 적극적이며 모범생이에요. 앞으로 텅드억을 통하면 많은 도움을 받을 수 있으실 거예요."

"아, 예. 잘 알겠어요."

"자, 가시지요. 저기에 있는 차를 타세요."

강주한 지도사를 태운 차는 떤선넛 공항을 빠져나가 도로를 질주하기 시작하였다. 길가에는 파아란 야자수가 열을 지어 서 있고 오른쪽 멀리 수평선은 검푸른 물결로 넘실대고 있었다.

간간이 시클로(인력거)가 도로를 지나가고 아오자이를 입은 베트남 여성들이 긴 머리칼을 남국의 바닷바람에 휘날리며 자전거를 타고 스쳐갔다. 강주한 지도사는 그런 거리 풍경을 바라보며 이곳이 한국이 아닌 베트남이라는 타국임을 실감하였다.

차를 타고 가면서 이충희 사무장은 베트남과 휴맨직업기술학교에 대하여 간단하게 설명해주었다.

한참을 달리던 차는 호치민시를 약간 벗어나는 듯하더니 어느 골목으로 접어들어 멈추었다. 어느 건물 앞이었다. 이충희 사무장이 차에서 먼저 내리며 말한다.

"다 왔습니다. 저 안으로 드시지요. 저희 김용관 목사님이 아까부터 기다리고 계십니다."

"예, 알겠습니다."

이충희 사무장의 안내로 건물 2층으로 올라갔다. 2층에서 왼쪽으로 돌아가자 접견실이 보인다. 거기에는 김용관 목사가 벌써부터 기다리고 있었다. 반가운 표정으로 일어서 인사를 한다.

"어서 오세요, 강 선생님. 기다리고 있었어요."

"안녕하세요. 오면서 사무장님께 목사님에 대한 말씀은 간단히 들었습니다."

강주한 지도사는 김용관 목사와 함께 차를 마시며 의례적인 인사를 나누었다. 그 뒤 이충희 사무장을 따라 본관 뒤편에 있는 숙소로 들어갔다.

"여기가 앞으로 강 선생님이 머물 숙소입니다. 여기 책꽂이에 우리 학교에 대한 안내서와 베트남에 대한 안내책자 등이 있으니 천

천히 읽어보시고요. 언제든지 궁금하시면 이 구내전화로 저를 찾으세요."

"친절 고마워요."

"그럼 오늘은 먼 길 오시느라 피곤할 테니 쉬세요. 내일 뵙지요."

이충희 사무장은 친절하게 숙소까지 안내하고 밖으로 나간다. 강주한은 방 안을 둘러보았다. 누구인가 사용하고 간 건지 약간 누추하다. 벽지에는 파리똥이 묻어 있고 서랍에는 볼펜 자국이 묻어 있다. 방 하나에 화장실, 부엌이 딸린 열 평 안팎의 작은 기숙사였다. 작은 TV가 하나 뎅그라니 놓여 있고 책꽂이에는 사무장이 설명한 대로 베트남 안내책자와 휴맨직업기술학교에 대한 한국어판 안내서 외에도 베트남어 잡지가 몇 종류 꽂혀 있었다.

강주한 지도사는 겉옷을 벗어 걸고 화장실에 가서 세수를 하였다. 수도꼭지를 틀자 물이 방울방울 떨어지고 녹슨 물이 나왔다. 그러나 어찌하랴, '집 떠나면 고생!'이라고 하지 않았던가? 세숫대야 비슷한 그릇에 한참 만에 물을 받아 세수와 발을 씻고 방으로 나왔다. 그러면서 혼잣말로 중얼거렸다.

"집에서는 꼭지만 틀면 언제든지 찬물과 따뜻한 물이 콸 콸 콸 나왔는데……!"

방 안 한쪽에 있는 낡은 의자에 앉았다. 책꽂이에 있는 '휴맨직업기술학교와 베트남 교육제도 안내서'라는 책을 빼 들었다. 차례대로 읽어 보았다.

베트남 호치민 휴맨직업기술학교. 김용관 목사가 1990년 라이따이한을 위해 설립. 베트남 정부에서 기증한 총 대지 2,100m²에 세워진 휴맨직업기술학교. 현재 3년제 고등학교로 인가. 베트남 허가번호 : AT062/UB-DA(프로젝트 오피스 허가) 부설기관으로 라이따이한 2, 3세를 위한 휴맨유치원, 휴맨치과의원이 있다.

현재 휴맨직업기술학교에는 라이따이한 2세, 3세 등과 베트남인까지 포함 500여 명이 일반 교과와 기술을 배우고 있다.

휴맨직업기술학교는 IT, 전자, 디자인 등을 가르치는 3년제 고등기술학교. 1990년에 세워져 2,000여 명의 실력 있는 현지 기술인들을 배출하였다. 이 중에 상당수가 베트남 현지와 한국에 취업하여 열심히 활동하고 있다.

강주한 지도사는 베트남의 교육제도에 대하여 유심히 살펴보았다. 앞으로 라이따이한들을 가르쳐야 하는 그에게는 현실적인 문제였다. 한국국제협력단(KOICA)에서 베트남에 대하여 사전교육을 받긴 했어도 현지에 도착하여 안내서를 읽어보니 모든 것이 새롭기만 했다.

사회주의 국가인 베트남은 직장 여성이 많기 때문에 유아원, 유치원 제도가 잘 되어 있다. 유아원, 유치원에서는 급식은 물론 낮잠침까지 할 수 있다. 출근 시간인 아침 7시에 아이를 데려다주고 퇴근 시간인 5시쯤 집으로 데리고 온다. 초등학교에서는 약 20%의 학생들이 식사와 낮잠을 학교에서 해결한다.

베트남에서는 모든 학교가 남녀 공학이다. 그리고 초 · 중 · 고등학생은 반드시 교복을 입어야 한다. 초등학생은 파란 바지에 흰 와 이셔츠, 빨간 머플러를 두른다. 중고등학생 교복은 머플러를 두르지 않고 바지와 흰 셔츠 차림이다. 그러나 여학생들은 고등학생이 되면 베트남 전통 복장인 흰색 아오자이를 입는다. 특히 흰 아오자이를 입고 자전거로 등교하는 여학생들의 모습이 인상적이다. 다랏 같은 고산 지방은 춥기 때문에 파란 스웨터를 걸쳐 입는다. 남자 선생은 와이셔츠에 양복바지, 여자 선생은 아오자이가 기본이다.

원칙적으로 학생 체벌이 금지되어 있다. 한국 같은 체벌은 전혀 찾아볼 수 없는 반면 문제 학생은 냉정하게 수업에서 쫓아낸다. 처음은 주의, 두 번째는 걸상 위에 무릎꿇고 앉는 벌을 주고 세 번째는 교실에서 쫓아내 버린다. 한국과 달리 교장, 교감 선생님들도 모두 수업을 한다. 시험은 10점 만점, 제로 5점 이하면 낙제이다.

한 학기에 끼엠짜(Kiem tra)라는 임시 시험을 두세 번 치르고, 티(Thi)라는 본시험은 학기 말에 한 번 있다. 성적표에는 항상 학생들의 성적 확인 사인을 받는 난이 있다. 학기 시작은 9월 초이며, 다음 해 1월 중순에 끝난다. 그리고 한 달을 쉬고 음력설 1주 후(2월 중순)에 2학기를 시작한다. 그리고 6월 말까지 수업을 하면 1년 과정이 끝난다.

중학교 진학률은 대략 37%, 고등학교는 28% 정도로 추산된다. 호치민시, 하노이 등의 진학률은 상대적으로 높다(호치민시의 경우 중학교 65%, 고등학교 38%, 대학교 1%).

베트남도 한국과 같이 의무병제이다. 남자들은 고등학교 졸업 후

반드시 3년 혹은 2년간 군대 복무를 해야 한다. 그러나 대학생은 4년간 두 달의 군사훈련으로 대치되며 특징적인 것은 남녀 모두 훈련을 받는다는 것이다. 물론 여학생들도 남학생과 같이 실전 사격 연습도 한다. 2학년 1학기가 끝나면 첫 한 달 훈련을 받고, 4학년 마지막에 한 달 훈련을 받는다. 매일 오전, 오후 8시간 훈련을 받는다.

베트남에도 한국과 마찬가지로 대학입시가 있다. 입시는 대학별로 실시되며 대개 같은 계열의 대학이 같은 날짜에 시험을 치른다. 학생들은 무제한 원서 제출이 가능하며 내신과 본고사의 비율은 50 : 50 정도이다.

베트남 국민들의 교육열은 매우 높으며, 부모들이 사교육비를 부담하여 별도 교육을 시키는 경우도 많고, 대학입시 경쟁률도 치열해 고교 졸업반 학생들은 대체로 입시 공부에 몰두하고 있다고 잡지에 쓰여 있다.

대학 졸업 후 평균 취업률이 50%를 밑돌고 있다. 가장 인기 있는 직장은 관공서와 외국계 회사이다. 관공서 중에서는 우체국을 가장 선호하는데 이는 월급이 많기 때문이다. 그다음이 은행, 경찰 등이다. 외국인 투자 공장에서 화이트칼라로 일하고 싶어 하는 젊은이들도 많다.

월급은 중소도시에서는 대졸 초봉이 40달러가량, 사이공에서는 100달러가량 받고 있다. 그러나 대부분의 대졸자들은 30달러의 월급을 받는 실정이다. 특히 교원대를 졸업한 선생님들의 초봉은 20달러밖에 되지 않는다. 따라서 과외나 학원 강사를 하며 생활에 필요한 돈을 메우고 있는 실정이다.

휴맨직업기술학교와 베트남 교육에 대한 안내서를 읽은 강주한은 이번에는 베트남에 대한 안내서를 빼 들었다.

베트남은 인도차이나 반도에 위치하고 있으며 수도는 하노이이다. 국가 명칭은 베트남사회주의공화국이다. 공화국이며 공용어는 베트남어이다. 경제통화는 동(D) 단위. 면적은 33,1041km2, 인구는 8천만여 명이다.

베트남은 중국과의 국경에서 카마우곶(串)까지 남중국해를 따라 남북으로 좁고 길게 뻗어 있으며, 국토의 3/4은 산지로 되어 있다. 기후는 열대몬순 기후를 보인다. 대체로 5~10월이 우기, 11월에서 이듬해 4월까지가 건기이다.

베트남 인구의 약 89%를 차지하는 베트남인(킨족)은 수천 년 전에 중국 화남지방으로부터 북부 베트남으로 이동했다고 알려졌으나, 근년의 고고학적 발굴에 의하면 그 기원은 훨씬 오래전, 수십만 년 전으로 거슬러 오른다고 한다. 그 후 그들은 원주민을 흡수 또는 구축하면서 해안 평야를 따라 남하하고 17세기 말에 이르러 메콩 델타에 도달하였다.

공용어는 베트남어이며 문자는 로마자에 특수한 부호를 사용한 80여 개의 자모(字母)로 되어 있다.

1976년 6월에 개최된 남북 베트남 통일국회에서 베트남 사회주의 공화국이 탄생하였으나 30여 년에 걸친 전쟁을 겪은 국토의 황폐는 여러 가지 면에서 신국가 건설의 장애가 되었다. 1978년 남베트남의 개조 사업이 본격적으로 착수되고, 일반 상점의 사회주의화, 통화 개혁 등이 단행되었으나 이러한 일련의 조치는 호치민시의 경제적 실권을 잡고 있는 화교(華僑)의 대량 귀국 사태를 야기하였다. 그 결과 대중공 관계의 악화, 군사·경제 양면에 걸친 중공 원조의 전면 정지라는 사태에까지 발전하였다.

베트남 사회를 지배하는 유일한 세력은 공산당이며, 당원 수는 약 300만 명이다. 공산당의 주요 의사결정기구로는 정치국 상무위원회, 정치국, 중앙집행위원회가 있다. 국가주석은 임기 5년으로 국회의원 중에서 국회에서 선출되고 국가원수로서 대내외적으로 국가를 대표한다.

다음 날부터 강주한 한국어 지도사의 교육은 시작되었다. 배정받은 한국어반에는 40여 명의 학생이 있었다. 이 중에 라이따이한이 30여 명이고 나머지는 베트남 현지인의 자녀들이었다.

이들의 대부분의 꿈은 한국어를 배워 시험에 합격한 후 한국에 취업하거나 적어도 베트남 현지에 진출한 한국 기업에 취업하는 것이다. 이렇게 안정적으로 직장을 잡으면 결혼이 쉬워진다. 그리하여 안정적으로 가정을 갖는 것이었다.

강주한 지도사는 한국에서 배운 대로 학생들이 수업을 지루해한다 싶으면 가벼운 한국어 노래를 가르쳤다. 한국에서 가져간 기타와 하모니카, 오카리나 반주에 맞춰 한국의 〈애국가〉〈아리랑〉〈고향의 봄〉이나 또는 팝송을 함께 합창하기도 했다. 이러한 레크리에

이션은 한국어 수업의 중압감을 덜고 난이도를 낮춰 접근을 모으기 위해서이다.

　강주한 지도사가 호치민휴맨직업기술학교에 도착한 이후 한 달 정도가 지났다. 어느 날 강주한 지도사는 뜻밖의 상황에 직면하여 당황하고 있었다.

　그가 가르치고 있는 여학생 '원더쭈'가 학교에 안 나오는 것이었다. 매일매일 학교에 잘 나와 청소와 공부를 잘하는 착한 라이따이한 학생이었다. 오후에 수업을 마치고 학생회장 텅드억을 앞세워 가정 방문을 하기로 했다.

　휴맨직업기술학교에서 한참을 차를 타고 가서 길가에 차를 세웠다. 그러고는 논길과 숲길을 걸었다. 들에는 런(농부의 삿갓모자)을 쓴 농부들이 일을 하고 있고 그 옆으로는 물소들이 평화롭게 풀을 뜯고 있었다. 한적한 어느 마을 초막을 지나 허름한 집 앞에 텅드억이 멈춰 섰다.

　"선생님, 이 집이 원더쭈 집이에요."

　"음, 그래. 수고했다."

　강주한은 한국에서처럼 남의 집 방문에 앞서 헛기침을 몇 번 했다.

　"흠…… 흠……."

　그러자 잠시 후 헬쑥한 중년 여인이 방에서 엉거주춤한 자세로 기어 나왔다. 통역은 텅드억이 맡았다.

그 여인은 의외로 한국말을 잘했다. 베트남어와 한국어로 대화를 나누며 일행은 방으로 들어갔다. 방 안에는 보잘것없이 남루한 가난한 농부의 방처럼 신문과 옷가지가 널려 있었다. 마침 원더쭈는 가까운 마을 친구네로 놀러 가고 없었다. 강주한은 학교에 나오지 않는 이유를 물었다.

그러자 원더쭈 어머니 '응엔 티 풍'은 얼굴에 슬픈 빛을 보이며 허둥지둥 말한다. 눈물과 하소연으로 일그러진 그의 말은 이랬다.

딸 원더쭈가 그동안 휴맨직업기술학교에 잘 다녀서 처음에는 마음이 놓였단다. 그런데 며칠 전부터 이상해 보였다. 딸애의 배가 날이 갈수록 자꾸 불러 보였기 때문이다. 이상한 예감이 들었다.

"혹시, 이 애가 임신을……?"

설마 그럴 리 없다고 도리질 쳐봤지만, 같은 여자 입장에서 볼 때 예삿일이 아니었다. 곰곰이 생각하던 그는 딸이 들어오길 기다렸다.

그날 오후 휴맨직업기술학교를 다녀와 옷을 갈아입던 딸아이를 불러 세웠다. 바닥에 눕히고 아래옷을 황급히 들췄다. 아이의 배엔 이미 복대가 질끈 동여매져 있었다. 급한 마음에 배를 쓸어보았다. 아니나 다를까 아랫배엔 손바닥만 한 주먹 같은 게 잡혀졌다. 가슴의 유두 색깔은 검었다.

"아……! 맞구나. 내 예감이……."

"엄마, 죄송해요."

갑작스런 엄마의 행동에 당혹해하던 원더쭈는 울먹이며 사실대로 결국 모든 것을 실토하고 말았다.

원더쭈는 현재 임신 6개월. 아이 아빠는 한국인이었다. '옹 김'(베트남어로 'Mr. 김'이라는 뜻). 응엔 티 풍 자신도 평소 잘 알고 지내던 사람이라고 한다. 다급한 마음에 응엔 티 풍은 급히 옹 김을 찾아갔다. 다짜고짜 어떻게 된 일이냐고 따졌다. 40대 중년인 옹 김은 당황한 얼굴로 말했다.

"그냥 어찌어찌해서 딱 한 번뿐이었습니다. 임신한 줄은 몰랐는데……?"

"뭐야? 이 짐승 같은 사람아! 그 어린애한테 그런 몹쓸 짓을 해?"

할 말을 잃은 옹 김은 급한 대로 말을 둘러댔다.

"원더쭈의 장래도 있고 하니 낙태를 합시다. 우선 100달러를 드리겠습니다."

"아이고 몰라요! 어떻게 그 어린 것에게 그런 짓을……!"

응엔 티 풍은 당장 마땅한 대책이 떠오르지 않았다. 집으로 돌아왔다. 옹 김의 말처럼 낙태가 쉬운 일이 아니었다. 어린애한테 그럴 수는 없었다.

응엔 티 풍은 마침 귀가한 아들 '티 몽'과 함께 옹 김의 집으로 다시 향했다. 그의 집에 가면서 분을 삭이고 생각에 잠겼다. 그리고 주머니를 뒤져 브이 티수언 거리에서 팔다가 남은 영국제 베트남산 담배 '555'를 피워 물었다.

건기의 태양열로 온 천지가 가마솥 바닥처럼 후끈후끈하게 달아오르더니 하늘가엔 금방이라도 한바탕 스콜(열대성 소나기)이 퍼부

어댈 듯 먹장구름이 야자수 위로 시커멓게 몰려온다. 심란한 그녀의 가슴을 헤아리는지 강한 바람이 저만치 파인애플 나뭇가지를 흔들며 불어온다. 바람이 펄럭이며 그녀의 흰색 아오자이 치마 깃을 여민다. 그녀는 혼잣말로 중얼거렸다.

"임신 6개월 상태에서 아이를 지운다면, 우선 아직 어린 딸의 생명이 위태로울 수 있는데……. 그렇다고 애를 낳을 수도 없는 처지이고. 아아, 이 일을 장차 어쩌면 좋지?"

고개를 저으며 다시 옹 김을 찾아갔다. 우선 그의 여권을 빼앗기 위해서 곧장 사무실로 갔다. 베트남 거주 한국인들은 이런 일을 저질러놓고 홀연히 베트남을 떠나버리는 걸 주변에서 많아 보아왔기 때문이다.

옹 김은 사무실에 없었다. 그가 머물던 방도 비어 있었다. 다시 사무실로 돌아가 직원한테 물으니 잠시 시내에 다녀온다면서 나갔다는 것이다. 그러나 한참을 기다려봐도 볼 일을 보러 나갔던 옹 김은 소식이 없었다.

아뿔사!

응엔 티 풍이 한발 늦었던 것이다. 돈을 찾으러 간다던 옹 김은 이미 베트남항공 인천행 비행기로 이곳 탄숀넷 공항을 뜬 뒤였다. 올 것이 오고야 말리라는 예감을 미리부터 해온 옹 김의 주도면밀한 계획적인 탈출로 보여졌다.

응엔 티 풍, 원더쭈, 티 몽 등 일가족은 옹 김이 머물던 사무실과 집 마당을 바라보며 털썩 주저앉아 망연자실한 표정으로 파아란 하늘만 바라보았다.

　주변엔 야자수와 파인애플 나무가 말없이 파아란 하늘을 받치고 있었다. 응엔 티 풍은 땅바닥에 앉아 헝클어진 머리카락 사이로 나온 휑한 눈가에 눈물을 흘리며 땅바닥을 치며 통곡을 했다.

　"따이한 놈들, 이 나쁘은 노옴아! 이렇게 내 몸도 버려놓고 부족해서, 또 내 딸까지 망쳐놓고 가버리면 어떻게 하나! 이 따이한 나쁜 사람들아!"

　"뭐야, 자유와 민주주의 수호를 한다고 우리 민족의 가슴에 총구를 앞세우더니, 근래에는 무역이다 건설이다 들랑대다가 이 지경으로 만들다니 이 나아쁜 노옴들아!"

　뿌드득 뿌드득. 응엔 티 풍은 딸을 가슴에 안고 이를 갈았다. 어린 원더쭈도 어머니를 끌어안고 목놓아 울었다. 다만 이들 모녀를 지켜보고 있던 아들 티 몽이 섬광 같은 눈빛으로 허공을 바라보고 있었다.

　"따이한 이놈들. 한때 미국 놈들 앞잡이 용병으로 꾸역꾸역 들어와 총부리로 우리 민족의 가슴에 총검으로 피를 뿌리더니 이제는 몸까지 빼앗아? 두고 보자, 이놈들. 하늘이 용서치 않고 역사의 준엄한 심판이 있을 거다."

　티 몽이 누이를 임신시키고 도망친 옹 김에 대한 원한에 가득 차서 깡마른 체구에 살기 돋친 눈을 부릅뜨고 지그시 얇은 입술을 깨물었다. 이를 바라보던 응엔 티 풍은 울먹이는 목소리로 말했다.

　"맞아, 맞아. 이 따이한 놈들이 지난 전쟁 때 우리 친정 마을로 쳐

들어와 주민 예순한 명을 다 죽였어. 그때 어머니와 나는 마침 집에 없어서 죽음을 면했지만……. 그날 따이한들이 기관총을 드르륵드 르륵 긁어대고 수류탄을 던졌지. 그 바람에 도로변 논과 밭에는 머리통이 부서져 흰 해골이 나뒹굴고 온통 핏빛으로 물들고, 팔다리가 잘려 죽은 시체들이 널브러졌었지. 마을이 온통 피비린내 지천이었어……. 이 따이한들이 그렇게 잔인했었단다. 그때 우리 이웃집의 응웬 티 탄이란 처녀가 죽었는데 배가 터져서 창자가 다 들어내져 있고 그 속엔 그 아이가 금방 먹은 듯한 채소와 콩알이 가득차 있었어. 어휴, 생각만 해도 몸서리가 쳐져!"

"허헛, 허헛…… 죽일놈들 같으니라구!"

티 몽은 불끈 주먹을 쥐고 야자수 위에 펼쳐진 하늘에 대고 소리를 질렀다. 티 몽 옆으로는 모녀가 엉겨붙어 있었다. 이들은 도망친 옹 김을 원망하고 따이한을 저주하며 목 놓아 울었다.

이들의 슬픔을 아는지 모르는지 한 떼의 사람들이 런을 쓰고 시클로를 끌며 지나갔다. 그 뒤로 또 여학생인 듯한 여자들이 오토바이를 타고 런을 쓰고서 얼굴을 수건으로 반을 가린 채 웃으며 흰색 아오자이 자락을 흩날리며 지나갔다. 길옆 야자수 위로 후텁지근한 바람이 쉬이익 하고 스쳤다.

둥근 어깨의 산능선이 멀리 파아란 하늘 아래 손을 잡은 듯 이어져 있고 그 아래로 여자의 음침한 가랑이 속같이 파인 깊은 계곡이 낙지 발같이 가닥가닥 붙어 있는 수목(樹木)으로 덮여 있었다. 온통 울창한 밀림과 연초록 색상으로 수놓은 자연이 아름다운 나라 베트남. 그리고 파아란 연초록 물감을 엎질러놓은 듯 초록의 들판 그 위로 하얗게 부서져 내리는 따스한 햇살, 야자수와 망고, 파파야, 바나나, 파인애플 등…… 수목이 울창하고 아름다운 자연이 정염스럽게 토해내는 수채화 같은 풍경엔 나른한 열대의 평화로움만이 펼쳐져 있었다.

태양이 작열하는 들녘에는 허리를 굽히고 땅에 엎드려 논밭을 일구는 베트남 여인네들이 쓴 런이 푸른 들에 떠 있는 섬같이 느껴지고 옆에 낀 광주리 밑으로 치맛자락만이 가끔 바람에 펄럭인다.

한낮의 태양에 달구어진 인도차이나의 땡볕 더위에 엿가락처럼 휘어버릴 듯한 거리엔 허리를 곧추세우고 자전거를 달리는 여학생들의 하얀 아오자이 자락에 속살이 수줍게 드러난다.

그 옆으로 정한(情恨)의 영겁(永劫)에 세월을 휘감고 묵묵히 멀리 통킹만에서 남중국해에 흐르는 강물이 하늘 그리고 벌판과 함께 한눈에 들어왔다. 어디 한 군데를 보아도 한없이 평화롭고 정겨운 엄마 품처럼 다가오는 것이 수목 울창한 자연 풍경들이다.

무심히 2년여의 세월이 흘렀다. 강주한 지도사가 한국국제협력단(KOICA)과 계약을 맺은 2년이 거의 끝나가고 있었다. 이글이글 타는 베트남의 무더위는 지속되었다.

아픔도, 버림도 아는 듯 모를 듯 응엔 티 풍 가족에겐 당장 먹고 사는 것이 더 중요하였다. 그럭저럭 세월이 흐르는 동안 가족이 하나 더 늘었다. 원더쭈가 갑자기 임신한 아이를 낙태 못 하고 낳은 아이다. 베트남 이름은 '미틴'이지만, 강주한 지도사가 한국 이름을 '김고은'이라고 지어주었다. 어린 원더쭈를 임신시켜놓고 도망가버린 야속한 아버지 옹 김이지만 그의 성을 따 김고은이라고 이름을 지은 것이다.

강주한 지도사는 휴맨직업기술학교에서 한국어를 지도하며 응엔 티 풍 가족이 용기를 가지고 살아가도록 세심히 보살폈다. 자신이 잘못한 것은 아니지만 같은 동족인 한국인의 무책임한 실수로 인하여 이런 일이 생겼기에 무척 신경을 써줬다. 응엔 티 풍 가족은 늘 강주한 지도사에게 고마워하고 미안해했지만 마음 한구석이 무거웠다.

생활이 비록 힘들고 어려워도 응엔 티 풍 가족은 웃으며 살려고 노력했다. 고은이가 없었다면 엄마와 할머니는 웃을 일이 하나도 없었을지 모른다. 그러나 고은이를 보면서 가족들은 그나마 위안을 느끼며 살고 있었다.

하지만 고은이의 미래를 생각하면 암담하기만 하다. 아버지가 없어서만이 아니다. 아버지에 대한 깊은 원한 때문도 아니다.

고은이 두 돌이 다가오고 있었다. 이때쯤 되면 보통 아이들은 '아빠, 엄마'는 물론 짧은 말을 배우고, 마구 기어 다니고, 한창 귀엽게 재롱을 피울 때이다. 그런데 불행히도 고은이는 그렇지가 못하다. 기어 다니기는커녕 스스로 돌아눕지도 못한다. 손바닥을 까보이듯 뒤집기만 할 뿐이다. 말도 못 한다.

"으으으응, 으으으……."

무슨 말로 얼러도 고은이는 그저 '으으으' 할 뿐이다. 엄마가 약간 큰 소리만 내도 깜짝깜짝 놀란다. 그리고 입술과 손톱 발톱이 파아란 잉크색이다. 또래뿐 아니라 어른 아이 할 것 없이 고은이를 보고 눈길을 피한다. 한참 사랑을 받고 자랄 나이에 이 무슨 불행이 겹치는지. 아기의 눈은 그대로 호수를 닮은 것처럼 맑지만 초점이 흐리다.

강주한 지도사는 휴맨직업기술학교 김용관 목사의 도움을 받아 가까운 병원으로 고은이를 데려가 진찰을 받게 했다. 의사는 선천성 심장병이라는 진단을 내렸다. 임신 기간 중에 엄마가 약을 함부로 먹어 아이에게 장애가 생긴 것 같다는 것이다.

일주일에 세 번씩 병원에서 물리치료를 하지 않으면 상태가 더욱 악화되어 사망에 이를 수도 있다는 말도 덧붙였다. 한 달 병원비는 50만 동(약 5만 원). 호치민 브이 티수언 거리의 빈민촌에서 단 한 평짜리 방에 네 식구가 세들어 사는 형편에 50만 동은 한 달 생활비와 맞먹는 액수다.

고은이 엄마 원더쭈는 어린 학생이다. 출산 직후엔 당분간 휴맨직업기술학교를 쉬었지만 계속 그럴 수는 없었다. 오전엔 애를 보고 오후엔 학교에 나간다. 모든 부담은 할머니 응엔 티 풍에게 돌아온다.

어느 한가한 휴일 오후, 강주한은 야자수와 파인애플 나무가 즐비하게 선 브이 티수언 거리를 거닐며 많은 생각에 사로잡혔다. 길 옆으로 한 노인이 남루한 검은 옷에 낡은 까이몽(모자)을 쓰고 힘겹게 시클로를 끌고 지나갔다. 그 옆으로 시클로를 세워놓고 앙상한 광대뼈를 드러내고 퀭한 눈을 감고 한참 시에스타(낮잠)에 빠진 젊은 사내도 있었다.

깡마른 작은 체구에 앙상한 광대뼈. 가무잡잡한 피부에 퀭하게 들어간 큰 눈, 당차고 잔인해 보이기까지 했다. 마치 베트남전 당시의 호전적인 게릴라 전사 같았다.

언젠가 강주한 지도사는 각국의 휴맨직업기술학교 교사 일행과 함께 호치민시에서 캄보디아 쪽으로 약 75킬로미터 정도 떨어진, 옛 베트콩 유격대의 본부가 있던 '구찌 터널'에 가보았다. 호미와 삼태기로만 굴을 파서 구축했다는, 총 연장 250킬로미터의 길이에 이 터널에 유격대원 1,500명을 일시에 수용할 수 있고 평상시엔 상주 병력 3~5천여 명이 대기할 수 있다고 해서 놀랐다.

작전회의실, 야전병원, 극장, 식당 등 3층 깊이의 정글 속 토굴은 그야말로 현대문명이 극복 못 할 이 나라 민족의 어떤 무서운 저력을 느끼게 해주었다. 또 군데군데 설치한 다양한 부비트랩은 섬찟한 전율을 일으켰다. 정글 길목에 몰래 설치해놓은 죽창 부비트랩에 덩치 큰 미군들이 걸려들어 두 눈을 뜨고 피를 뿌리며 죽어가야 했던 일들이 비일비재했다고 한다.

깊고 꾸불꾸불하게 파놓은 천혜의 요새를 지하에 구축한 구찌 터널. 이들의 힘은 과연 어디에서 나왔을까 하고 생각해보았다. 세계 최강국 미국을 굴복시킨 키 작고 당찬 베트남인들. 베트남전에서 다른 것은 보지 말고 이곳 구찌 터널을 보면 미국이 이 전쟁에서 지는 것도 당연해 보였다.

베트남은 18세기 1883년 프랑스가 강점하여 식민지로 만든 이래 1940년 잠시 일본이 점령했다가 다시 종주국이었던 프랑스의 식민 지배가 되풀이되자 뜻있는 민족 지도자들이 모여 1941년 이른바 베트남독립동맹(VIETMIN)을 만들어 민족해방운동을 전개한다.

이후 인도차이나의 공산화 도미노 현상을 우려하던 미국이 1964년 통킹만 사건(훗날 미국이 자체적으로 꾸민 것으로 밝혀짐)을 계기로 본격적으로 베트남전쟁에 개입하게 된다.

남쪽엔 미국의 지원을 받는 사이공 정부가 들어서게 되는데 이른바 월남이다. 또 북쪽은 민족 지도자 호치민이 이끄는 월맹 정부가 들어서게 된다. 이렇게 해서 베트남이 남북으로 갈라서게 된다.

강주한 지도사는 휴맨직업기술학교 교사들과 구찌 터널을 관람하고 되돌아오면서 베트남의 역사를 우리나라의 근대사와 비교해 보았다. 일제강점기, 일본의 대동아공영권을 위하여 태평양전쟁에 징병이나 징용으로 끌려간 우리의 할아버지 세대와 냉전 시대에 동아시아에 팍스 아메리카나의 블록을 형성하려 했던 미국에 의해 베트남으로 끌려갔던 아버지 세대 사이에는 과연 어떤 차이점이 있단 말인가?

그리고 오늘 우리의 현실인 응엔 티 풍 가정의 암담하며 앞이 보이지 않는 불투명한 미래, 그리고 이제 스무 살도 안 된 어린 소녀 원더쭈는 어떻게 살아갈 것인가?

'이 비극은 도대체 어디서부터 시작되는 것일까?

응엔 티 풍은 그 원인을 언젠가 강주한 지도사에게 이렇게 얘기
했다.

"베트남전쟁 탓이에요. 베트남전쟁이 없었다면, 한국군의 참전이
없었을 거고, 이런 일도 일어나지 않았을 거예요."

"맞아요, 맞아. 이데올로기가 전제된 전쟁 탓이에요."

강주한 지도사에게 털어놓는 응엔 티 풍 가(家) 3代에 걸친 신(新)
라이따이한의 비극적 사연은 이렇다.

지금의 응엔 티 풍이란 여인과 1년여 임시 동거한 한국인 남자 이
춘식(李春植)은 미군과 한국군을 지원하는 회사의 전기 기술자였다.
그리고 응엔 티 풍은 그 회사 구내식당의 일용직 현지인 여성 근로
자였다.

이춘식은 회사와의 계약 기간이 만료됐다면서 훌쩍 한국으로 떠
나버렸다. 그러나 당시 응엔 티 풍은 홀몸이 아니었다. 그때 태어난
아기가 바로 비극의 씨앗인 딸 원더쭈였다.

그리고 아들 티 몽은 그녀가 혼자 살다가 어디 의지할 곳이 없어
우연히 베트남인과 만나 잠시 동거할 때 태어난, 아버지가 다른 아
들이다. 그러나 동거하던 이 남자마저 그녀를 두고 훌쩍 어디론가
떠나버리고 말았다. 그런 후 응엔 티 풍은 아버지가 다른 원더쭈와
티 몽 두 아이를 데리고, 생활은 어려웠지만 열심히 살아가고 있었
다.

응엔 티 풍은 한국으로 도망치다시피 떠난 얄미운 사람인 이춘식
의 소식이 끊긴 가운데 전쟁이 낳은 라이따이한들이 모여 사는 호

치민 판반하이 거리에서 어렵게 살았다. 그러다가 지금의 호치민 브이 티수언 거리 빈민촌으로 이사 와서 날품팔이도 하고 과자, 껌 등을 길거리에서 팔기도 하며 원더쭈와 티 몽과 함께 어렵게 살아가고 있었다.

라이따이한 아이들은 베트남에서 취업과 진학 등에서 일반 베트남 사람들보다 어려움을 겪었다. 특히 참을 수 없는 것은 혼혈인이라는 멸시와 무시였다.

"너희 국적은 여기가 아니고 따이한 나라야."

"너희는 혼혈인 2세야. 그러니 우리가 먼저 취업해야 돼."

"너희는 우리의 아버지, 어머니를 죽인 따이한 2세야. 원수의 나라 혈통 주제에 까불고 있어."

학교에서 이런 수모를 당하고 집에 온 원더쭈가 울면서 응엔 티 풍한테 하소연했다.

"엄마, 우리가 누구예요?"

"……!"

"엄마, 우리는 어디서 살아야 인간 대접을 받아요."

"……?"

"나의 아빠는 누구고, 나의 조국은 어디예요, 엄마?"

"미안하다, 쭈. 조금만 참다 보면 좋은 일이 있겠지."

할 말을 잃은 응엔 티 풍은 그저 눈물만 흘리면서 울먹이는 딸아이의 등허리를 어루만져주었다.

"눈물이 나면 대야에 물 떠놓고 세수를 하고, 기쁘면 그냥 웃고 살자꾸나, 내 딸 쭈야."

"알았어요, 엄마. 흐흐흑!"

브이 티수언 거리에 이사 올 때는 딸아이 원더쭈가 어린애였지만 이젠 가슴이 봉긋봉긋 나오고 숙녀티가 나 예쁘게 성장하고 있었다. 비록 생활이 고달프더라도 응엔 티 풍은 한때 사랑했던 한국인 남자 이춘식의 모습을 떠올리며 용기를 갖고 열심히 살았다. 한국인 이씨도 당시는 진정으로 풍엔 티 풍을 사랑했다. 둘의 공통점이라면 인정이 헤프고 마음씨 착한 사람들이라는 것이었다.

그런데 사랑의 씨앗만 뿌리고 연기처럼 사라져버린 한국인 남편이 몇 년 전 거짓말처럼 나타났다. 오랫동안 생사를 몰랐던 남편이 '베트남 가족 방문'이라는 이름으로 눈앞에 찾아온 것이다.

응엔 티 풍은 근래 가끔 이곳을 찾아오는 한국 사람들을 만날 때마다 남편의 당시 사진과 고향이 한국 경기도 양평 어디쯤이라는 정도의 기억으로 입버릇처럼 이렇게 말하곤 했다.

"한국인이죠? 내 남편 좀 찾아주세요, 네? 바로 이 사람이에요. 내 딸 쭈가 한국인 아빠 얼굴을 한 번만 봤으면 소원이 없대요. 그러니 우리 남편 좀 찾아주세요!"

응엔 티 풍은 한국인 식당에서 몇 년 근무를 했고 남편 이 씨와 함께 살았던 관계로 한국말을 꽤 잘하는 편이었다. 지성이면 감천이라고 했던가. 몇 년을 이렇게 길거리에서 헤맸던 보람이 현실로 드러났다.

오매불망 꿈에도 그리던 일이 실현될 줄이야. 드디어 한국인 남편 이 씨가 응엔 티 풍 앞에 나타났다. 관광차 입국한 남편과 꿈만 같은 며칠을 보냈다. 이 씨는 이들 모녀에게 그랬다.

"내가 한국에 가서 자리를 잡으면 당신과 딸을 초청하리다."

"예, 그렇게 해주세요, 여보."

"그래요, 아빠의 나라인 한국을 한 번 꼬옥 가고 싶어요."

응엔 티 풍은 꿈에도 그리던 남편을 만나서 며칠간 정신없이 보냈다. 그리고 이 씨는 꼭 초청하겠다며 얼마간의 생활비도 주고 베트남을 떠났다.

남편을 보낸 응엔 티 풍에게는 한 가지 일이 남았다. 자신의 소원을 들어준 사람이 여간 고맙지 않았다. 응엔 티 풍은 평소 마음이 착하고 정직했다. 부부의 상봉을 연결해준 사람에 대한 고마움은 이루 말할 수 없기 때문이었다. 응엔 티 풍은 그 사람에게 몇 번이나 진심으로 감사의 말을 전하고 자신이 길거리에서 팔던 껌과 과자를 전하기도 했다.

그 '고마운 사람'은 다름 아닌 한국인 '옹 김(金智錫)'이었다. 그리고 옹 김이 바로 자신의 딸인 '원더쭈'를 임신시키고 달아나게 되었으니. 이런 운명의 장난이 어디 있단 말인가?

원더쭈를 임신시켰다는 사실을 알기 하루 전까지도 응엔 티 풍과 원더쭈, 티 몽에게는 옹 김이 그저 '좋은 사람'으로 보였다.

이들이 사는 브이 티수언 거리 집에 자주 놀러도 오고 원더쭈에게 거리 구경을 시켜준다고 가끔 호치민 시내로 데리고 나가 공원과 극장을 돌아다니곤 했다. 밤에 네온사인 빛이 휘황찬란한 사이공 강가의 턴득탕 거리와 수정같이 빛나는 쇼윈도와 마네킹, 프랑스식 웅장한 건물이 늘어서 있는 동커이 거리도 함께 웃으며 몰려 다니며 놀았다.

그리고 거리의 맥주집 비아허이(Bia Hoi) 등에서 생맥주나 퀴논 안칸 마을의 전통곡주 '바오다(쌀로 빚은 술)'를 즐겁게 마셨다. 그는 한참 배우는 베트남어로 제법 유창하게 권주사를 하기도 했다.

"못짬펀짬(100%를 위하여)…… 원더풀……!"

"오케이…… 죽숙쾌(Chuc Suc Kheo. 건강을 위하여)……!"

이제 막 턱수염도 나고 술맛을 알기 시작한 동복동생 티 몽도 가끔 거들었다.

"우리 그럼 '찌아도시(큰 컵에 술을 가득 붓고 일행이 돌려가면서 마시는 방법)' 해요."

하고 기분을 냈다. 또 이렇게 거리를 배회하다가 배가 고프면 옹 김은 원더쭈와 티 몽의 손을 잡고 길가에 흔히 자리한 '퍼보 사이공'이란 식당에 들러 요기도 하였다.

"이 퍼보(베트남 소고기 쌀국수)는 내가 이곳에 와서 즐겨 먹는 요리야. 자, 먹어봐, 쭈."

"어머, 한국인들도 이 퍼보를 잘 먹어요?"

"그으럼. 나는 이곳 베트남에 오고부터는 직원들과 어울려 맥주 '333(바바바)'이나 '산미걸(San Miguel)' 등으로 과음을 한 다음 날이면 꼭 이 퍼보로 속을 풀지."

쭈는 반가운 듯 다시 묻는다.

"그래요? 이 퍼보가 그렇게 좋아요?"

"그으럼. 우리 한국으로 치면 시원한 수제비나 칼국수 같은 거지."

"언제 한국 나라에 가고 싶어요."

"으응, 그렇게 하자구, 쭈."

이렇게 시작된 옹 김의 먹거리 산책은 짜오톰(새우살 숯불구이)이나 고이꾸온(달고기 부추 향채) 같은 고급 저녁식사로 이어지곤 했다. 늘 배가 고프기 만한 원더쭈와 티 몽은 이런 날 그저 허리를 굽히며 이렇게 인사한다.

"옹 김 아저씨, 런 헛 핸 덕 갚 꺼(당신을 만나 참으로 반갑습니다), 깔 은 몽(고맙습니다)."

옹 김은 가난한 응 엔 티 풍 가족에게 돈도 자주 빌려주었다. 실제 옹 김은 한국인의 피가 흐르며 어렵게 사는 이들이 안타까워서 한때 진심으로 인정과 인심을 베풀곤 했다.

그러던 옹 김이 원더쭈를 임신시키고 떠나자 응엔 티 풍은 억울한 내용을 빼곡히 적은 진정서를 써서 공안당국과 호치민 주재 한국영사관에 보냈다. 원더쭈는 한국 영사관에 불려가 조사관과 대좌했다. 그녀는 아직도 초롱초롱한 눈망울로 말했다.

"그날도, 예전과 마찬가지로 옹 김 아저씨는 제게 학비를 빌려주기로 했어요. 저는 그는 돈을 가지러 아저씨가 머물던 집으로 갔는데 갑자기 방으로 올라가자고 하였습니다. 제가 옹 김의 방으로 올라갔을 때, 그가 그만 방문을 잠가버렸습니다. 그러면서 '나랑 잠깐

만 자면 돼. 그러면 100달러 주겠다. 그렇지 않으면 돈을 빌려주지 않을 거야!'라고 했어요. 그때 저는 아저씨 말에 동의하지 않았는데, 그는 강제로 옷을 벗기고 침대로 밀어 눕히고 그런 일이 일어나고 말았어요!"

그러고는 쭈는 말을 잇지 못하고 흐느끼기만 했다. 성폭행 후 임신 사실을 안 직후 가족들은 호치민 공안당국에 '옹 김'을 진정서와 함께 사건을 접수시켰다. 그럼에도 '옹 김'는 무사히 한국에 갔다.

베트남에서는 미성년자와 잤을 경우 엄청난 중형을 받게 돼 있다. 하지만 베트남은 모든 게 돈으로 해결된다. 공안원에게 뇌물을 주지 않으면 어떤 일도 해결이 안 된다. 반대로 뇌물만 몇 푼 주면 안 되는 일도 해결된다.

옹 김, 아니 한국인 김지석(金智錫).

그는 지난 1990년대 중순부터 여행 삼아 베트남 호치민시를 가끔 왔다. 그러다 2년 전부터 한국과 홍콩의 합작회사 호치민 지사에 직원으로 근무하였다. 그러다가 브이 티수언 거리에서 한국인 남편을 애타게 찾는 응엔 티 풍과 그의 딸 원더쭈를 발견했던 것이다. 처음엔 가족을 애타게 찾는 이들을 위해서 '좋은 일을 한번 해보자!' 하고 순수한 마음으로 한국에 수소문하여 경기도 양주에 살고 있던 이춘식과 연락이 닿아 이들의 상봉을 주선했다. 이렇게 만난 김지석과 응엔 티 풍의 인연이 시작되어 오늘의 원더쭈, 그리고 여기서 태어난 불행의 씨앗인 '신(新)라이따이한' 고은이로 이어졌던 것이다.

더욱이 응엔 티 풍의 가족에게 슬픈 일은 딸 원더쭈가 낳은 고은이가 선천성 심장병이라는 것이었다. 응엔 티 풍은 이 슬픈 사실을 고은이의 아빠인 한국인 옹 김에게 알리려 하였으나 도저히 연결이 안 되었다. 그래서 할 수 없이 한국의 남편, 즉 고은이의 외할아버지격인 이춘식한테 전화하여 이 사실을 말했다.

"뭐야, 한국인이 그랬어?"

"그래요. 당신이 나한테 씨를 뿌리고 간 것처럼 그 사람도 그러고 떠났어요."

"어허, 그런 일이 또 되풀이되다니!"

이춘식은 매우 애석해하면서 고은이 치료비를 보태 쓰라며 80여만 원을 보냈다. 그러고는 연락이 끊겼다. 응엔 티 풍한테는 이 세상에서 하나밖에 없는 의지처였는데 이제 돈도 소식도 끊기고 말았다. 물론 원더쭈에게 씨앗을 내리고 떠난 옹 김도 마찬가지였다.

그로부터 몇 달 후.

강주한 한국어 지도사는 한국으로 돌아왔다. 본부에 그간의 해외 봉사 활동을 보고하고 재파견에 따른 제반 사항을 의논하기 위해서였다.

그러다가 시간을 내었다. 응엔 티 풍의 가정에 먹구름을 안긴 옹이, 그러니까 한국 이름 이춘식을 찾기 위해서 수소문 끝에 경기도 양평으로 갔다. 그곳에 살고 있다는 이 씨의 딸을 만나기 위해서였다. 마을 근처에서 조그마한 슈퍼마켓을 운영하고 있는 그의 딸로부터 그간의 자세한 내막을 알 수 있었다.

이춘식은 베트남에서 잠깐 근무하며 타국에서의 외로움을 달래고자 당시 한국인 식당에서 일하던 응엔 티 풍과 1년여 동거를 했다. 그리고 전기기술자로 근무하던 회사와의 계약 만료로 한국에 돌아온 그는 몇 년 후 우연히 베트남에 딸 원더쭈가 있다는 사실을 알게 되었다. 부인도 그 사실을 알게 되어 그들 부부는 자주 부부싸움을 했다고 한다. 화병으로 이춘식의 부인은 세상을 떠나고 방황하던 그는 몇 년 전 아들이 사는 미국으로 이민 갔다고 했다.

"어머니는 평생을 아버지 한 분만 의지하고 우리 남매를 키우시며 사셨거든요. 그런 아버지가 베트남에 가서 그런 일이 있었으니⋯⋯. 이제 그런 아버지마저 고혈압과 당뇨로 고생하고 계세요. 며칠 전 미국 시카코의 오빠하고 전화 통화를 했는데 곧 돌아가실 것 같대요."

"예?"

"오빠는 돌아가시면 미국식 의례에 따라 화장해서 납골당에 모실 테니 일부러 돈 들이면서 미국에 올 것 없다고 했어요."

"그래도 마지막 아버지 모습을 봐야 하지 않을까요?"

"아버지는 살아생전 어머니와 무척 싸웠거든요. 그래서 별로 정이 없어요. 저 먹고살기도 어려운데요. 그리고 선생님, 베트남의 원더쭈인가 하는 애 문제는 잊어버리세요. 저도 살기가 어려워 뭐가 뭔지 모르겠어요."

이춘식의 딸은 비교적 차분하게 현실적인 논리를 펼치며 냉소마

저 깃든 미소를 던졌다. 결국 그를 뒤로한 채 강주한 지도사는 차를 몰고 양평을 빠져나왔다.

차라리 치료비에 보태 쓰라고 단 한 번이지만 얼마간의 돈이라도 보내준 이춘식. 또 딸 원더쭈가 또 자신과 흡사한 경우의 한국인에 의해 임신을 하였다는 소식을 응엔 티 풍으로부터 듣고 걱정을 하던 이춘식이 차라리 인간적이었다고나 할까. 그러나 그런 그마저 이제 멀리 미국 땅에서 사경을 헤매고 있다니……!

서울로 오는 꼬불꼬불한 국도를 따라 널따란 호수로 이어진 저수지가 오늘따라 답답하며 혼탁해 보였다. 그 아래로 평일인데도 강태공들의 후예들이 삼삼오오 즐비하다. 국내의 어려운 경제로 말미암아 세월을 낚는 실업자들이 많이 늘었다고 하더니 실감이 나는 광경이었다.

이번에는 원더쭈를 임신시켜 불행의 씨앗인 선천성 심장병의 고은이를 낳게 한 옹 김, 그러니까 김지석을 찾기 위해서 그가 산다는 인천으로 향했다.

강주한 지도사는 인천 부평역 근처 어디쯤으로 짐작만 하고 전화번호 하나만 의지한 채 부평으로 갔다. 그러고는 전화를 걸었다. 그랬더니 대뜸 저쪽에선 앙칼진 목소리로 이쪽을 닦달하는 게 아닌가?

"그 개새끼 알고 있는 곳 있으면 말해! 응? 어서 말해요! 김지석 그 새끼가 이 봉제공장 함께 운영하다가 일부러 부도내고 어디론지

삼십육계한 지가 벌써 1년이 넘었어요. 나쁜 노옴이에요."

"아니, 저는 그저 그 사람 소식이나 알아보려고 왔는데요."

강주한 지도사는 말꼬리를 흐렸다. 이미 갈 데까지 간 김지석의 베트남 얘기를, 직접 관계도 없는 그저 동업자일 뿐인 듯한 저쪽 사람한테 굳이 할 용기가 나질 않았다.

"댁에는 어떤 관계인지는 몰라도, 나 그 사람하고 이거 봉제공장 동업해서 신세 망친 사람이오. 알았어요?"

"예, 이만 전화 끊읍시다."

하고 강주한 지도사는 전화를 끊었다. 그리고 다시 서울 강남구 서초동에 산다는 그의 여동생 집으로 전화를 걸었다. 그래서 가까스로 김지석의 연락처를 알아냈다. 반가운 마음에 전화를 걸었다.

"안녕하세요. 저는 베트남에 파견된 한국국제협력단의 한국어 지도사 강주한입니다. 당시 그곳에서 만난 원더쭈를 아시지요?"

"뭐요, 당신 뭐요?"

"응엔 티 풍도 아시고요."

"난 베트남 간 적도 없고 그런 거 몰라. 도대체 당신 뭐야?"

"아니, 나는 그냥 원더쭈와 딸 고은이 소식을 전하려고……."

"야, 이 자식아! 너 공갈범이지? 돈이 필요하면 솔직히 말해. 그런 식이면 너 십 원도 없어?"

"뭐요? 다, 당신이 인간이오, 짐승이오?"

"베트남 같은 소리 하네. 허허. 야, 임마 요즘 시대가 말세라고 공갈치는 놈 많다더니. 나 참, 별 우스운 놈 다 보겠네!"

전화기가 찰칵 하고 일방적으로 끊겼다. 강주한 지도사는 공갈범 운운하고 떠들어대는 저쪽의 철면피가 가증스러웠다.

'아니, 어리고 착한 원더쭈를 그 지경으로 만들어놓고 한국으로 줄행랑칠 때부터 인간이기를 포기한 작자가 아니던가!'

하고 자책하며 강주한은 서울로 돌아왔다. 돌아오는 길에 생각해봤다.

'애당초 김지석이 원더쭈의 학비나 고은이 치료비를 도와줄 거라 기대하고 만나려 한 것은 아니었는데. 다만, 단 한 번 당신의 실수로 인하여 이국 멀리 베트남에서 고통을 겪고 있는 한 가정의 소식을 알려주려 했는데! 적어도 당신의 피붙이인 고은이의 해맑은 미소만은 그대로 전해주려 했을 뿐이었다.'

강주한 지도사는 그간 한국어 지도사로서 국내와 중국 등 해외 곳곳에서 봉사를 해왔지만 베트남 신라이따이한의 비극적 현실을 보고서 한동안 무척 가슴앓이를 했다. 이때처럼 한국인임을 후회한 적이 없었다. 미래의 동방의 횃불인 한국이 자랑스럽고 위대하다는 자부심 하나로 해외봉사를 해오지 않았던가?

어느 일요일 오후, 베트남 호치민 시.

한국국제협력단으로부터 수송되어온 간단한 의약품과 옷가지를 들고 강주한 지도사가 응엔 티 풍 가족을 찾았다. 그동안 한국에 다녀오고 바쁜 일정 관계로 몇 달 만의 방문이었다.

특히, 오늘 강주한 지도사의 발걸음이 가벼웠다. 고은이 소식이 국내의 언론에 소개되자 서울 강남의 한 병원에서 왕복 항공료와 치료비 일체를 무료로 지원하고 치료하겠다고 나선 것이다.

물론 이것은 대전에 본부를 둔 국제적인 민간 문화단체 한국문화 해외교류협회 김진 시인을 비롯한 국내외의 많은 회원들과 언론과 정부, 민간단체 등에 협조와 간청 등 꾸준한 노력과 협조로 이루어 졌다.

강주한 지도사는 오늘도 하루 종일 브이 티수언 거리에서 껌과 과자를 팔고 들어와 저녁노을을 보며 휴식을 취하고 있는 베트남 여인 응엔 티 풍과 라이 따이한 2세 원더쭈, 3세 고은이에게 그 희 소식을 전했다.

"늘 하느님은 고은이 가족과 함께 하고 있었나 봐요. 반가워하세 요. 한국의 한 병원에서 왕복 항공료와 치료비 일체를 책임진다고 했어요."

"어머, 그래요? 아이고, 강 선생님. 고마워요!"

"선생님, 고맙습니다!"

"지성이면 감천이예요."

고은이 가족과 강주한 지도사는 서로 한동안 얼싸안고 눈물을 글 썽였다. 날이 갈수록 심해지는 협심증과 당뇨로 고생하면서도 가족 의 생계를 위해서 거리에서 껌과 과자를 팔고 다니는 응엔 티 풍의 안색을 보며 강주한 지도사는 물었다.

"풍 씨, 건강이 어떠세요?"

"예, 그럭저럭이예요."

"용기를 가지세요. 쭈와 고은이를 위해서."

"강 선생님, 우리는 이미 그들을 용서했어요."

강주한 지도사는 응엔 티 풍의 뜻밖에 말에 놀랐다. 증오와 미움, 절망으로 가득 차 있던 그들 가족이었는데.

언제인가부터 강주한 지도사의 절실한 보호와 지원, 그리고 그로부터 전해받은 간절한 기도, 신앙의 힘으로 이기고 있다고 말했다.

"우린 하느님을 섬기기로 했어요. 그리고 공안당국과 한국영사관에 낸 진정서도 취하하고 딸애가 도로 찾아왔어요."

옆에 있던 딸 원더쭈가 고은이를 안고 있다가 말한다.

"이제 이 고은이의 병도 고칠 수 있으니 참 다행스럽네요."

"그래요 하느님 우리 착한 쭈를 많이 돌봐주신 것 같아요."

"예, 고마워요. 고은이가 한국의 좋은 병원에 가서 빨리 정밀진단을 받아 정상 아이들처럼 건강하게 자라는 게 우리 가족이 진정으로 소망하는 일이에요."

3대에 걸쳐 이어진 모녀의 쓰라린 가족사의 틈에서 태어난 고은이는 자신의 처지를 아는지 모르는지 붉은 노을로 저물어가는 브이티수언 거리의 저녁 하늘가를 입가에 침을 흘리며 해맑은 미소로 바라보고 있었다.

"으으으 웅!"

블루 사이공

어쩔 수 가 없었어

말할 수 가 없었어

나는 베트콩 후엔

당신은 따이한 병사

우린 잘못된 운명

맺지 못할 사랑

사랑하는 사람아

나를 용서해줘

후엔 날 죽여줘

사랑하세요

많이 사랑하세요

내가 생각나게요

엠 유 아이……

— 후엔과 김문석 상사의 대화 중에서

한국과 베트남 관계자들의 남다른 관심 속에 한국에 들어와 입원 치료를 받은 응엔 티 풍의 외손녀 고은이는 성공리에 수술을 잘 마쳤다. 고은이를 안은 원더쭈를 중심으로 어머니 응엔 티 풍, 남동생 티 몽, 호치민 휴맨직업기술학교의 텅득억 학생회장, 강주한 한국어 지도사 등 모든 일행이 활짝 웃었다.

그리고 고은이 수술을 담당한 김호탁 의사와 간호사, 고은이를 위하여 한국과 베트남 당국을 대상으로 꾸준히 노력하였던 한국문화해외교류협회 김진 시인과 임원들, 강주한 한국어 지도사를 베트남에 파견한 한국국제협력단 관계자들, 한국어 지도사 배출을 위하여 종합적으로 기획한 깻잎대학교 한국어과의 최태화 학과장과 대전 아침대학교 김한글 교수, 수원 아세아대학의 김영화 교수, 한국어지도사회 회장을 맡고 있는 최국화 회장 등 일행 모두는 자신의 일처럼 보람과 환희의 미소를 방긋 짓고 있었다.

"자, 우리 모두들 고은이의 성공적인 수술을 축하해요!"

"우리 고은이의 영원한 아름다운 삶을 위하여 박수!"

먼저 원더쭈가 고은이를 가슴에 안고 울며 말한다.

"씬 깜 언 안, 씬 깜 언 안(고맙습니다)!"

이어 외할머니 응엔 티 풍도 눈물을 닦으며 말한다.

"또 이세 콩 바오 여 퀜 언 나이(저는 이 은혜를 잊어버릴 수 없습니다)."

이 장면을 찍기 위하여 신문과 방송사 기자들이 플래시를 터뜨렸다. 하객과 취재진의 발길로 병원 로비가 혼잡하다. 신문과 방송 뉴

스에서는 기사의 톱을 이렇게 장식하고 있었다.

"한국어 지도사 베트남 파견, 라이따이한 3세 생명 구해!"

"외국에 한글 수출에 이어 생명 수출!"

"우리나라 2100년 1천만 명 다문화인구 돌파!"

"동북아, 세계의 중심으로 한국 급부상!"

"정부 다문화 문제 정책 제1호 취급 예산 앞다퉈 세워야!"

고은이의 수술이 성공적으로 끝나자 강주한 지도사가 말한다.

"오늘은 특별한 날이니 예술의전당에서 뮤지컬 〈블루 사이공(Blue Saigon)〉을 관람하기로 했어요. 전부 함께 보러 가요."

최국화 한국어지도사회 회장이 동의한다.

"좋아요. 역시 강 선생님 최고입니다."

그러자 호치민 휴맨직업기술학교의 텅드억 학생회장이 말한다.

"깜 언 냐 이 꾸어 안 내!(호의에 감사합니다.)!"

일행은 앞서거니 뒤서거니 하면서 병원 앞에 준비해둔 미니버스에 올라탔고 예술의전당으로 향했다.

오늘 서울 예술의전당 토월극장 무대에 올려진 뮤지컬 〈블루 사이공〉 관람은 대전 아침대학교의 김한글 교수와 강주한 지도사의 제안으로 전격 이루어졌다. 김한글 교수는 일행과 함께 예술의전당으로 가면서 베트남과 휴맨직업기술학교의 김용관 목사와의 인연을 떠올렸다.

따스한 봄빛이 병아리처럼 기웃거리던 지난해 3월. 서울의 어느 신문사에서는 '베트남 문화탐방' 그 두 번째 행사를 가진 바 있었다. 이때 1주일 일정으로 베트남을 방문했다. 신문사의 최성민(崔成民) 기자와 함께 추옹송 산맥(호치민 루트) 옆으로 꼬불꼬불 이어진 베트남 1번 국도를 따라 호치민에서 하노이까지 기나긴 여정의 문화 탐방에 나섰다.

가람문학사 주간으로 있는 김성일(金成一) 소설가와 시인, 작가, 언론인 등이 동행한 이 문화 탐방에서 베트남의 대표적인 작가 구엔 반 봉(소설『사이공의 흰옷』저자) 부부와 바오닌(소설『전쟁의 슬픔』의 저자). 한국의 황석영 소설가 등 많은 작가들을 만날 수 있었다고 했다.

김한글 교수는 강주한 지도사에게 이렇게 말했다.

"웰 컴 투 굿모닝 베트남! 이것은 나에게 있어 행운 중에 행운이었어."

"마이 만 쪼 또이 꽈!(정말 나에게는 행운입니다)"

옆에 있던 호치민 휴맨직업기술학교의 텅드억이 말한다.

"저도 베트남 다낭에서 학교 다닐 때 작가 구엔 반 봉과 바오닌에 대하여는 많이 들었어요."

예술의 전당 '토월극장'으로 가는 버스 안에서 김한글 교수는 말한다. 강주한 지도사와 텅드억 등 일행은 귀를 쫑긋하며 듣는다.

"한국군이 월남 전쟁 기간 중에 저지른 잘못을 최초로 신문에 기고하여 국내외적으로 큰 파장을 불러 모았던 구애정(당시 호치민대학 대학원 사학과 재학) 통신원이나 베트남에 가서 알게 된 텅드억 같은 라이따이한 등과 만나면서 많은 걸 느꼈단다. 한국 땅에서 바라본 베트남전쟁과 현지 전적지에서 듣게 된 베트남전쟁의 이데올로기에 대하여 우울하고 깊은 사유(思惟)에 빠졌지. 어쩌면 과거 한국과 비슷한 운명을 지닌 베트남은 블루(blue, 우울)색의 빛바랜 갯내음으로 우리 일행을 남중국 해안에서 밀림 속으로 끌어들이며 우울하게 거기 서 있었는지 모르지!"

"예?"

길가의 불빛이 뒤로 스치면서 달리는 버스 안에서 김한글 교수의 이야기는 이어진다. 가난과 외세의 숱한 침략 속에서도 나름대로의 끈질긴 민족정신과 독립의 의지 하나로 기어이 남북을 통일시키고, 세계 쌀 생산량 3위와 풍부한 농업용수, 울창한 밀림, 스콜, 시클로, 야자수로 대별되는 인도차이나의 빛나는 보석 베트남.

김한글 교수가 지난해 5월 서울 어느 신문사에서 주관한 베트남전쟁에 대한 '부끄러운 역사에 용서를 빌자'라는 성금 모금 캠페인에 성금을 기탁하면서 그와 베트남의 속살 깊은 우울한 인연은 시작되었다.

이후 김한글 교수는 한국어 교수로서 다문화가정에 관심을 가지는 가운데 베트남 문화에 대해 연구하고 자료를 수집하여 『신 베트남 기행』이라는 여행기를 썼다. 그리고 이어 소설집 『라이따이한』을 출간했더니 이제 한국 문단에서는 베트남 전문 작가로 많이 알려져 있으며, 현재도 베트남전쟁 후 소재를 적나라하게 다루는 장편소설 『라이따이한』을 쓰고 있다.

서울 예술의전당 토월극장 무대 위에 올려진 뮤지컬 〈블루 사이공〉은 베트남전쟁을 소재로 하여 주인공의 사랑과 이데올로기 대립으로 인해 겪어야만 했던 아픔을 그려낸 작품이다.

뮤지컬 〈블루 사이공〉은 1994년 극작가 자신이 베트남전 사진전시회를 관람한 것을 계기로 집필한 작품이다. 준비 기간이 긴 탓인지 작품의 구성 및 작품성이 흠잡을 데 없이 뛰어나 국내외 관객들의 찬사를 받고 있다. 1996년 초연된 이래 각종 뮤지컬 상을 휩쓸며 국립극장의 화려한 빗장까지 열었던 것이다.

김한글 교수는 지난해 4월 베트남 종전 기념일 4월 30일을 맞아 소설집 『라이따이한』이 전국의 서점가에 배포되면서 유명 작가로 알려지기 시작했다. 이 인연으로 〈블루 사이공〉 제작 측에서 뮤지컬을 꼭 관람해달라며 로열석 티켓 석 장을 보내왔다. 기존의 뮤지컬 〈미스 사이공〉을 능가한다는 소문과 함께 잘 된 뮤지컬로 지칭되는 공연이라서 혼자만 보기 아쉬웠다.

그래서 오늘 고은이의 수술을 마치는 날 이를 기념하는 의미로 삼고자 강주한 지도사 등과 의논하여 다 함께 관람하기로 계획을 세운 것이다.

특히 이 뮤지컬은 텅드억의 아버지가 베트남전 당시 군인이었으므로 주인공 김 상사와 후엔을 연상시키는 면도 있어 더욱 의미가 깊었다.

김한글 교수는 일행과 나란히 객석에 앉았다. 무대의 막이 오르고 공연이 시작되면서 무대 전체에 음울한 블루빛 조명이 내려앉는다. 자욱한 연기와 화약 내음을 따라 어디선가 들려오는 〈블루 사이공〉이라는 노래가 나온다. 파란색과 붉은색 머리로 치장한 묘령의 미모의 여인이 부르는 〈블루 사이공〉.

　　　블루우 ― 사이고옹 ― 블루 사이고옹 ― 블루 사이고옹 ―
　　　블루우 ― 사이고옹 ― 블루 사이고옹 ― 블루 사이고옹 ―
　　　블루우 ― 사이고옹 ― 블루 사이고옹 ― 블루 사이고옹 ―

　이어지는 것은 우리들의 유년의 기억 저편 편린에 매달려 가슴 저리게 들었던 노래.

　　　월남에서 돌아오온 ― 째카만 김 상사아 ― 이제야아 ― 돌아와 왔네에 ―
　　　월남에서 돌아오온 ― 째카만 김 상사아 ― 이제야아 ― 돌아와 왔네에 ―
　　　월남에서 돌아오온 ― 째카만 김 상사아 ― 이제야아 ― 돌아와 왔네에 ―

　초반의 도입부는 매우 추상적이었다. 어떤 몽환적인 환상과 환청이 관통하는 분위기 속에서 이 작품에 등장하는 주요 인물들이 단편적으로 지나간다. 전자회사에서 근무하던 직원이었으나 인권 탄압에 맞서다가 우연히 살인을 저지르는 라이따이한 김북청, 휠체어에 의지한 채 폐인이 다 된 남자 김 상사, 그 주변을 맴도는 미친 여자아이 김신창, 검은 아오자이의 여인 후엔, 그들 뒤로 유령처럼 나타나는 한국군과 베트콩들. 이들의 관계는 뮤지컬이 진행되는 동안 과거의 기억 속에서 서서히 그 윤곽을 드러내며 시나브로 선명하게 각인되어오고 있었다.

이 작품에서 등장하는 중요한 인물은 '여자 가수'이다. 히스테리컬한 분위기의 그녀는 시종 사디스틱한 몸짓으로 뮤지컬 공연 시간 동안 관객을 빨아들인다. 아주 교활한 '운명의 여신'으로 다가오는 이 여인. 그녀가 부르는 주제곡 〈블루 사이공〉은 처음부터 끝까지 '블루 사이공'이라는 가사만 반복되는 매우 음침한 분위기의 배경음악으로서, 뮤지컬을 더욱 완숙의 반열에 올려놓는 것이 아닌가 싶다.

처음 관람하는 관객들에게는 뮤지컬이 잘 이해되지 않거나 지루함을 느낄 수 있으리라. 과거 역사의 현장으로 오버랩되는 장면들에서 지나간 유년 시절 기억들의 연결고리가 이어지면서 전개되는 현재의 김문석 상사와 관객과의 만남은 시작된다.

베트남전쟁으로 인한 고엽제 후유증을 앓는 김문석 상사가 병실 침대에 누워 있는 몰골은 우리 주변에서 흔히 볼 수 있는 '월남 아저씨'들의 가슴 저린 모습들이다. 또한 그 옆에서 고엽제 병성을 유전적으로 타고난 딸 신창의 부족한 언행의 흥얼거림은 김한글 교수와 강주한 지도사, 응앤 티 풍, 원더쭈, 티 몽 등의 가슴 깊이 있는 뜨거운 눈물을 기어이 흘리게 했다. 특히 원더쭈는 딸 고은이를 품에 안고 관람하며 동병상련의 아픔이 서러운지 눈물이 볼을 타고 흘렀다.

1964년, 한국의 절대 권력자는 자유 수호 의지와 우방에 대한 감사의 뜻을 베트남 파병 명분으로 내세우면서 그 당시 가난에 절어 있던 사람들을 죽음의 땅 이역만리 사지(死地)로 보낸다. 사람들은 가기만 하면 큰돈을 벌어 온다는 경제대국을 향한 일념과 군인으로서 부여받은 절대적 명령에 복종해야 한다는 의지에 따라 미지의 땅 베트남으로 향한다.

베트남 중부지방 다낭에 도착한 김 상사는 어느 날 '핏강 쫑투(베트남의 추석절) 축제'에 참가한다. 이날 우연히 빠알간 아오자이를 입은 연인 '후엔'을 만나 둘은 '적과 동침'이란 말처럼 뜨거운 사랑에 빠진다. 언제 죽을지 모르는 전쟁이라는 극한적인 운명적 상황 속에서 김 상사는 후엔과 사랑을 한다. 달이 환하게 뜬 날 밤. 강변에서 후엔의 무릎을 벤 김 상사는 말한다.

"큰애를 낳으면 내 고향 함경도 지명을 딴 '김북청'이라고 짓고, 둘째는 '신창'이라고 지어요, 후엔!"

"그래요, 당신의 고향 북청, 신창."

쫑투 달밤, 화려한 오색의 제등 행렬 축제 속에서 그들의 사랑은 더욱 깊어만 간다. 잠시나마 전쟁을 잊고 사랑에 빠진 그들에게 전쟁과 사랑은 참으로 고통스럽고 숭고하고 아름다웠다. 이날 두 사람은 죽음을 예감하며 긴 이별의 입맞춤을 나눈다.

"사랑하는 사람아, 나를 용서해줘."

"후엔, 날 죽여줘. 사랑하세요."

"많이 사랑하세요, 내가 생각나게요."

"엠 유 아이."

두 사람의 사랑과 유희 속에서 무대는 다시 김 상사의 유년 시절로 오버랩된다. 함경남도 북청군 신창읍 토속읍 1구 1033번지가 고향인 그는 이미 전쟁과 이데올로기의 대립 속에서 큰 비극을 멍에처럼 가슴에 안고 있었다. 6·25 때 유년 시절을 보냈던 그는 가슴 아픈 기억을 가지고 있다. 국군의 북진이 계속되어 김 상사의 고향인 함경도까지 국군에게 탈환되었을 때 주민들이 남한 국군을 지지하자, 다시 그곳을 재탈환한 북한군이 반동이라는 이름으로 주민들을 학살한 것이다. 당시 북한군의 억압에 의하여 반동 주민을 떨리는 손가락으로 지목한 어린 김 상사는 결국은 자신의 부모와 동네 사람들을 죽음으로 몰아간 인물이 되고 만다.

며칠 후 김 상사 부대가 매복 침투한 밀림 속의 진지. 그러나 케산 전투에서 김 상사의 연인 후엔의 유인으로 함정에 빠진 배 병장과 공 일병 등 부대원은 전멸하고 김 상사는 베트콩의 포로가 된다.

여기도 없어
아무도 없어
함정에 빠졌어
함정, 함정, 함정……
냄새, 냄새 죽음의 냄새
자꾸 멀어지는 내 고향 하늘
죽음의 정거장에 함께 선 전우여

죽어도 함께 죽고

살아도 함께 살자던 우리의 맹세

굳게 서로 손 잡았던

그날 우리의 맹세

가자, 고향에 흙이라도

함께 가자 전우여

잊지 말고 우리 가자

고향에 혼이라도 함께 가자

전우여

— 〈정글〉 중에서

　김 상사의 연인 후엔은 베트콩의 첩자였다. 그러나 이들은 전형적인 베트콩 게릴라인 남동생 '막 드엉'의 감시를 늘 받고 있다. 그들의 만남 뒤에는 강대국들의 이데올로기 놀음에 말려드는 약소국 베트남과 한국의 불행한 역사가 겹겹이 쌓여 있다. 후엔의 조상들은 프랑스로부터의 독립 운동 과정에서 비참한 죽음을 당했고 그것이 후엔에게는 베트콩 여전사로서 전투에 참가하는 강력한 동기를 부여하고 있다.

　후엔과 김 상사의 주변을 감시하는 그의 동생 막 드엉은 호전적이며 적개심에 불탄다. 그 모습은 강주한 지도사가 지난해 베트남을 방문했을 때 구찌 터널에서 본 열혈 청년 남아 베트콩 전사의 전형적인 모습이었다.

　케산 전투 중에서 죽음 직전에 후엔의 간곡한 배려로 살아난 김 상사는 가까스로 고국에 돌아온다. 귀국 후 결혼은 했으나 자신이 고엽제 후유증을 얻은 것은 물론 정신이 온전치 못한 딸(신창)을 낳았다. 병마와 가난으로 점철된 처절한 현실로 말미암아 이를 견디다 못한 아내는 가출한다. 병원에서 신음하던 그는 마침내 권총으로 자살한다.

공연이 시작되고 두 시간 동안 긴장하며 손에 땀을 쥐었다. 화약 연기가 자욱한 전투 현장에서 쏟아지는 총소리와 헬리콥터 소리에 깜짝깜짝 놀랐다. 배우 한 사람, 한 사람이 남다른 열정과 대사, 가창력 몰입 등이 대단하였다. 배우들은 눈과 코, 입술 모양새와 의상, 다리 등 어디 하나 진지하지 않은 구석이 없다. 그리고 김 상사의 어린 시절 문석과 월남 소녀 등을 맡은 아역배우들이 런(삿갓)과 아오자이, 베트콩 의상으로 열연하는 모습은 이 나라 미래의 뮤지컬의 진수를 가늠케 한다. 그야말로 전 배우와 스태프진이 최선을 다한 뮤지컬이다. 또한 조명과 무대의 소품, 수시 이동형 자리 매김의 전환도 인상적이었다. 김한글 교수와 일행은 손이 아프도록 열심히 오랫동안 박수를 쳤다.

베트남전쟁 당시 정글의 베트콩들에겐 너무도 무섭고 격렬하게 공격을 해댔던 하늘의 무기가 바로 미국의 '시누크 헬기'이다. 뮤지컬 엔딩 직전 시누크 헬기 소리가 요란하게 나면서 술집 댄서이자 여간첩 역을 맡았던 후엔의 허리춤까지 내려오는 고혹적인 긴 머리가 헬기의 강한 바람에 흩날리는 장면은 이 뮤지컬의 백미(白眉) 중의 백미가 아닐까? 후엔 역을 맡은 강미윤 배우는 이 배역을 여섯 번이나 맡았는데 〈블루 사이공〉 뮤지컬의 완벽한 성취를 위하여 10년 동안 머리를 자르지 않겠다고 할 만큼 열정파 배우이다.

김한글 교수는 예전에 브로드웨이 번안 작품도 보았다. 〈블루 사이공〉 같은 수준 있는 국내 창작 뮤지컬이 지속적으로 공연된다면 우리나라 뮤지컬은 분명 월드컵 4강 이상의 수준이 되지 않을까. 김 교수는 무대의 배경음악은 〈레미제라블〉과 〈갬블러〉를 관람한 뒤여서 그런지 몰라도 약간 미약했다는 생각을 했다. 〈블루 사이공〉은 다소 느슨하며 더러 호흡이 잘리는 등 사람 냄새와 땀 냄새가 훈훈하게 묻어나는 휴머니즘 뮤지컬'이다.

또 브로드웨이에서 성공적으로 흥행 가도를 달리고 있는 캐머런 매킨토시의 〈미스 사이공〉은 베트남전쟁을 배경으로 감상적인 인간애를 그린 멜로드라마이다. 반면에 〈블루 사이공〉은 베트남전쟁과 미국, 한국 등 국제질서에 맞물린 정치적 부산물의 씨앗이며 이로 인한 베트남과 한국의 현재진행형 우울한 아픔의 연속성을 리얼하게 보여준 뮤지컬이다.

뮤지컬이 끝나고 김한글 교수 일행은 묵묵히 걸어 나왔다. 서로 다른 상념에 의지한 채 걸었다. 이쯤 해서 강주한 지도사가 김한글 교수의 소매를 잡았다. 지하철역 근처에 있는 베트남 전문 식당인 '비아허이(Bia Hoi)'로 가기 위해서였다.

"한잔하고 가죠. 내가 살게요."

그들은 말없이 비아허이로 들어왔다. 이 집은 베트남 파병을 갔다가 돌아온 참전군인 최 병장이 그의 아내 '호완'과 함께 경영하는 식당 겸 맥주집이다. 지난 1965년 베트남전에 참전 중일 때 사이공 강가의 턴득탕 거리에서 만나 사랑을 했는데 그 후 귀국해서 호완을 데려와 함께 살고 있다. 이들에게는 라이따이한 2세인 딸 '초롱' '다롱'이 있다. 김한글 교수가 서울에 가면 꼭 들러 술 한잔하고 오는 곳이다. 그때마다 최 병장은 반갑게 맞아 주곤 한다.

"어허, 김한글 교수님 오시는가요?"

"예, 최 병장님."

"아이구, 반가운 우리 베트남 전문 교수님. 우리 처갓집 사이공 손님 같은 분, 어서 와요."

"또…… 이럴 부…… 이 드억 갑 안(만나뵙게 되어 반갑습니다.)"

부인 호완도 항상 반갑게 맞아준다. 이 집에 오면 김한글 교수와 최 병장이 즐겨 마시는 퀴논 안칸 마을의 전통곡주 바오다가 있어 좋았다.

"인사하세요. 이쪽은 이 집 사장님이신 최 병장님. 그리고 이쪽은 오늘 강남병원에서 수술을 성공적으로 마친 베트남 호치민 휴맨직업기술학교 원더쭈 학생과 딸 김고은이, 그리고 저쪽은 어머니 응엔 티 풍, 이쪽은 동생 티 몽, 그리고 휴맨직업기술학교 텅드억 학생회장이야. 인사해. 음 그리고 이쪽은 한국어 지도사 강주한 선생님. 자, 다 같이 앉아요. 술 한잔해야지."

최 병장은 피다 만 담배를 내려놓으며 반갑게 손을 내민다.

"어이구, 반가워요. 내 처갓집 동네 사람들이 왔구먼. 나도 반은 베트남 사람이오. 그리고 우리 아이들 또한 라이따이한이고. 여보 호완 , 당신 고향 분들이 왔어요."

호완은 주방에서 음식을 만들다가 뛰쳐나온다.

"아이고 반가워라. 우리 고국 사람들 오셨네요. 반가워요."

호완과 응엔 티 풍, 원더쭈가 서로 부둥켜안으며 반가워한다.

"하이구, 우리 베트남 사람을 여기서 만나네요. 이렇게 반가울 수가 있나!"

"안녕하세요, 아저씨. 반갑습니다."

이때 김한글 교수가 텅드억을 보고 인사를 시킨다.

"텅드억, 인사해요. 여기 최 병장님 사모님은 다낭이 친정이야. 호완, 인사하세요."

머리에 수건을 두른 50대의 호완 아주머니가 탁드엉을 끌어안는다.

"짜오 안 텅드억(안녕하세요, 텅드억)"

"씬…… 녀 안 웁 더 호완(잘 부탁합니다, 호완)"

"안 꼬 쾌 콩(건강은 어떻습니까)?"

"또이 쾌 꼰 안 바 꼬 찌 앰(건강합니다. 당신은요?)"

"저는 다낭시 리앤틴 버스터미널에서 조금 가면 오행산이 있는 쿠이손 동굴 아랫마을에 살았어요."

"아, 그래요. 나도 친정이 버스터미널에서 조금만 가면 절 뒤가 바로 우리집이에요. 지금 오빠가 살고 있어요. 아무튼 반가워요."

고향 사람을 만난 일행은 반가워 기분 좋게 술을 마시기 시작했다. 최 병장은 베트남어를 제법 유창하게 구사한다. 잠시 후 이들의 식탁에 퍼보가 나온다.

특히 다낭에서 호이안 간의 도로 건설(따이한로, 남조선로)을 할 때 이 공사에 참여한 공병 한국군을 만나면 베트남 아이들은 더욱 손을 흔들며 따라 다녔다.

"큰아버지 원 달라, 원 달라!"

"작은아버지 원 달라, 원 달라!"

"김 상사님, 강 일병님. 원 달라, 원 달라!"

이렇게 악착스럽게 달라붙어 외치면 트럭 위의 장병들이 미화 달러와 껌, 레이션 등을 던져준다. 라이따이한들은 여기서 얻은 돈으로 배고픔을 달래곤 했다. 이때 먹었던 음식이 바로 퍼보였다. 이 음식은 다낭시 이엔바이 거리 항강가에 있는 '퍼보 팡른타이'란 식당에서 맛있게 조리를 하는 것으로 유명하다.

"이 퍼보는 제가 다낭에 있을 때 즐겨 먹던 요리예요. 아, 맛있어요."

텅드억은 입을 크게 벌리고 젓가락으로 생강과 양파와 팔각향이 든 퍼보를 듬뿍 건져 먹었다. 그러자 옆에 있던 티 몽이 말한다.

"어, 탁드엉, 이 퍼보 잘 먹네요?"

"그으럼. 다낭시에 있을 때는 친구들과 어울려 맥주 '333(바바바)'나 '산미걸(San Miguel)' 등을 물 마시듯 마셨어요. 우선 배가 고프니까 물로라도 배를 채워야 하니까요."

앞에 앉은 최 병장이 손뼉을 치며 맞장구를 친다.

"맞아, 그때는 그랬어."

옆에서 바라보던 호완이 반가운 듯 묻는다.

"텅드억, 이 퍼보가 그렇게 좋아요?"

"그럼요. 지금도 배가 고파요, 호완 아주머니."

기어이 눈가에 눈물을 적시는 호완이 탁드엉과 그 옆에 다소곳이 앉아 있는 티 몽의 어깨를 토닥이며 말한다.

"언제라도 좋으니 한국에 오면 찾아와요. 그러면 이 퍼보와 바오다, 산미걸을 줄게요."

옆에서 바오다를 마시던 최 병장이 말을 거든다.

"나는 한국에 연수생으로 와서 취업한 라이따이한만 보면 내 아들딸 같아요. 우리가 베트남전 당시 베트남 꽁까이(처녀)한테 잘못을 많이 저질렀어요."

최 병장이 침울하게 말하는 사이 또 추가 음식이 나왔다.

"자, 짜오톰(새우살 숯불구이)과 고이꾸온(달고기 부추 향채)입니다. 많이 드세요."

하고 웨이터가 푸짐하게 베트남 음식을 놓고 간다. 늘 배가 고프기만한 텅드억은 연신 허리를 굽히며 인사를 한다.

김한글 교수와 원더쭈 일행은 비아허이에서 한국과 베트남 양국 사이에 발생한 전쟁으로 인하여 얽히고설킨 정한 서린 이야기로 시간 가는 줄 모르고 있었다.

제법 시간이 흐르자 비아허이에서 나와 각자 인사를 하고 헤어졌다. 김한글 교수와 강주한 지도사도 대전으로 돌아오면서 갖가지 상념에 잠겼다. 상념의 시발점은 오로지 베트남전쟁에서 찾아야 했다.

베트남전쟁은 2차 세계대전 이후 최대의 이데올로기 쟁점과 전 세계적인 관심 속에서 치러진 피 어린 전쟁이었다. 전쟁 기간 중에 사망자는 약 120만 명, 부상자 350여만 명, 1964년부터 1973년까지 10여 년간 계속된 전쟁이 종전될 때까지 투입된 총병력은 900여만 명에 이른다. 미국 공군이 투하한 폭탄만도 2차대전 당시의 연합군이 투하한 폭탄의 네 배에 가까운 760여만 톤이었다. 또한 미국에서 파병된 지상군은 54만 명, 전비(戰費)는 300억 달러에 가까운 엄청난 돈을 탕진했다.

우리 한국도 1964년부터 1973년까지 건국 이래 가장 큰 규모인 31만 명이나 파병했다. 그리하여 사망자가 5천여 명, 부상자 2만여 명과 이 과정에서 어쩔 수 없이 탄생된 라이따이한이 2만여 명이나 되는 가슴 아픈 과거를 안고 있다.

비록 지금은 베트남전쟁이 끝났지만 그 전쟁의 후유증은 아직도 베트남과 한국의 하늘 아래에서 엄연히 현재진행으로 지속되고 있다. 오늘도 베트남 호치민시 동커이 거리를 힘겹게 시클로를 페달을 밟아 하루 일당을 받고는 퍼보로 저녁 한 끼 때우고는 이 세상 어딘가에 있을 따이한의 내 아버지 김 상사, 박 병장, 이 소위를 그리며 쓸쓸하게 저무는 사이공 강가의 저녁놀을 바라보며 눈물짓는 우리들의 가슴 저린 2만여 명의 라이따이한이 있다.

새터민의 비애와 미래

김한글 교수는 대전 둔산벌 아침대학교 한국어과 교수실에서 한가하게 신문을 보고 있었다. 사회면을 보다가 김 교수의 시선을 고정시키는 기사가 있었다.

"어?"

김 교수의 눈길을 고정시킨 기사 내용은 이렇다.

"딸과 함께 한국서 살고 싶어, 법정을 감동시킨 '탈북 모정'"

허위 혼인신고 벌금형 유예받은 사연.

"모정(母情)에서 비롯된 죄를 크게 비난할 수 없습니다. 벌금 300만 원 형(刑)의 선고를 유예합니다."

지난달 서울남부지법의 한 법정. 재판장이 선고문을 읽자 피고인 조모(42 · 여) 씨는 지그시 눈을 감았다. 조 씨는 2008년 한국에 입국한 탈북 여성이다. 거짓으로 혼인 신고를 한 혐의(공전자 기록

등 불실기재)로 기소돼 이날 판결이 내려졌다. 선고유예 판결에 따라 조 씨는 일정 기간 죄를 짓지 않으면 선고 자체가 없었던 것이 된다. 법원이 조 씨에게 관용을 베푼 것은 그와 딸이 겪은 서글픈 인생역정 때문이었다.

사연은 오래전으로 거슬러 올라간다. 1998년, 조 씨는 함경도에 사는 서른 살의 예비 신부였다. 그러나 보따리 장사를 하러 국경을 넘어 중국에 갔다가 인생길이 달라지고 말았다. 인신매매단에 붙잡혀 중국인 A 씨에게 팔려 간 것이었다. 뱃속에 약혼자의 아이를 가진 채였다. A 씨의 폭행과 학대에 시달려야 했지만 불법체류자 신분이었던 조 씨에겐 호소할 곳이 없었다. A 씨의 집에서 딸을 낳아 기르면서 10년이 흘렀다. 그러다 조 씨는 어렵사리 2008년 2월, 한국에 입국했다. "먼저 한국에 들어간 뒤 당신과 딸을 초청하겠다"고 A 씨를 설득했던 것이다. 탈북자로 인정돼 한국 국적을 얻은 조 씨는 그해 7월 A 씨와 혼인신고를 했다. 어떻게든 딸을 데려오기 위해서였다. 지난해 2월 조 씨는 A 씨에게 알리지 않고 중국에 들어갔다. 학교 개학 날, 교문 앞에서 딸을 기다렸다.

조 씨는 1년 만에 다시 만난 딸과 함께 중국을 빠져나왔다. 그는 지난 8월 "결혼생활을 할 의사도 없으면서 허위로 혼인신고를 했다"며 경찰에 자수했다. 이제 한국의 초등학생이 된 딸에게 '가짜 아빠'의 기록을 지워주고 싶었던 것이다. 재판부에 선처를 부탁하지도, 변호인의 도움을 구하지도 않았다. 재판장은 판결 후 이렇게 말했다.

"조씨 모녀의 특수한 상황을 고려해 법으로 할 수 있는 최대한의 관용을 베풀었다. 역경을 딛고 한국에 자리 잡은 탈북 모녀에게 처음부터 전과자의 낙인을 찍기보다 새터민으로써 새 출발의 기회를 주는 것이 옳다고 판단했다."

조 씨는 울면서 말했다. "딸을 잘 키워 남조선에서 행복하게 살겠다." 이 말을 하고 법정을 떠났다.

오늘은 대전 중구 다문화센터에서 한국어를 지도하고 있는 신명철 한국어 지도사가 둔산벌 아침대학교로 김한글 교수를 찾아왔다. 방문 이유는 근래 집중하고 있는 다문화가정 지도에 대하여 김 교수와 의논하기 위해서이다.

신명철 지도사는 대전 중구 문화동 보문산 아래 달동네에 사는 새터민 집단 마을을 방문하여 한국어를 비롯하여 남한의 문화와 풍속 등을 가르치고 있는 중이다.

김한글 교수는 물었다.

"이번에 신 선생이 가르치는 북한 주민들은 세 가족 스물한 명이 어선을 타고 서해를 통해 남한으로 넘어온 분들이지요?"

커피를 마시며 신명철 지도사는 대답했다.

"맞아요. 이분들은 지난 1987년 1월 배를 타고 가족이 집단으로 북한을 탈출한 김인철 씨 가족(11명)에 이어 이번이 세 번째예요. 이번에 넘어온 함경도 장진군 황초령(黃草嶺)의 리종식 씨 가족은 특이한 케이스예요."

김한글 교수는 담배를 피워 물며 물었다.

"이번에 내려온 새터민은 총 스물한 명이지요?"

"맞아요. 평안북도 동림군에 사는 리경운 등을 포함하여 모두 스물한 명이 배를 타고 서해를 통해 입국해 관련 기관의 조사를 받고 우리 고장 대전으로 집단이주를 결정하고 거주를 시작했어요."

김한글 교수는 의아한 듯 물었다.

"이분들이 왜 하필 대전으로 이주를 결정했는지 모르겠어요. 이유라도 있나요?"

신명철 지도사는 말한다.

"리종식 씨 고향이 마침 가까운 충남 논산이에요. 리종식 씨는 6·25 당시 의용군이었는데, 그의 동생이 지금도 논산에 살고 있어요."

김한글 교수는 고개를 끄덕였다.

"아, 그래서 논산 부근인 대전으로 오셨구나!"

"이들은 그간 북한의 식량난 등으로 생계가 어려워 남한 사회를 동경해왔다고 해요. 그래서 평소 잘 알고 지내는 리경운 씨가 비밀리에 준비를 했답니다."

"아, 그랬군요!"

이들은 새벽을 틈타 북한 114 지도국 소속 20톤급 목선을 타고 공해상으로 항해하던 중에 이른 아침 인천시 옹진군 덕적도 인근 울도 서방 17마일 해상에서 인천해양경찰서 경비정에게 발견되어 인천항에 도착했다고 한다.

김한글 교수는 신명철 지도사로부터 북한 주민들의 남한 입국 경로를 들으면서 우려의 뜻을 표했다.

"신 선생, 새터민들은 우리와 언어의 이질감이 많을 텐데요?"

신명철 지도사는 고개를 끄덕이며 말한다.

"맞아요. 현재 이들 20여 명을 매주 한 번씩 마을회관에 불러놓고 남한말을 가르치는 데 어려움이 많네요."

"주로 어떤 차이가 있나요?"

"전에 남북한 지도자들이 테이블을 가운데 두고 회의를 하는 장면을 텔레비전에서 방송한 적이 있었어요. 그런데 어떤 주제를 놓고 서로 대화를 하는데 서로 언어의 장벽이 있어 회의 진행이 매끄럽지 않았어요. 자세히 내용을 들어보니 오랫동안 분단된 상태에서 오는 언어의 이질화가 심각했어요. 이를 보고 저는 깊은 이런 고민을 했어요. '앞으로 남북한 통일이 되면 휴전선 못지않게 높은 언어의 장벽이 생기겠구나' 하고요."

신명철 지도사는 지도 교안을 내놓고 차분하게 설명을 한다. 어떤 말은 서로 통역이 필요할 만큼 심각한 경우도 있다고 한다. 지도 교안의 페이지를 넘기면서 구체적으로 실례를 들어가면서 설명을 했다.

폴란드 말을 북한에서는 뽈스카라고 하며, 피타고라스의 정리는 세평방정리, 에베레스트산은 주무랑마봉, 탄젠트는 탕겐스, 피겨스케이팅은 휘거, 보르네오 섬은 깔리만딴 섬, 헝가리는 마쟈르, 북대서양 해류를 골프 스트림, 갠지스 강을 강가강, 롤러코스터를 관성차, 사인(Sine)을 시누스라고 하는 등 심각한 이반 현상을 보이고 있다는 것이다.

김한글 교수는 다시 담배를 한 대 피워 물며 눈을 지그시 감고 혼잣말처럼 말한다.

"아, 통일이 문제가 아니야, 통일이……."

신명철 지도사의 언어 이질화 사례가 이어진다. 북한 사람들은 연소 반응을 불타기 반응이라 하고, 백열전구는 전등알, 소프라노는 녀성고음, 산맥은 산줄기, 누른밥을 가마치, 호주머니를 더붙이, 온음표를 옹근 소리표, 에너지를 에네르기, 작은어머님을 삼촌 어머님이라고 하는 등 상당한 언어의 차이를 보였단다.

또 정수리를 꼭두, 연기를 내굴, 어업 지원을 물고기 지원, 경사도를 물매, 물뿌리개를 솔솔이, 기가 막히다를 억이 막히다, 볼펜을 원주필, 짧다를 짜르다, 심지어를 지어, 계절풍 기후를 철바람 기후, 애타다를 파타다, 정사각형을 바른 사각형, 교차하다를 사귀다로 하고 있었다.

신명철 지도사는 말한다.

"지난주에 대전 중구 문화동 새터민들에게 중구청의 협조를 받아 한국어 지도를 나갔어요. 그날도 북한말과 남한말의 차이에 대하여 공부하는데 격차가 상당해서 또 놀랐어요. 새터민은 자작나무를 봇나무라고 합니다. 잘 아시다시피 자작나무는 북부 지방에 많이 자라는데, 나무껍질이 흰 데다가 얇게 벗겨지지요. 그 껍질을 봇이라고 하고, 봇으로 지붕을 이은 오두막을 봇막이라고 했대요. 『백범일지』에 보면 김구 선생이 함경도 갑산군을 지나면서 이 봇막을 처음

보았는데, 뿐만 아니라 염습할 때 주검을 봇으로 싸는 풍습이 있다
는 말에 신기해했다는 기록도 있지요."

김한글 교수는 고개를 끄덕이며 말한다.

"나도 예전에 중국 연변 새벽대학교에서 한국어과 교수로 있을
때 그에 대해 연구한 책을 본 적이 있어요. 중국 쪽과 옛 소련 지역
동포 시인들이 문학작품 속에서 봇나무를 많이 노래했더군요. 우리
동포들이 북방대륙의 거친 풍토에 뿌리를 내리고 억척스럽게 살아
가는 모습이며, 또 흰옷을 즐겨 입던 우리 겨레의 풍습을 봇나무에
즐겨 비유했던 것 같아요."

> 북방 땅에 뿌리박은 봇나무
> 겨우내 은색 옷 곱게 입고
> 기승 부리는 눈보라와 속삭이며
> 로씨야숲을 자랑하노니
> 그 모습모습 숫스러워라!
>
> — 명월봉, 「로씨야 봇나무」

> 나는 봇나무
> 한 그루의 깨끗한 봇나무
> 겨레의 족속으로 태여난
> 하아얀 아들이다.
>
> — 김파, 「나는 봇나무」

그 외에도 북한은 뇌졸증(腦卒症), 남한은 뇌졸중(腦卒中)이라고 한단다. 그런데 남한에서도 이 '뇌졸중'을 '뇌졸증'으로 잘못 알고 사용하는 사람이 의외로 많다는 것이 신명철 지도사의 말이다. 우울증이나 건망증, 골다공증 같은 병명에 대부분 '-증(症)'이란 말이 붙다보니 자연스럽게 '뇌졸증'으로 부르는 것 같다고 한다. 실제는 다르다. 한자를 살펴보면 이해가 쉽다. '뇌졸중'의 '졸중(卒中)'은 '졸중풍(卒中風)'의 줄임말이고, '졸중풍'은 중풍(中風)과 같은 말이다. '졸(卒)'은 '갑자기'라는 뜻이다. 갑자기 쓰러지는 것을 졸도(卒倒)라고 하는 게 한 예이다. '중(中)'은 '맞다'는 의미가 있으니 적중(的中)이라고 할 때의 그 '중'이다. '풍(風)'은 풍사(風邪, 바람이 병의 원인으로 작용하는 것)로 인해 생긴 풍증을 뜻한다. 따라서 '졸중풍'은 '갑자기 풍을 맞았다'는 뜻이고, '뇌졸중'은 '뇌에 갑자기 풍을 맞았다'는 말이 된다.

신명철 지도사는 말한다.

"앞으로 남북통일 후 언어의 이질감을 어떻게 극복해야 할지 난감해요. 민족끼리 대화의 소통만큼 중요한 일은 없는데 말이에요."

"그래요. 그래서 앞으로 신 선생 같은 한국어 지도사들의 역할이 크게 기대됩니다."

신명철 지도사는 얼굴을 붉히며 말한다.

"이런 일 하라고 교수님이 우리들 한국어 지도사를 매년 배출하잖아요."

"허허허…… 맞아요, 맞아."

신명철 지도사의 설명이 이어진다.

"어떤 일이나 행동이나 이론 같은 것을 확고히 하기 위해 내적으로 받쳐주는 것을 뒷받침, 밑받침이라고 하잖아요. 새터민들은 그것 말고도 '안받침'을 널리 쓰더라구요."

김한글 교수가 이어받는다.

"사실 옛날 문학작품을 보면 북한말의 흔적을 찾을 수 있지요. 민족의 저항시인으로 잘 알려진 윤동주의 습작기 시 「아침」에 '자래우다'라는 말이 나와요.

이제 이 동리의 아츰(아침)이
풀살 오른 소엉덩이처럼 기름지오
이 동리 콩죽 먹는 사람들이
땀 물을 뿌려 이 여름을 자래웠소

윤동주 시어에는 그 할아버지 고향인 함경북도 방언 등이 더러 있어요. '자래우다'도 그 한 가지이지요. 오늘날 중국이나 중앙아시아 동포들도 익히 쓰는 말이에요. 예를 들면 "길게 자래운 머리 우에 태양모를 살짝 올려놓은 멋쟁이 처녀였어요."(윤림호, 「산의 사랑」) "그 성격 그 성미를 자래운 고향"(박화, 「영원한 요람」) "무엇 때문에 자식들을 자래우는지?"(리영광, 「가을비……」) "매일같이 단 하나의 태양이 땅을 덥혀주고 곡식을 자래우고"(강 겐리예따, 「일곱번째 태양」)…… 이런 식이지요. '자래우다'(자라다)와 같은 짜

임새로 된 말에 '재우다'(자다), '태우다'(타다), '놀래우다'(놀라다, 북), '새우다'(서다), '키우다'(크다) 따위가 있어요.”

신명철 지도사가 엄지손가락을 치켜세운다.

“역시 교수님은 소설을 쓰는 분이라서 문학에 입각하여 새터민의 언어를 비교하시는군요.”

김한글 교수는 머리를 긁적이며 멋쩍어 한다.

“뭘요, 내가 늘 하는 공부라서 좀 알지요. 특히 새벽대학교에 있으며 연구를 좀 했어요.”

“네. 역시!”

신명철 지도사는 웃으며 말한다.

“김 교수님, 우리가 흔히 말하는 교포와 동포가 어떻게 다른지 그 경계를 아세요?”

“글쎄요?”

“천하의 김한글 교수님이 이 대목에서는 말씀을 못 하시네요?”

신명철 지도사가 빙그레 웃으며 말한다.

“그럼, 이번에는 난센스 퀴즈예요, 교수님”

“뭔데요?”

“에…… 메밀국수의 고향은 어디일까요?”

“글쎄요?”

“함경도예요.”

“또 명태와 이면수의 고향은?”

“허허허…… 갈수록 태산이네요, 신 선생”

"이번에도 못 맞추시는군요. 이번 못 맞추면 오늘 저녁을 사실래요?"

"허허허…… 그래야겠는데?"

신명철 지도사는 빙그레 득의의 미소를 띠며 말한다.

"명태의 고향은 함경도 명천이에요. 교수님."

"허허허…… 그래요. 신 선생은 못 말리는 분이세요."

신명철 지도사는 탁자에 놓인 커피를 마시며 차분하게 말한다.

"교수님, 옛날 함경도 명천에 태씨 성을 가진 어부가 살았는데 물고기를 잘 잡았대요. 어느 날 태씨 어부가 처음 보는 물고기를 잡았는데, 담백하며 쫄깃한 그 물고기 이름을 몰라 사람들은 그 후 명천의 지명인 '명' 자와 '태' 씨라는 어부의 성을 따 '명태'라고 부르기 시작했대요."

"오, 그래요. 허허허……"

"명태는 이름이 많지요. 막 잡아 신선한 것은 생태, 얼린 것은 동태, 딱딱하게 말린 것은 북어, 강원도 덕장에서 추운 겨울에 얼렸다 녹였다를 반복하며 말려 살이 포동포동하고 노랗게 된 것은 황태라고 하지요. 알로 젓갈을 담으면 명란젓, 내장으로 젓갈을 담으면 청란젓이지요. 또 명태와 사촌지간인 '이면수'는 등이 암갈색이고 배는 황백색이며 몇 줄의 검은 세로 띠가 있는 물고기래요. 그런데 대부분이 이면수라고 알고 하지만 실제의 정확한 명칭은 '임연수어'예요. 조선 정조 때 서유구가 지은 『난호어목지(蘭湖漁牧志)』에는 임연수(林延壽)라는 사람이 이 고기를 잘 낚았기 때문에 그의 이름을 따 '임연수어'라고 한다고 되어 있대요. 호호호."

"허허허…… 우리 신 선생이말로 한국어 지도사의 모범적인 표본입니다. 정부에서 상을 주어야 해요."

"호호호, 우리 교수님도 칭찬을 다 하세요."

김한글 교수는 난센스 퀴즈를 못 맞춘 벌로 신명철 지도사와 함께 대전 둔산벌 아침대학교 근처 식당으로 저녁을 먹으러 갔다. 오리고기에 상추쌈을 싸서 먹는 고급식당이었다. 신명철 지도사는 웃으며 말한다.

"오늘 저녁에 먹는 이 오리고기가 왜 이렇게 맛있어요!"

"허허허…… 그래요. 맛있게 드세요. 우리 신 선생 요즘 문화동 새터민들에게 한국어를 가르치느라고 애쓰는데 내가 한턱내지요."

식사를 하다가 김한글 교수는 정색을 하며 설명한다.

"신 선생, 새터민, 즉 탈북자들이 살아가야 할 이곳 남쪽 땅의 현실은 결코 녹록지 않아요. 설불리 사업을 시작하여 정착지원금을 모두 날리기 일쑤예요. 북한에서의 경력이나 학력이 제대로 인정받지 못하기 때문에 마땅한 직업을 구하기도 쉽지 않지요. 이들은 추락의 나락에 빠져들며 여전히 우리 사회의 이방인으로 남는 경우가 많아요. 스스로 '제3의 외국인 노동자'라고 부르기도 하지요."

맛있게 오리고기를 먹으며 신명철 지도사는 묻는다.

"그럼 새터민의 성공사례는 없나요?"

김한글 교수는 빙그레 웃으며 대답한다.

"예, 물론 있지요. 소수의 새터민들만이 경제적·정신적으로 적응하는 데 성공하지요. 이들 대부분이 동유럽 유학생, 해외 주재 외교관, 외화벌이 요원 출신이에요. 다시 말하여 이들은 자본주의 체제에 노출되어 비슷한 사고방식과 행동양식을 이전에 경험했기 때문에 적응 속도가 빠르다는 말이지요. 또 다른 성공사례는 지금 신명철 선생이 하는 것과 같은 교육을 다시 받은 분들이지요. 남쪽 사회에서 생활하기에 필요한 언어와 문화, 전문지식 등을 제대로 익혀 기회를 갖게 되는 거지요."

김한글 교수와 이야기를 나누던 신명철 지도사의 핸드폰이 울리면서 대화는 잠시 중단되었다.

"교수님, 말씀 중에 죄송해요. 친구한테 전화가 왔네요. 잠깐 밖에 나가서 전화를 받고 올게요."

"네. 그렇게 하세요. 신 선생."

김한글 교수는 잠시 자리에서 일어나 담배 한 개비를 피워 물고 식당 창밖을 보았다. 사위에 어둠이 어스름어스름 내리고 있다. 사람들은 저마다 무슨 일이 그리도 바쁜지 삼삼오오 무리를 지어 둔산동 아침대학교 주변 도로를 오가고 있었다.

김한글 교수는 방금까지 신명철 지도사와 나눈 새터민에 대한 생각으로 머리가 가득하다. 그리고 담배를 한 개비 피워 물며 깊은 사색에 빠졌다.

"푸후우……"

문득 얼마 전 참석하였던 여성가족부 주관의 심포지엄이 생각났다. 서울 프레스센터에서 열린 '새터민의 남한 유입 사례와 미래의 발전 운영 방안'이란 심포지엄에서 김 교수는 새터민의 실상을 제대로 알 수 있었다. 그날의 일들이 생생하게 떠오른다.

그날 첫 번째 발표에 나선 한 탈북자의, '얼어붙은 조(朝)-중(中) 국경의 실상 그리고 망명 그 이후'라는 주제의 발표는 닫혔던 가슴을 열어놓는 계기가 되었다.

중국 내 탈북자들은 크게 세 부류로 나뉜단다.

첫 번째는 죽어도 남한에 가겠다는 생사불문 '의지형 탈북자' 부류이다. 그리고 두 번째는 현실이 불안하긴 하지만 중국에서도 그럭저럭 살 만하다는 '태평안주형'이다. 그리고 나머지 한 부류는 어떻게 하든지 돈을 벌어 북한으로 돌아가서 떵떵거리고 살고 싶다는 '복귀형'이란다.

이처럼 탈북자들은 자신이 처한 신분이나 가정 상황에 따라 다르다. 시간이 지날수록 식량을 얻기 위한 불법 월경자 못지않게 '정치적 난민'과 '더 나은 삶을 위한 탈북자'들이 많아지고 있다는 것이 발표자의 분석이다.

발표자는 탈북자들이 남한 진입 경로에 대하여 설명했다. 예전에는 탈북자들이 국경을 넘어 자주 찾는 도피처는 교회나 성당 같은 종교시설이었다. 그러나 이제는 '교회만 가면 잡혀간다'는 소문이 나돌아 종교시설이 안전지대가 아니라는 것이다. 그리고 지금은 북한을 넘어 국경에서 들어오는 길목마다, 연길을 빠져나가는 도로와 도문 시가지 진입로에는 총을 든 중국 공안들이 눈을 부라리며 탈북자 색출에 여념이 없다고 한다. 지금도 수시로 비포장의 국경 도로에는 먼지를 휘날리며 지나가는 중국 공안차 행렬이 이어진다고 한다. 한여름 녹음이 짙어질수록 흰색의 감시초소와 철조망의 붉은 경계 신호는 더욱 또렷해진다고 한다.

탈북자들이 가장 선호하는 탈북 경로인 중국 베이징 외국 공관들은 철조망을 둘러치고 있단다. 연변조선족자치주 곳곳도 탈북자 색출을 위한 공안들의 감시의 눈길이 번뜩이고 있는 것이다.

탈북자들이 천신만고 끝에 중국으로 빠져나와 옷차림이야 바꿀 수 있지만 중국어만큼은 하루 이틀에 되지 않는단다. 검문소나 길에서 갑자기 만나는 중국 공안들은 "칸 선분쯔"(신분증 좀 보자)라는 말을 불쑥 던지며 탈북자들을 찾아내곤 한다는 것이다.

다음 발표자는 우리민족서로돕기운동의 김인동 박사였다. 탈북자 실태를 파악하기 위하여 중국 동북삼성을 수시로 드나든다는 김 박사는 '탈북자들이 떠도는 연변 땅의 아픔 그 실태'라는 주제로 발표에 나섰다.

"몇 년 전만 해도 중국 도문과 북한 남양을 잇는 도문다리 부근에서 한국 관광객들에게 손을 벌리던 꽃제비도 사라지고 없어졌습니다. 이제 도문은 탈북자의 근거지가 아니고 연변 지역은 완전히 얼어붙었어요. 도문시 인근 가게에는 북한에서 탈출한 꽃제비 소년들이 제법 있었어요. 그러나 지금은 북한으로 잡혀간 아이들도 있고, 다른 지역으로 도망친 아이들도 있어요. 중국 공안은 탈북자들을 신고한 사람에게 노동자 1년 치 임금에 해당하는 1,000위안(15만 원)의 상금을 주고, 탈북자를 보호하다 적발되면 3,000위안 이상의 벌금형에 처하고 있어요. 연변에는 국경에 근무하는 공안들에게 매달 두 명의 탈북자들을 잡아들이라고 할당했다는 얘기가 파다하지요. 도문 검문소를 지난 고갯길에는 3미터 높이의 담이 둘러쳐진 탈북자 소용소가 있어요. 이 수용소에 사나흘에 한 번씩 공안차가 들어와 탈북자들을 옮겨놓고 가곤 하지요. 어떤 날은 기차로 이틀이나 타고 멀리 헤이룽장성 노인들이 탈북자 며느리와 함께 잡혀간 손자를 찾기 위해 수용소로 찾아왔다가 울고 가는 바람에 저와 함께 간 일행들도 눈시울을 적셨어요."

김인동 박사의 발표는 이어진다.

"중국 농촌 마을이라고 해도 안전지대라 할 수는 없습니다. 왕청에서 자동차로 30여 분 들어간 왕청현 하마텅의 한 마을에서는 탈북 여성 두 명이 공안에 끌려갔어요. 가까스로 체포를 모면한 탈북 여성은 임시 은둔처에서 밖에 나갈 엄두를 못 내고 안에서도 문을 걸어 잠근 채 지내고 있답니다."

다음 발표자는 새터민한민족동우회 려하란 회장으로, 주제는 '탈북자 사회의 가픔 아픈 현장과 갈등 치유'였다. 려하란 회장은 깡마르고 가무잡잡한 피부가 강단이 있어 보이는 50대 중년 여성이었다. 흰 저고리에 까만 치마를 입은 모습이 전형적인 북한 여성이라는 인상을 주었다.

"우선 우리 탈북자들을 새터민이란 이름으로 따듯하게 받아주고 정착금을 주어 잘 살도록 도와주신 남조선 정부와 동포 여러분에게 감사의 말씀을 드립니다. 앞서 발표하신 '우리민족서로돕기운동'의 김인동 박사님과 '한민족좋은벗들의모임' 최성인 부장님이 현장 중심의 가슴 아픈 사례들을 말씀하실 때마다 저와 함께 온 새터민한민족동우회원들은 마음으로 울었습니다. 어려운 현실을 함께하신 동포 여러분에게 다시 한번 고맙다는 말씀을 전국 새터민을 대표하여 드립니다. 예전에는 북조선 사람들을 동정했지만 언제부터인가 중국 조선 동포와 남조선 사회에서는 우리 새터민들에 대한 편견을 갖고 있어 매우 안타깝습니다. 더 나아가서는 우리를 의심부터 하게 된다는 사실입니다. 탈북한 우리들을 도와줬다는 이유로 중국 연변 조선족들은 우리의 월급을 떼먹고, 공안에 고발해서 상금까지 타먹는 사례가 있습니다. 동포 한민족끼리 이래서야 되겠습니까?"

그러자 관람석이 조용해졌다. 그러고는 일제히 박수를 쳤다. 짝짝짝!

"그래서는 안 되지요!"

"아암, 그렇고말고요."

프레스센터 대강당에는 박수와 동의의 말들이 오고 갔다. 새터민한민족동우회 려하란 회장의 발표는 잠시 쉬었다가 이어졌다.

"남조선 동포 여러분 우리를 따뜻하게 보듬어주시어 고맙습니다. 제 발표를 이어가겠습니다. 또 중국 조선 동포 폭력배들은 탈북 여성들을 팔아넘기고, 탈북 청소년들에게 앵벌이를 시키고 있어요. 북조선과 중국 국경지역인 도문과 장백 일대에는 북조선을 넘나들며 장사를 하는 중국 보따리상인들이 많습니다. 이들은 주로 중국 조선 동포들인데 중국에서 스타킹, 옷 같은 생활용품 등을 가지고 북조선에 들어가 장사를 해요. 장사를 마친 이들은 북조선에서 골동품, 한약재, 약초 등을 갖고 나와 팔기도 합니다. 탈북 여성을 노리는 인신매매 조직이 있어서 북조선에서 여자를 모아서 넘기는 사람, 두만강이나 압록강변에서 인계받는 사람, 중국 땅 한곳에 가둬두고 흥정하고 팔아넘기는 사람 등 단계별로 구실이 나눠져 있어요. 안에도 중국 조직과 연계된 인신매매꾼들이 있는 것 같아요. 북조선의 인신매매꾼은 여성들을 모아서 국경지대까지 와서 두만강 등을 건너게 해주고 중국돈 500~600위안(7만 5천~9만 원)을 받아요. 이들은 무사히 강을 건너기 위해 100위안(1만 5천 원)을 주고 북한 국경수비대원을 매수하지요. 돈을 받은 국경수비대원은 미리 약속한 시간에 용변을 보러 가는 등 자리를 비켜주는 식으로 도강을 눈감아주어요. 팔려온 북조선 여성들은 중국에서 대개 3천~5천 위안(45만 원~75만 원)에 거래되어요. 탈북여성들은 나이와 외모, 건강상태 등을 기준으로 3천 위안, 4천 위안, 5천 위안 등 상 중 하 세 등급으로 분류되어요."

려하란 회장은 열변에 목이 타는지 물을 한 컵 마시고 관람석을 둘러보았다. 1층과 2층을 꽉 메워 300여 명을 넘을 듯했다. 관람석에서는 조용히 려하란 회장을 쳐다보고 있었다. 박수 소리가 들렸다. 짝짝짝······.

"계속하세요. 현장을 보는 듯 실감이 나네요."

려하란 회장은 잠시 쉬다가 박수 소리가 끝나기를 맞춰 이야기를 이어갔다.

"남조선 동포 여러분, 여기에서 그 유명한 웃지 못할 '낙지자루' 얘기를 안 할 수가 없네요. 중국 조선 동포 상인들이 북한 국경 근처를 다니다가 작고 예쁜 여자를 만나면 '중국에 가면 배불리 먹고 돈 많이 벌 수 있다'고 유혹하였지요. 그래서 그 북조선 여자를 자루에 넣어 국경을 넘다가 검문소에서 걸리면 '큰 낙지 몇 마리 샀는데 고것 되게 움직인다' 하며 발로 자루를 툭툭 차고 지근지근 밟았던 것입니다. 그러면 정말 자루 속에 어린 아가씨는 아파서 팔다리를 움찔거리면서도 터지려는 비명을 참아냈어요. 밖에서 보면 마치 큰 낙지 몇 마리가 뒤엉켜 움직이는 것으로 보입니다. 그래서 자루 속에 낙지가 든 것으로 속아 넘어가 통과시켰다고 합니다. 그야말로 자루 속 낙지를 발로 차면서 중국으로 넘어와 자루를 풀어보면 그 안에 있던 아가씨는 눈, 코, 입에 피투성이가 되어 반죽음으로 처져 있어 꺼내야 비로소 나온다고 합니다. 낙지처럼 축 처진 그런 아가씨를 며칠 치료해서 식당에 팔아넘긴다고 합니다. 이것이 우리 북조선의 탈북자 꼬라지랍니다."

이때 관람석에서 신음 소리와 함께 박수 소리가 나온다. 짝짝짝, 짝짝짝!

"저런 몹쓸 사람들, 어떻게 사람을 자루에 넣어 다니나!"

"쯧쯧쯧, 불쌍해라!"

"인간을 낙지로 취급하다니!"

새터민한민족동우회 려하란 회장이 탈북자들의 현장감 있는 이야기를 발표하자 관람석에서는 탄식이 터져 나왔다.

잠시 숨을 고른 려하란 회장은 다시 차분하게 말을 이어간다.

"존경하는 남조선 동포 여러분! 우리 새터민이 같은 민족의 국토인 남조선에 오는 길이 이렇게 멀고 힘들어야 합니까? 남조선 정부와 북조선 정부는 정치적 이념에서 벗어나 어서 빨리 통일되어 남북한이 더불어 사는 국가로 만들어 중국이나 미국 등의 강대국에 휩쓸려다니지 말아야 하겠습니다. 따라서 우리 새터민의 소원은 하나도 남북통일, 둘도 남북통일, 백 번도 남북통일입니다. 어서 빨리 통일이 되어 북조선에 있는 가족과 친지들을 만나고 싶습니다. 남조선 동포 여러분, 제 이야기를 끝까지 들어주시어 고맙습니다."

새터민한민족동우회 려하란 회장의 발표가 끝나자 관람석의 사람들이 모두 자리에서 일어나 기립박수를 쳤다. 짝짝짝, 짝짝짝.

"수고했어요."

"감동의 발표 잘 들었습니다."

삐이익…… 하고 식당문이 열린다. 지난번 서울에서 가졌던 프레스센터 심포지엄을 떠올리며 생각에 잠겼던 김 교수를 신명철 지도사가 식당 밖에서 들어오면서 기억의 늪에서 일깨워준다.

"교수님, 무슨 생각에 그리 깊게 잠겨 있으세요?"

"아? 잠시 지난번 서울 프레스센터서 열렸던 새터민 관련 심포지엄에 참석하여 들었던 발표들을 생각하고 있었어요. 그런데 신 선생은 어디 다녀왔어요?"

신명철 지도사는 정색을 하며 말한다.

"친구한테서 전화가 와서 잠시 식당 밖으로 나가 통화하고 들어

왔어요."

"아, 네."

신명철 지도는 일어나며 말한다.

"교수님, 이제 일어나시지요? 오늘 저녁 잘 먹었어요. 난센스 퀴즈 못 푸시는 바람에. 호호호."

"그래요, 나도 많은 이야기를 나누면서 덕분에 즐겁게 식사했어요."

신명철 지도사는 식당 문을 나오며 말한다.

"교수님 댁이 문화동이죠? 제가 차로 모셔다드릴까요?"

"그럴까요? 아니, 오늘은 신 선생이 가르치는 새터민마을에 가볼까요. 그곳에서는 집이 가까우니 걸어가면 됩니다."

"네, 그렇게 하세요, 교수님."

무궁화꽃 통일로 이어가기

 신명철 지도사는 김한글 교수와 함께 대전 둔산벌 아침대학교 근처 식당에서 저녁을 먹고 문화동 보문산 아래 달동네에 있는 새터민마을로 향하고 있었다. 둔산에서 차를 타고 넘어오는 잔뜩 흐린 길이 오늘따라 처연하게 느껴졌다. 서구 용문동과 중구 태평동 경계에 놓인 수침교 다리를 건너며 차창 밖을 보았다. 저 멀리 대둔산에서 시작하여 흐른다는 유등천 물빛이 둑길 가로등 불빛과 함께 어둠 속에서 빛을 발하고 있었다.

 신명철 지도사가 운전하는 승용차는 김한글 교수를 태우고 서대전역을 지나 문화동 한밭도서관길을 올랐다. 차가운 밤바람 탓도 있었겠지만 스산한 기운과 함께 까아만 어둠을 뚫고 밤비가 내리기 시작하였다. 오르막길을 올라 보문산 새터민 달동네 마을로 접어들면서 빗발은 더욱 세차게 내렸다.

 김한글 교수와 신명철 지도사를 태운 차는 한밭도서관 오르막길을 지나 보문산 둘레길에 들어섰다. 이 도로는 가로등도 띄엄띄엄 있는 어두침침한 도로인 데다가 트럭들이 질주하는 도로이다.

보문산 둘레길을 달리고 있는데 저만치 남루한 옷차림의 육신을 자전거에 얹은 한 노인이 빗속을 위태롭게 달리고 있었다. 신명철 지도사에게는 그 뒷모습이 낯익었다.

"어? 새터민마을의 마고원(馬高原) 노인 같은데요? 어디를 다녀오실까?"

"아는 분이세요?"

"그럼요, 저랑 함께 한국어 공부를 하는 새터민마을의 마 씨 노인 같아요."

"예?"

"저 검은색 잠바에 일바지, 익숙한 차림이시거든요."

마고원 노인 같은 뒷모습도 잠시였다. 보문산 아래 달동네 입구의 도로에서 트럭 한 대가 들어섰다. 그리고 헤드라이트 불빛이 시야에 번쩍 들어오는 듯하더니 이내 옆으로 빗길을 가르며 사라지는 것 아닌가?

빗길 사이로 자전거를 타고 앞서가던 노인이 덥석 도로 중앙에 버려지듯 풀썩 무기력하게 쓰러진다. 김한글 교수와 신명철 지도사는 사고 현장을 목격하고 당황하였다. 급히 차를 세우고 허공에 내던져진 노인이 있는 곳까지 가까이 다가간 신명철 지도사는 자신도 모르게 비명이 나왔다.

"아…… 악……."

"아니, 이럴 수가?"

"마, 맞아요, 마고원 노인 맞아요!"

빗길에 내던져진 노인은 차마 형언하기 어려울 정도로 피투성이로 흐트러진 처절한 모습이었다. 왼쪽 팔이 부러져 덜렁거리고 양쪽 눈알이 빠져 코끝에 걸쳐 있었다. 사람의 원형이 완전히 사라진 걸레쪽이라는 것이 정확한 표현이었을 것이다.

김한글 교수는 신명철 지도사의 어깨를 다독이며 침착해야겠다고 생각했다. 그러고는 정신을 바짝 차리고 주머니에서 핸드폰을 꺼내 112로 긴급 구조 요청을 했다.

"여보세요. 사람이 차에 치었어요. 중태인 것 같아요. 얼른 출동해주세요."

위치를 알려주고 잠시 숨을 돌렸다. 좀 늦은 시간이라서 그런지 차가 가끔 지나쳤다. 길바닥에 사람이 쓰러져 있고 김한글 교수와 신명철 지도사가 서 있으니 취객으로라도 취급하듯 횅하니 피해 달아나곤 한다. 김한글 교수는 휙, 휙 달리는 차량을 보며 내뱉었다.

"쳇, 제기럴 놈들!"

그러기를 10여 분이 지났을까. 저만치 구급차가 사이렌 소리를 울리며 사고 현장에 도착한다.

"여깁니다. 여기."

김한글 교수는 시야가 빗물과 함께 흐려지자 하이얀 윗도리를 벗어 원을 그려 돌리며 수신호를 했다. 병원 구급차와 함께 도착한 경찰은 즉시 들것을 이용해서 환자를 병원으로 옮겼다. 그리고 함께 온 경찰들이 사고 현장을 두리번거리며 조사를 하였다.

"선생이 목격자이십니까?"

"예."

"죄송하지만 참고인으로 조사할 일이 있으니 잠시 파출소로 가시지요."

"예, 그럽시다."

김한글 교수와 신명철 지도사는 그들과 함께 중부경찰서로 갔다. 담당 경찰은 긴급 후송된 병원으로 즉시 전화를 해본다. 야간 격무에 시달린 탓인지 얼굴에 까칠한 수염을 한 늙수레한 경찰이 씁쓰레한 입맛을 다시며 말한다.

"쳇, 제기럴. 술 처먹은 미친 녀석 하나 때문에 또 한 사람 갔군, 갔어!"

김한글 교수는 궁금해 되물었다.

"예? 뭐라구요? 그 노인이 돌아가셨어요?"

"빗길에 70킬로 정도 달리는 차에 치었으니 어디 뼛조각 하나 남아나겠어요?"

신명철 지도사의 탄식이 흘러나온다.

"어머나, 이를 어째! 남한에 오셔서 그렇게나 착하게 열심히 사시던 분이 돌아가시다니?"

"……?"

"지난주만 해도 나와 함께 한국어 공부를 하던 분인데?"

김한글 교수는 주머니에서 담배 한 개비를 꺼내 피워 물었다. 그리고 긴 한숨을 내쉬었다.

"참내, 못 볼 것 본 것 같군."

"이를 어쩌나요 교수님!"

김한글 교수와 신명철 지도사는 간단히 사고 상황 목격자로서 진술을 해주고 새터민마을 연락처를 알려주고 귀가했다. 신명철 지도사는 손발을 씻고 잠자리에 들었으나 방금 전 피투성이로 헝클어진 해진 잠바 차림의 마고원 노인 육신이 떠올라 쉽사리 잠을 이루지 못했다.

다음 날 아침 신명철 지도사는 어제 마고원 노인의 사고를 접수 처리한 지구대에 갔다. 음주 상태로 트럭을 몰던 운전자의 차에 치어 사망한 마고원 씨 인적사항이 경찰 조사에서 나왔다. 이름은 '마고원(馬高原)', 탈북자. 나이는 70세. 직업은 문화동 인근에 있는 조그마한 '수석섬유(壽石纖維)'라는 회사의 잡부. 거처는 그 회사의 기숙사. 고향은 북한 함경도 장진군 황초령 근처, 즉 개마고원 부근이다.

그러나 문제가 생겼다. 사고 목격자는 김한글 교수와 신명철 지도사뿐이다. 신문과 방송 등에 음주운전 차량 운전자와 가족을 찾는 보도가 나가고 사고 난 지 10일이 넘도록 가족은 나타나지 않았다.

마고원 씨는 이번에 탈북한 리종식 씨와 함께 문화동 새터민마을에 합류했다. 그러나 마 씨는 오래전에 북한을 탈출한 새터민이었다. 공교롭게도 이번에 탈출한 리종식 씨와 고향이 같은 함경도 장진군 황초령이라는 사실을 신명철 지도사가 알고 함께 어울려보라고 연결해준 것이다.

단신으로 탈북한 새터민으로서 남한에서 막노동자로 일하며 대전역 노숙자 생활 등 안해 본 일이 없을 정도로 바닥에서 살아왔다. 외롭게 살아온 그에게 애당초 연고자를 기대했던 것은 경찰서 행정상의 관례일 뿐일 것이다.

해발 1천 미터의 개마고원 지대. 장진군 연화산 해발 2,355미터 고지에서 귀리, 감자, 옥수수, 수수 등을 심어 수확하고 화전민으로 살아왔던 마고원. 이름마저 개마고원에서 따온 70세의 새터민. 문화동 새터민마을에서 1주일에 한 번씩 만나 한국어를 공부하는 새터민이 몇 명 있다고는 하지만 남한에서 잠시 만난 인연일 뿐이다. 그는 혼자 살아왔고 현재 싸늘한 주검으로 굳어진 지금까지도 혼자이다.

과거 개마고원에서의 생활이 어떠했는지? 가족 상황이 어떠했는지? 아직 정확하게는 모르지만 오래전에 혼자서 임진강을 따라 탈북하여 덜렁 남한으로 내려와 부모형제 처자식 아무도 없이 영안실에 누워 '행정 처리'를 기다리는 불행한 죽음을 맞은 마고원 씨.

신명철 지도사는 영안실을 나오며 눈시울이 뜨거웠다.

'새터민 마고원 노인. 살아서도 외로웠던 그 사람이 죽어서도 외로워 혼자로구나!'

신명철 지도사는 마고원 노인이 한국어를 공부할 때 종종 되뇌던 말이 생각이 났다.

"신 선생님, 고향집 마당 살구꽃이 눈에 밟혀요. 고향이 그리워 아아! 고향땅이 그리워 눈에 찔리는구나!"

신명철 지도사는 마고원 노인의 죽음을 믿어지지 않아 먼 산을 바라보았다. 자신한테 한국어를 공부하는 마씨에 대하여 그간은 잘 몰랐다. 탈북한 지는 오래되었지만 아직도 어눌한 한국어와 한국의 문화, 역사에 대하여 공부하겠다고 1주일에 한 번 정도 만나는 외톨이 노인 마씨. 그 정도가 아는 게 전부였다.

한때 자신한테 공부했던 인연으로 마고원 씨에 대하여 자세히 알아보고자 중구 문화동 굴다리를 지나 그가 생전에 근무했던 유천동 수석섬유 회사로 찾아갔다. 그곳 총무과의 서류를 보면서 의아한 부분이 있는 부분은 경찰서에 의뢰해 알아봤다. 마씨의 서류에서 유난히도 눈길을 끈 부분은 그의 전과 기록이었다. 1970년 반공법 위반으로 징역 10개월 선고. 1981년 사회안전법 위반으로 입건. 폭력행위 등 처벌에 관한 법률 위반으로 벌금 10만 원.'

신명철 지도사는 생각했다.

'아니, 영세업체 잡역부로 허드렛일을 하며 노년을 보내던 이 노인이 과거 사상범이기라도 했다는 것일까?'
하고 말이다.

수석섬유 총무과 직원인 한지헌(韓知憲) 씨가 서류에서 부족한 부분을 얘기해주었다. 평소 마씨가 하소연처럼 하던 말을 한지헌 씨는 이렇게 전했다.

"6·25 때 고아가 됐다고 해요. 탈북하여 처음에는 군부대 주변을 배회하며 쓰레기통을 뒤져 겨울에는 꽁꽁 언 빵조각을 먹고, 여름에는 구더기 득실거리는 음식을 주워먹고 뱃속이 부글거려 설사를 하곤 했지만 한동안 고기 먹고 싶은 생각이 없어 속생명을 연명해갔대요. 그리고 성장해서는 어떤 일도 마다하지 않고 막노동도 하고, 밑바닥 생활을 전전했다지요. 그러다 어느 날 '고향에 가야겠다' 그렇게 생각하고 무조건 북쪽으로 올라갔다는 겁니다. 휴전선 부근 검문소에서 군인들한테 검문을 당했는데, 막무가내로 '개마고원에 보내달라' 생떼를 썼다지요. 지금이야 남북이 제법 왕래도 하곤 했지만 예전에는 어디 그 시절에는 그랬나요? 한마디로 경을 쳤지요. 그래서 마 씨도 관계법에 따라 처벌받게 되어 그 길로 징역살이를 하게 됐다는군요."

"그래요, 참 딱한 노릇이군요."

평소 말이 없던 마 씨여서 그가 어디에서 왔고 어떻게 70여 년을 살았는지 자세한 이야기를 들어 아는 이가 많지는 않다고 했다. 그는 '일벌레'로 불릴 만큼 일 밖에 모르는 근면 성실한 사람이었다고 한다.

대전 중구청의 알선으로 수석섬유주식회사에 들어와 청소와 환경 정리를 맡아 하면서, 직원들이 자동판매기에서 뽑아 마신 음료수 캔이나, 제품을 포장하고 남은 폐비닐 따위를 모아 팔면서 알뜰히 돈을 모았다.

주변 사람들이 그의 과거에 대해 조각난 사연이라도 들을 수 있었던 것은 막소주라도 한잔 기울이고 난 뒤였다고 했다. 한 달에 70여만 원씩 받는 봉급 중에서 2만~3만 원밖에 쓰지 않았던 그는 가끔씩 술을 마셨는데, 공장 기숙사 방에서 안주도 없이 깡소주를 들이키는 게 고작이었다. 그러고 나면 손으로 가슴을 치며 몇 마디 말이 튀어나왔다고 한다.

"개마고원 연화산 황초령. 그곳에 무궁화꽃 통일목장을 세워야 해. 이놈의 휴전선이 가로막고 있어. 내가 무궁화꽃으로 뚫어야 돼. 그래서 떨어진 이산가족을 만나게 해야 돼. 7천만 동포가 길이 막혀 있어. 길이 막혀. 허허허…… 길이 막혀서 따라지 인생이라!"

마 씨가 노경에 접어들어 막일을 하며 가장 오래 동안 살았던 곳은 경기도 장단군이라고 한다. 장단군은 북한이 가장 가까워 휴전선에 의해 반이 나뉜 곳이다.

신명철 지도사는 마 씨에 대한 호기심으로 회사 주변 사람들을 부지런히 만났다. 마 씨와 오랫동안 가까이 지내며 같은 회사에서 알고 있는 유선만 씨와 문화동 새터민마을의 몇 사람과 함께 한밭도서관 아래의 한 식당에서 만나 넉넉한 대화를 가졌다. 그리고 마 씨와 관련된 이야기를 두루 들을 수 있었다.

같은 회사의 직원 유 씨가 말했다.

"어떤 일인지 자세히는 몰라도 부모님을 북쪽 개마고원에 두고 혈혈단신으로 임진강을 따라 남한으로 내려왔다고 했어요. 그리고 늘 황초령에 가고 싶다고 했어요. 그쪽에 친척이 있다고 했고 늘 보고 싶은 얼굴이 있다고 했어요."

"보고 싶은 얼굴이라니요?"

신명철 지도사는 의아해서 유선만 씨에게 되물었다.

"그러니까 마 씨는 글을 모르는 무학자였지요. 개마고원에서 살 때 10대 소년 시절 좋아했던 소녀가 있었나 봐요. 이름이 뭐라더라, 순희라던가 했어요. 낙엽이 물든 가을날이면 자전거에 올라 사람들이 웃든지 말든지 '순희야, 순희야!' 부르며 낙엽이 날리는 거리를 달렸어요. 그뿐이 아니었어요. 가끔 막소주에 취하면 '순희야' 하고 부르며 울부짖었지요. 그의 수중에 늘 하모니카가 하나 있었고 그걸 잘 불었어요. 말인즉슨 순희라는 소녀가 하모니카 소리를 무척 좋아했는데 그녀를 위해서 개마고원 연화산 황초령 고개에 앉아 즐겨 불어주었대요. 주로 곡목은 〈아! 목동아〉이던가 그래요. 또 같은 이북 출신의 시인 김소월의 〈산유화(山有化)〉도 잘 불었어요."

"아하, 그래서 이곳 남한에서도 결혼을 안 하고 혼자 살았나 보군요."

"마 씨 형님이 그러는데 그곳 개마고원 황초령 부근은 아침해가 오전 10시에 뜨고 저녁해도 오후 5시경이면 진대요. 높다란 산협으로 사방이 둘러싸여 그저 빼꼼히 내민 하늘뿐이래요. 낮에 하늘을 보면 파아란 잉크를 뿌려놓은 듯 온통 푸르디푸른 하늘과 구름뿐이고, 밤에도 까치 눈알만 한 별똥별이 얼굴에 우수수 떨어질 정도로 해맑은 산동네였다나 봐요."

"그렇겠군요. 한 폭의 그림 같네요."

"그런 곳에서 양 몇 마리 치며 형님이 살았는데 황초령 고개 건너에 살던 순희라는 소녀와 당시 사랑에 빠졌던 것 같아요."

신명철 지도사는 당시 상황을 떠올리듯 조용히 지그시 눈을 감으며 들었다.

"한번은 마 씨 형님이 그랬어요. 눈이 하얗게 온 겨울 어느 날 순희가 산속의 토끼를 잡기 위해 마을 사람들이 쳐놓은 올무에 갇혀서 철조망에 치마가 끼어 하얀 엉덩이를 드러낸 채 허우적대는 걸 마 씨 형님이 달려가 꺼내주었대요. 그리고 그 후 그 소녀와의 점점 가까워져 열렬한 사랑으로 이어졌대요. 어쩌면 소녀가 임신했을지도 모른다면서, 아마 당시 애를 낳았으면 제법 나이가 되었을 거라고 눈물을 흘리곤 했어요."

"아하, 마 씨한테 그런 일이 있었군요."

"마 씨 형님은 우직하면서, 무척 착하고 성실한 순정파였어요. 우리들과 어울려서 이 근처 어디 과부가 있는 술집에라도 가끔 가더라도 한눈 한 번 안 팔고 오로지 자기 술잔만 묵묵히 비우고는 자리를 뜨곤 했어요."

"아!"

진작부터 궁금해하던 사상 문제를 신명철 지도사는 조심스럽게 물어봤다.

"전과기록을 보니까 마고원 씨는 반공법과 사회안전법에 저촉되어 감옥살이도 제법 했던데요?"

유선만 씨는 상기된 얼굴로 말한다.

"그 형님요? 공산당이고 뭐고 모르는 사람이에요. 군사정권 시절에는 북한말만 튀어나오면 잡혀갔잖아요. 그런 살얼음판 같은 군사독재 시절에 이북에 가겠다고 무작정 휴전선 부근으로 올라갔으니! 평소에는 말도 잘 못하는데 술을 한잔 마시면 고향 얘기를 하지요. 마 씨 형님은 당시 반공정책이니, 북한괴뢰 도당이니 어쩌구저쩌구 할 때 개마고원 고향 얘기 잘못했다가 벌금도 물었어요. 개마고원 황초령 고개에서는 떠내려가는 맑은 물로 미역도 감고, 그 물로 감자도 삶아 먹고, 약초를 캐거나 산짐승을 잡으며 살았다는 얘기만 하는 순진무구한 산골 사람이었는데요."

"그렇겠군요. 그런 사람이 무슨 공산당을 알고 레닌과 마르크스주의를 알았겠어요."

그러면서 신명철 지도사는 지난 군사독재 시절 거리나 산등성이마다 빠알갛게 써 붙이던 반공 선전 구호 문구들을 떠올렸다. '때려잡자 ○○○, 쳐부수자 공산당' '무찌르자 북괴군, 쳐부수자 공산당' '초전박살' '반공통일 승공통일'……. 이런 종류의 섬짓섬짓한 문구들이 버젓하게 내걸렸었다. 산등성이마다 방공호를 파놓기도 했다. 세상이 항상 평화로운 것만은 아니다. 전쟁을 잊으면 나라에 위태로운 순간이 반드시 찾아온다는 천하수안망전필위(天下雖安忘戰必危)라는 글귀가 떠올라 모험 삼아 들어가 보기도 했다. 기다시피 들어선 입구에는 금방이라도 쏟아질 듯한 돌덩어리들이 있었다. 피하지 못하고 쌓인 해골들의 흔적, 뱀 허물을 목에 걸고 철없이 숨바꼭질하던 꼬마들의 발자국도 찍혀 있었다.

"마 씨 형님은 그 당시 서슬이 퍼렇던 이곳 위정자들이 죽인 거예요. 아암, 그렇구말구요. 참 딱한 노릇이지요. 결과적으로 시국을 잘못 만나 천 리 만 리 타향에서 객사했어요. 아…… 불쌍한 마 씨 형니임!"

말을 이어가던 유선만 씨는 잠시 마 씨가 생각이 났던지 탁자를 치며 흐느낀다. 신명철 지도사도 잠시 눈시울을 붉히며 고개를 숙였다.

잠시 후. 유선만 씨는 마 씨가 남긴 전과 기록이라는 내용을 이렇게 전한다.

"안주도 없이 막소주를 마신 김에 이웃 사람들과 북쪽에 있는 고향 이야기로 언성을 높이다가 시비가 붙고 싸움을 했어요. 그 일이 사회안전법에 걸리는 계기가 되어 감옥살이를 했어요. 또 이곳 대전을 떠나 휴전선 근처 북쪽이 가장 가까워 보이는 경기도 장단군에서 살 때 혼자 맨주먹으로 무작정 산길을 따라 걷다가 엉뚱한 월북을 감행하여 간첩으로 오인받아 옥살이를 했대요."

유 씨는 마 씨가 장단군 살 때의 얘기를 이렇게 회고했다. 마 씨 는 얼마나 고향인 개마고원을 그리워했는지 일부러 이북이 가장 가까운 경기도 장단군에서 살면서 무작정 월북을 몇 번에 걸쳐 시도했다고 한다.

그것도 맨발로 걸어서 산길을 지나 들길을 지나 임진강변을 따라 북으로 북으로 무조건 강물을 거슬러 올라갔다고 한다. 가다가 지치면 강변 둑길에 누워 잠도 자고 또 밤이면 인근의 농가 외양간이나 짚눌 등에 몸을 깊게 묻고 잠을 청하곤 했다. 이런 날은 점퍼와 바지 사이로 쥐들이 들어왔다. 그러면서 그야말로 자유자재로 남북횡단을 하곤 했다고 한다. 그럴 때 그는 이렇게 푸념을 하곤 했단다.

'손발이 없는 철새나 쥐들도 자유롭게 남북으로 오가는데 나는 요것이 무엇이라더냐. 헛 헛 헛!'

팽팽하게 대치하는 남북 긴장관계로 휴전선 일대의 군대 경계가 얼마나 삼엄했는가. 남루한 옷차림에 혼자 북으로 북으로만 걷는 마 씨를 그냥 놓칠 그들인가. 완전무장한 초병들이 마 씨를 총검으로 막고 검문했다.

"당신 뭐요?"

"예, 나 고향에 갈려구."

"뭐요? 당신 고향이 어디인데?"

"저어기…… 함경도 개마고원."

"뭐야. 이 양반, 호, 혹시 간첩 아니야?"

하고는 포승줄로 묶어 즉시 군 특수 수사기관에 연행했다. 조사를 받을 때마다 그는 죽지 않을 만큼 모진 갖은 고문에 고생을 많이 했단다. 심문의 요지는 늘 한 가지였단다. 요컨대,

"내가 이북에서 남파된 간첩이오."

하고 자백만 해달라고 하더란다. 그럴 때마다 순박한 마 씨는 이렇게 답변했다고 한다.

"거, 간첩이 무엇이오? 그런 거 있으면 나 좀 소개해줘요."

이러면 그들은 일부러 능청 떤다고 각목으로 가격을 했다고 한다. 어느 날엔가 마 씨가 또 무작정 휴전선 부근을 배회하다가 국군 검문소에서 걸렸다. 완전무장한 초병이 누구냐고 묻자, 그는 대뜸 같은 이북 출신인 국창(國唱) 임방울 씨의 노래 〈쑥대머리〉 한 자락 구성지게 불러 제꼈다. 그 창법이 얼마나 애절한지 듣는 이로 하여금 가슴을 저미게 하여 검문소의 초병이 눈물을 글썽이며 그냥 돌아가시라고 하더란다.

배움이 없는 그가 어떻게 임방울 씨의 대표적 창가인 〈쑥대머리〉, "귀신 형용 적막옥방(寂寞獄房) 찬 자리에 생각나는 것이 님뿐이라!"는 춘향의 〈옥중가〉를 배웠는지 모른다. 〈옥중가〉는 나라 빼앗긴 민족의 심정을 담아낸 것으로 일제강점기 조선 민중들이 잘 불렀던 노래였다. 아마도 임방울 씨가 그와 마찬가지로 이북이 고향이니 이 노래가 산을 넘고 강을 건너 개마고원 산중에까지 알려져 동네 사람들이 자주 불러 귀동냥으로 익힌 것이 아닐까 하고 신명철 지도사는 생각했다.

이렇듯 마 씨는 고향을 그리워하며 휴전선 부근을 배회하다가 다시 오던 길을 내려오거나 군 수사기관에 넘겨지거나 했다. 그때마다 조사를 받고 결국 별것 아닌 이북 피난민 부랑자로 판단되어 풀어주면 대전으로 내려왔다가, 다시 장단군으로 올라가 휴전선 부근 임진강 따라 북으로 가려다가 잡히고, 또다시 풀려나 대전으로 내려오는 등 우여곡절이 많았다.

그러나 이곳 대전에서도 이런 소문이 퍼졌으니 마 씨를 잡부로나

마 고용해주는 업체가 있을 리 없었다.

"저기 문화동 새터민마을에 살던 마 씨 있잖아. 이전에도 이북 가려가다 잡혀가서 사지를 찢기는 고문을 당하고 다시 왔대요."

"그래, 참 이상한 사람이야."

"아무래도 수상해."

"호, 혹시, 간첩이 아닐까?"

이렇게 쑤군거리곤 했다. 그렇지 않아도 남한에서 적응 못 하고 떠돌던 마 씨의 생활이 편할 리 없었다. 하루하루 남의 집 허드렛일에도 한계가 있었다.

그러나 마 씨는 남의 집 일을 해주고 번 돈으로 무궁화 묘목을 사서 장단군에서 북으로 북으로 난 길을 따라 심어가고 있었다. 그렇게 얼마 동안 길가에 심은 무궁화 묘목의 행렬은 장단군을 벗어나 몇십 리를 넘어갔다. 이를 보고 한때는 '미친 사람' 또는 '이상한 사람'으로 오해를 받곤 했단다.

그러나 이에 굴하지 않고 마 씨는 돈만 생기면 북으로 향하는 길가에 무궁화 묘목을 심어갔다. 무궁화를 심으면서 그는 늘 노래를 불렀다.

"무우궁화…… 무우궁화…… 우리나라 꼬옷…… 삼처언리가앙산에…… 우리이나라아 꼬옷……."

그리고 혼잣말로 늘 이렇게 되뇌었다고 한다.

'이렇게 심다 보면 언젠가는 내 고향 황초령 고개에까지 가겠지. 아무렴, 갈 거야. 나는 무궁화 심으며 이 나라 통일로 이어가기를

할 거야!'

그 후 그는 생계가 막연하고 힘들어 무궁화를 심던 장단군을 떠나 다시 대전 새터민마을로 내려왔다. 그가 다시 유랑 생활을 하다가 그래도 줄곧 머물러 살던 곳은 중구 문화동 보문산 아래에 있는 새터민마을이었다.

마 씨가 처음 이 동네로 이사 왔을 때. 지금의 유 씨의 집에 셋방을 얻어 왔다고 했다. 오랫동안 당한 모진 고문과 감옥살이 때문인지 마른 체구에 얼굴에는 저승꽃과 기미가 잔뜩 서린 노구였다. 유유상종이랄까. 황해도가 고향인 유 씨도 그를 친형님처럼 위하고 도우며 살았다. 유 씨의 부인이 빨래도 해주고 밥도 함께 먹었다. 함께 지낼 동안에는 리어카 고물장수로 생계를 이었다.

여기에서도 마 씨의 '무궁화꽃 통일로 이어가기'는 계속되었다. 고물을 팔아 번 몇 푼으로 무궁화 묘목을 사서 유등천과 대전천을 따라 신탄진 방향으로 뻗은 도로에 무궁화꽃을 심어갔다. 처음에는 주변에서 이상한 사람으로 치부하곤 했다. 그러다가 나중에 사람들은 이렇게 말했다.

"쯧쯧쯧…… 얼마나 북에 두고 온 고향이 그리우면 저렇게 실성한 사람처럼 무궁화나무를 심어갈까!"

"그래, 이제 잘될 거야. 평양과 서울에서 남북 정상이 만나고 이산가족들이 상봉하고 했으니까. 조만간 통일도 될 거야."

"아암. 그렇고 말고, 그래야 하고 말고!"

수입이 불안정하여 삶이 고달프던 어느 날 마 씨에게 갑자기 행운이 생겼다. 물론 신명철 지도사가 알선을 하여주었다. 말이 없고 너무나 성실한 마 씨를 같은 실향민인 유 씨가 '수석섬유'에 같이 근무하며 많이 챙겨주었다고 한다.

이때 이력서에는 '고물 행상'이라는 단 한 줄의 이력만 쓸 수 있었다. 별다른 이력도 경력도 없었기에 그랬다. 이렇게 중구 유천동의 수석섬유 주식회사 유 씨와 인연이 시작되어 오늘의 비극에 이르렀다고 유 씨는 술잔을 기울이며 울먹였다.

마 씨가 죽은 후 연고자가 나타나지 않자, 대전 아침대학교 김한글 교수, 깻잎대학교 최태화 교수, 신명철 지도사와 평소 잘 지내던 유 씨의 부탁으로 수석섬유회사에서는 오랫동안 성실히 일한 그를 위해 '회사장(會社葬)'으로 장례를 치르고 절에 위패라도 안치하려 했다.

그러나 연고자가 없는 변사체를 처리하는 법 절차에 따라 해당 중구청에 시신을 넘겨야 했다. 구청은 일간지에 공고를 내고 의과대학에 인계하게 된다. 그리고 2년이 지날 때까지 연고자가 없으면 의과대학 해부 실험대에 놓이게 되는 것이 '행려사망자'의 처리 절차이다.

회사 동료들은 월남한 마 씨를 위해 안치된 영안실에 분향소를 차리고 이틀 동안 밤샘을 하며 장례 아닌 장례를 지내주었다. 김한글 교수, 최태화 교수, 신명철 지도사와 문화동 새터민마을의 주민들도 함께 영안실에서 마지막 가는 마 씨를 위로해주었다.

"평생 이산가족의 한을 품고 살았는데…… 죽어서도 의과대학 실험용으로 시신이 기증되어 많은 인류를 위해 봉사와 희생을 하는구먼. 쯧쯧쯧!"

"그러게 말이야. 시국을 잘못 타고났어."

"그놈에 전쟁이 뭔지 말이야. 얼른 통일이 되어야지."

"같은 민족끼리 반쪽으로 갈라져 이게 뭐야?"

하며 안타까움을 달래는 사람들은 그가 평소 즐겨 마시던 막소주로 허한 가슴을 적셨다. 이를 본 영안실 관계자 직원들이 입을 모았다.

"회사 사람들과 관계자들이 저렇게까지 위하는 걸 보면 고인이 생시에 인심을 꽤나 얻었던 모양이야."

"그으럼, 사람이 아주 착하고 성실했다는구먼."

하며 덕담을 보냈다. 신명철 지도사는 영안실을 빠져나와 생전의 마 씨의 체취를 몸으로 직접 느껴보고자 그가 평소 기거했다던 기숙사로 가보았다. 마지막으로 머물렀던 회사의 기숙사 305호실에도 과거에 대한 기록이라곤 조금도 남아 있지 않았다.

글을 제대로 배웠을 리 없는 그는 지난 세월을 담아둔 비망록 한 권 갖지 못했다. 편지 한 장 주고받은 사람도 없었다. 그의 외로움을 달래주었을 흑백 중고 텔레비전 한 대가 두 평 남짓한 방에 덩그라니 남아 있어 그나마 세간다운 한몫을 차지하고 있었다.

그리고 어디서 오려다 붙여놓았는지 김소월의 「산유화」 시 한 편이 붙어 있었다. 파리똥으로 누렇게 변색된 종이쪽지가 보는 사람으로 하여금 애잔하게 만들었다.

산에는 꽃 피네
꽃이 피네
갈 봄 여름 없이 꽃이 피네.

산에
산에
피는 꽃은
저만치 혼자서 피어 있네.

산에서 우는
작은 새여
꽃이 좋아
산에서
사노라네.

산에는 꽃 지네
꽃이 지네
갈 봄 여름 없이
꽃이 지네.

그리고 시 끝에 서툰 글씨로 삐뚤삐뚤하게 적어놓은 말 한마디.
'아! 가고 싶다……!' 이 글귀는 그가 얼마나 답답한 이 남한 땅을 벗
어나 고향에 가고 싶어 했는지를 알게 해주었다. 고향을 그리워하

는 그의 마음이 가슴을 촉촉이 적시어왔다.

회사 사람들은 말했다. 이곳에서 그렇게 고통스런 삶을 살아오면서도 그는 지독하게 모은 재산을 남겼다고 한다. 동료들은 1억 원은 거뜬히 넘을 것이라고 했다. 교통사고 보상금과 회사 퇴직금도 그의 몫으로 남아 있다.

그리고 또 한 가지. 허름한 옷장 안에는 그에게 어울리지 않는 남자 양복 한 벌과 여자 한복 한 벌이 얌전히 걸려 있었다. 그리고 그 밑에는 카우보이 모자도 보였다. 양복 안주머니에는 낡은 하모니카 한 개가 들어 있었다. 신명철 지도사는 잠시 하모니카를 입에 대고 불어봤다.

"아, 목동들……"

금방 마 씨가 방에 들어와 저 북녘 하늘 아래 개마고원 황초령을 향하여 무궁화꽃 통일로 이어가기 길을 따라서 허청허청 걸어가고 있는 것 같았다. 그 어디인가 살아 있을 '순희'라는 소녀를 위해서 〈아! 목동아〉라는 곡을 녹슨 하모니카로 처연하게 들려주는 듯 환청으로 살아난다.

그리고 신명철 지도사는 허름한 옷장에 걸린 깔끔한 양복과 한복을 소중하게 만지며 생각했다.

'깔끔한 양복과 평생 모은 돈을 어디에 쓰려는 것이었을까. 주위에서 아무리 중매를 서도 한사코 거절하며 홀로 늙어간 그였는데! 통일이 되는 그날 이 옷을 단정하게 입고 개마고원에 가서 한껏 자랑하려 했을 것이다. 그리고 한 벌은 10대 소년 시절 아낌없이 다주었던 첫사랑의 순희에게 입히려는 것이었을까. 또 카우보이 모자는 혹시 순희가 낳아 기를 얼굴도 모르는 배냇아이한테 씌울 모자였을까……. 그리고 1억 원이란 거액으로 그곳의 넓은 땅을 사서 그가 늘 그리워했던 그곳 화전답에 양떼와 소가 뛰노는 '통일목장'이라도 세우려 했던 것이었을까……!

뻴릴리…… 뻴릴리…… 하모니카를 불며 마 씨와 순희, 그리고 태어나 자랄 아들과 함께 행복하게 고향 개마고원에서 살아갈 꿈을 키우려 했을까?

정치와 경제에 고질적으로 고착된 부정부패, 이웃과의 대화 부재, 서로 속이고 속는 이곳 남한의 자본주의 체제에 염증을 느낀 것이었을까?

개마고원 황초령 고개를 따라 흐르던 계곡물에 얼굴을 담그고 발목이 시리도록 해맑은 물과 하늘에 순백의 영혼을 묻으며 그런 아름다운 자연으로 일궈진 무릉도원에서 살고프다는 희망을 갖고 살아왔을 마 씨는 정녕 하늘이 내린 이 시대의 참 인간이 아니었을까?

그는 고향 개마고원에 대하여는 병적일 정도로 집착이 심했다고 한다. 눈이나 비가 오거나 안개만 자욱해도 그는 두 평 남짓한 기숙사에서 신 김치 조각에 막소주를 끼고 앉아 눈물을 흘리며 술잔을 기울였다고 한다.

그러다 기숙사 창문을 열고 허공을 쳐다보며 하모니카를 입에 대고 〈아 목동아〉를 연주했다. 그리고 또 〈산유화〉〈무궁화꽃〉을 부르다가 흐느끼기도 하고 감정이 고조되면 흥타령으로 이어갔다.

또 흥이 고조되면 혼자 무릎장단을 치며 국창 임방울 씨의 〈쑥대머리〉 한 자락을 뽑아내곤 했다. 썩 잘 부르는 것은 아니었지만 그가 쉰 목소리로 뽑아내는 소리는 한(恨)의 여물을 먹고 내는 울음소리로서 듣는 이로 하여금 가슴을 저미게 한다고 했다.

특히 달빛이 교교히 내리비치는 날 밤하늘에서 부서지는 달빛이 그의 기숙사 창문에 걸러지고, 다시 마 씨의 한 서린 가슴에 걸러져 비로소 쩡 마른 그의 쉰 목소리를 통하여 눈물과 함께 흥타령이 터졌다.

> 아깝다 내 청춘이 언제 다시 올거나
> 철따라 봄은 가고 봄 따라 청춘 어디
> 오늘은 백발이구나
> 아이고 대고 성화가 났네에
>
> 새벽닭이 찬 바람에 울고 가는 저 기러기
> 말 물어보자
> 아이고 대고 어허 성화가 났네에

이런 흥타령을 들으면 회사 사람들은 이렇게 말하기도 했다고 한다.

"마 씨가 또 개마고원이 그리운 게 로군."

"그럼. 늙으면 다 고향이 그리운 법이야. 아, 그래서 수구초심(首丘初心)이란 말이 있잖아. 여우가 죽을 때 머리를 자기가 살던 굴로 향한다고 말이야. 하물며 인간인 마 씨 심정인들 오죽하겠어!"

"어서 빨리 통일이 되어 이산가족의 상처를 아물게 해주어야 할 텐데!"

마 씨와 같이 회사에서 근무한 유선만 씨를 통해 들은 마 씨의 개마고원 풍경 스케치는 이렇다. 개마고원은 겨울이 1년 중 반 이상을 차지할 정도로 길다고 한다. 그러다가 봄이 오면 산능선마다 이름 모를 야생화가 만발한다. 여기저기 흐드러진 꽃향기에 취해 봄이다 싶으면 여름이다.

아름드리 푸르른 수목이 매미 소리와 함께 녹색 귀걸이로 저미어 오는 듯싶으면 시나브로 가을이 온다. 온통 산야에 낙엽으로 만산홍엽을 이루며 뭉게구름이 파아란 하늘가에서 내려와 황초령 고개에 닿는 듯싶으면 벌써 눈발이 흩날리는 겨울이 눈앞에 채비를 서두른다.

이러면 산촌에 띄엄띄엄 있는 집들은 겨울 준비로 한창이다. 어른과 어린아이 할 것 없이 부지런히 움직여야 한다. 도끼로 참나무와 소나무 장작을 패고 삭정이와 옥수숫대를 부지런히 엮어 한겨울 한파에 견딜 집 주변 방풍 벽을 세워 월동 준비를 해야 한다.

아이들은 산협 곳곳에 버려진 소똥과 말똥을 주워 모아야 한다. 사람 키만큼 쌓인 폭설 속에서 방 안을 덥혀줄 난방 방법은 오로지 장작과 마른 똥에 불을 지펴 일으키는 훈기뿐이다.

또 야밤에 호랑이나 멧돼지, 살쾡이 등의 습격으로부터 살아남기 위해서는 집 안 구석구석 방비에 힘쓰고 쇠스랑이나 낫, 칼 같은 연장을 문설주에 걸어놓아야 한다.

겨울도 보통 겨울이어야지. 무릎을 넘어서 사람 키만큼 푹푹 빠지는 허연 백설기 같은 눈산 속을 다닐 수 있는 미물은 오로지 참새와 토끼, 꿩, 멧돼지 등이다.

사람이 이웃 마을이라도 가려면 사람 키만큼 쌓인 눈을 치워야 하는데 그런 힘도 장비도 없다. 그저 지난가을 내내 준비해온 소똥과 말똥으로 화롯불을 피워 감자나 옥수수 등을 구워 먹으며 겨울을 나는 수밖에 없다. 긴긴 겨울날 때로는 며칠 동안 집 안에만 갇혀 웅크리고 앉아 있어야 한다.

그러니 인근 마을 소식이나 바깥 세상물정에 어둡다. 이웃마을 산모롱이 통나무집 노인이 죽었다는 소식을 열흘 후에나 듣기도 했다. 유일하게 바깥 세상 소식을 들을 수 있는 때는 멧돼지나 산토끼를 잡아 시장에 내다 팔러 나갈 때이다. 소달구지 타고 한나절이나 걸려 몇십 리나 떨어진 읍내 장터에 나가서, 장터 대장간에서 귀동냥으로 들은 세상 소식을 마을에 전해주는 것이다.

문명의 이기(利己)가 닿지 않는 하늘 아래 1번지, 대자연이 푸르른 개마고원. 불을 지펴 산비탈을 가꾸어 계단밭을 만들어서 감자와 옥수수, 귀리를 심어 땀의 노동을 투자하여 생계를 유지하고 틈만 나면 뒷산에 올라 토끼와 노루를 잡아 고기는 먹고 가죽은 옷감으로 사용하고 양 떼와 소를 몰며 파아란 하늘가로 지는 석양을 보며 하루해를 덧없이 접는 그들만의 욕심 없는 목가적인 생활.

양젖이나 말젖으로 감칠맛 나는 유주(乳酒)를 빚으면 저 멀리 십오 리 길쯤에나 띄엄띄엄 있을 이웃 통나무집으로 가져다 주어 나누어 먹는 산촌만의 순박하고 흐뭇한 인심. 밤이면 참나무 장작불에 맛있는 감자를 구워 먹으며 머리 위로 금방 쏟아질 듯한 은빛 찬란한 밤하늘의 은하수를 쳐다보며 하모니카를 부는 개마고원 황초령 산촌 사람들의 때 묻지 않은 아름다운 삶.

이런 그림 같은 고원에서 살다가 남하한 마 씨가 자본주의 풍토에 적응하기란 쉽지 않았을 것이다. 아니 서로 배신하고 속이고 싸우는 이곳 사회에 머리를 자꾸만 도리질쳤을 것이다.

그가 어쩌다 초겨울 밤 내리는 빗소리에 개마고원 통나무집의 향수병이 돋았단 말인가! 아니면 가슴 찌르는 타향살이에 허한 가슴을 달래려고 막소주를 마시고는 자전거를 타고 저 북망산천(北邙山川) 망망한 사해(死海)로 다시는 못 올 길을 나섰단 말인가!

신명철 지도사는 집으로 돌아가는 길에 근처 목롯집에 앉아 술잔을 혼자 기울였다. 그리고 수년 전 대학에서 학생운동을 하다가 경찰의 모진 고문 후유증으로 시름시름 앓던 끝에 세상을 뜬 박노진(朴魯鎭) 선배를 생각했다.

이른바 한청련(韓青聯) 사건. 이 사건은 서슬이 퍼렇던 지난 군사독재 시절. 학교 교사들이 '○○○은 살인마!'라는 얘기를 하는 것을 우연히 들은 한 고교생이 은사를 경찰에 신고한 것이 확대되어 전국을 뒤흔든 사건으로 비화된 '대표적인 반국가조작사건'으로 꼽혔었다. 박노진 선배는 그 한청련 사건에 연루돼 모진 고문을 당했다. 악명 높았던 서울 남영동 고문실에서 전문적인 고문 기술자라는 악독한 이들에게 당하며 통닭구이, 욕조에 머리 처넣는 물고문, 고춧가루 코에 부어 넣기, 손톱 사이에 바늘 찔러 넣기 등을 이루 헤아릴 수 없는 고통을 겪었다. 나중에 들은 얘기지만 박노진 선배는 이렇게 얘기했다.

"세상에 말야, 일제 압제 시절에도 그렇게 심한 고문이 있었나 싶을 정도로 소름이 끼치는 고문이었다. 그들이 과연 나와 같은 한민족이었나 의심이 갈 정도로 잔인했어."

한청련 일에 직접적인 관련이 없는 일임에도 박노진 선배는 갖은 고문에 못 이겨 허위 자백하는 바람에 그는 순식간에 '반국가단체 구성원'으로 둔갑했다. 그 후 감시하는 사복경찰들이 새벽녘에도 방으로 구두를 신은 채 수시로 불쑥불쑥 찾아드는 바람에 깜짝깜짝 놀라 불면증과 신경쇠약, 정신불안 증세까지 겹쳤었다. 나중에 죽기 전 박 선배는 힘없이 말했었다.

"후배, 자유주의 체제에서 이렇게 감시받으며 살 바에는 차라리 내 아버지의 고향인 북쪽 개성에 가서 살고 싶다!"

그런 며칠 후. 박노진 선배는 소주를 한 병 들이켜고 뒷산 소나무에 목을 매달고 자살해버렸다. 비운의 죽음을 맞은 박노진 선배의 죽음을 애통해한 대학 친구들이 장사를 지내주려 했으나 이마저 경찰은 원천 봉쇄했다.

하는 수 없이 박 선배의 시신은 화장되었다. 백색의 영혼을 부순 뼛가루는 휴전선을 가로막는 임진강에 뿌려졌다. 자유와 민주화, 그리고 남북통일을 염원하던 박노진 선배는 스무 살의 청춘과 애증 (愛憎)을 남북을 가로지르는 임진강에다 처연하게 바쳤던 것이다.

신명철 지도사는 교통사고로 죽은 순박한 새터민 마 씨와 암울한 시대 굴절된 역사 속으로 사라진 박노진의 선배의 죽음을 비교해봤다. 둘 다 전쟁이라는 비극이 만든 민족적 역사적 슬픔의 희생자였다. 또한 주변 강대국들이 벌인 대리전의 수렁에 빠진 헤게모니 전쟁의 상처였다고 생각했다. 이 지구상에 오로지 한 곳. 분단국가로 남아 있는 남북의 가슴 아픈 현실. 하루빨리 한민족의 아픔을 씻어 주어야 한다고 생각했다.

지금도 당국자들끼리는 스스로의 이데올로기에 사로잡혀 통일의 잣대를 재고 있다. 신명철 지도사는 대학 시절 읽었던 중국의 굴원 (屈原) 시인의 『이소(離騷)』 한 구절을 떠올렸다.

> 법규를 무시하고 멋대로 바꾸고
> 먹줄 없애고 굽은 길 따르며
> 외양만 꾸미고 표본으로 삼네.

굴원 시인은 이 시를 짓고 멱라수에 몸을 던져 자살했다. 세상사가 혼란스러워 곧은 잣대가 기준이 되지 않고 그 잣대를 쥔 곡척자 (曲尺者)의 편의대로 잣대를 재는 것을 보고 그러한 세속에 절망하여 강물에 몸을 던진 것이다.

또 시인 이백(李白)은 「만분사(萬憤詞)」와 「고풍(古風)」에서 이렇게 읊조렸다.

　　　가시나무를 심고
　　　계수나무를 뽑아버린다.
　　　봉황새를 가두고
　　　닭 따위를 귀히 여긴다.

　　　제비나 까치 같은 하찮은 새들은
　　　오동나무 같은 좋은 나무에 살고
　　　원앙 같은 새들은
　　　탱자나무 가시나무에 산다.

이렇듯 백이 흑으로 변하고 봉황이 닭 따위에 비교되는 어처구니 없는 잣대가 오늘날 남북의 분단을 가져왔다고 신명철 지도사는 생각했다. 자신들의 안위와 편리한 정치적 욕심이 민족상잔과 이산가족의 아픔에 생채기를 더해가고 있다고 생각했다.

'마 씨가 자신이 태어난 고향에 가겠다는 일념 때문에 옥살이까지 하는 등 고단했던 일생을 허무하게 마감한 것과 박노진 선배의 죽음. 이는 분단이 가져다준 비극이야. 앞으로 우리 주위에 제2의 마고원, 박노진의 죽음 같은 비극이 또 나타나지 않아야 할 텐데!'

신명철 지도사는 맥주집을 나와 집으로 향했다. 어깨 위로 후두 두둑 빗방울이 떨어진다. 오늘도 그날 마 씨 노인이 차에 치여 빗길에 내던지어지듯 사고가 났던 것처럼 비가 오는 음산한 밤이다.

신명철 지도사는 길을 걸으며 생각을 했다. 마 씨의 영안실에서 아침대학교 김한글 교수와 깻잎대학교 최태화 교수가 주고받은 말이 생각이 났다.

"새터민 마 씨가 평생 절약하며 모은 재산은 연고자가 나타나지 않을 경우 결국 국고에 귀속되는데, 그런 그에게 유골이라도 고향 방문 기회를 마련해주지는 못할망정 착하고 순박한 산촌 출신인 그에게 얼기설기 반공법과 사회안전법이란 미명으로 감옥살이를 시킨 국가가 과연 돈을 받을 그럴 자격이 있는지 묻고 싶구먼!"

최태화 교수가 얼굴에 핏기를 돋우며 말했다.

"새터민 마 씨의 재산은 남북통일이 되는 일과 새터민을 돕는 일, 아니면 마 씨가 생전에 심다가 그만둔 '무궁화꽃 통일로 이어가기' 운동에 사용하면 오죽이나 좋을까? 한라에서 백두대간까지 이어지도록 말이야!"

김한글 교수는 말한다.

"그으럼, 휴전선을 무궁화꽃으로 대체하여 남북으로 허리를 잇는 무궁화를 심어 남북이 함께 어우러지는 '무궁화 통일 축제'를 비무장지대에서 열면 얼마나 좋을꼬!"

신명철 지도사도 덩달아 말을 받았다.

"그래요, 다른 새터민이 고인이 된 마 씨의 무궁화꽃 정신을 이어

받아 남북이 통일된다면 얼마나 좋은 일이겠어요!"

김한글 교수는 체념 섞인 투로 말한다.

"새터민 마 씨가 손톱이 빠져나갈 듯한 모진 고문을 견디면서도 묵묵히 모은 일억 원이 위정자들의 정당 보조 교부금으로 흘러 들어가지나 않길 개마고원 산신령께 빌어나 봅시다."

"설마하니 그럴라구?"

"그으럼, 개마고원 산신령이 노하시지!"

신명철 지도사는 집 앞에 도착했건만 발걸음이 무거워 대문 초인종도 누르지 못하고 집 옆에 있는 둑가로 발길을 돌렸다. 하늘을 올려다보니 후두둑…… 후두둑…… 내리던 비가 조금 그치고 하늘가엔 별빛이 보이는 듯했다. 그리고 안주머니에 넣어온 마 씨 유품 중의 하나인 낡은 하모니카를 입에 대고 불어봤다.

아! 목동아…… 무우궁화…… 무우궁화…… 우리나라 꼬옷…… 삼천리이…… 가앙산에…… 우리이…… 나라아꼬옷…… 노래를 부르며 저만치 개마고원 하늘가의 별빛이 환영처럼 마 씨의 얼굴로 화하여 신명철 지도사의 가슴으로 환하게 비추어오는 듯했다. 푸르른 개마고원 통일목장 초원 위에 소와 양 떼를 몰고 오는 마 씨와 그 옆에 한복을 고옵게 입은 순희 씨, 그 뒤를 따라오는 아이의 모습도 보였다.

코피노의 실상

　김한글 교수는 모처럼 집에 일찍 들어왔다. 저녁을 먹으며 텔레비전을 보는데 한 방송 프로그램의 예고가 자막으로 나온다. 제목은 '길에 버려지는 필리핀 한인 2세 '코피노'를 집중 조명이었다.

　밤에 잠깐 나갈 약속이 있었는데 이 중요한 방송을 보기 위하여 미루었다. 전화를 했다.

　"양 교수, 미안하네. 오늘 약속 아무래도 다음으로 미뤄야겠는데…… 텔레비전에서 코피노에 대한 집중 방송을 한다고 해서. 미안해."

　그러자 저쪽에서는 짐작했다는 듯이 대답을 한다.

　"음, 나도 그 예고 방송을 보았네. 한국어과 교수인 자네가 그 방송을 안 보고 나와 술을 마실 리가 없지. 자네는 한국어와 다문화가정에 대하여는 비단 이곳 대전뿐이 아니라 전국에서 1인자 아닌가? 허허허……."

"미안하네. 다음에 내가 술 한잔 살게."

"괜찮아. 내가 양주를 좋아하니까 비싼 걸로 한잔 사는 거야? 허허허."

"아무렴, 그렇게 하지. 고마워. 양 교수."

김 교수는 방송 시간을 기다리며 책을 보았다. 그러면서 많은 생각을 하게 되었다. 지난해 신명선 지도사와 허옥선 지도사를 필리핀에 파견하여 한국어를 보급하기 위하여 애쓰던 생각을 하였다. 방송이 시작되자 김 교수는 화면에서 시선을 떼지 않았다.

코피노(Kopino)는 코리안(Korean)과 필리피노(Filipino)의 합성어로서 한국 남성과 필리핀 현지 여성의 사이에서 태어난 2세를 말한다. 이를테면 베트남의 '라이따이한'이나 중국의 '한궈쓰성쯔'와 같은 개념이다.

필리핀에서 태어난 코피노, 그들은 어떻게 살고 있을까?

필리핀은 미국이나 외국에 비해 물가와 교육비가 싸고 일대일 영어 교육이 가능해 영어 연수지로 각광받고 있다. 필리핀으로 어학연수를 떠나는 한국 학생들이 한 해에만 4만 명에 달한다고 한다.

이중 일부 학생들의 불법적인 탈선은 이미 도를 지나쳐 사회적 문제를 야기할 뿐만 아니라 국가 이미지마저 추락시키고 있다. 가장 큰 탈선의 행위는 불법 성매수이다. 이들 중 일부는 필리핀 여성들에게 변태적 성행위를 요구할 뿐만 아니라 폭력을 행사하는 등 가학적 행위를 일삼는다. 더욱 충격적인 것은 필리핀 어학연수 관련 카페에는 어학연수를 다녀온 학생 중 일부가 밤문화라는 코너를 만들어 자신과 사귀거나 성관계를 한 필리핀 여성들의 사진부터 이와 관련된 정보를 올렸다는 것이다.

현재 코피노는 한국인이 많이 거주하고 있는 메트로 마닐라 퀘존시에만 2,000여 명 정도가 있는 것으로 파악되고 있지만 필리핀 전체의 현황은 파악조차 되지 않고 있다. 필리핀 국민 대부분이 피임과 낙태를 허용하지 않는 가톨릭 신자인 점도 코피노가 많아진 이유로 꼽힌다.

여행업계 관계자는 "목요일이나 금요일 필리핀행 비행기는 거의 만석이다. 이들 관광객들의 행선지는 낮에는 골프장, 밤엔 홍등가로 굳어져 있다. 단기 어학연수생들도 영어를 빨리 배우겠다며 필리핀 여성과 동거하다 자식까지 낳고선 무작정 한국으로 돌아가는 경우도 많다"고 전한다. 필리핀의 어느 교민은 이렇게 말한다.

"필리핀을 자주 찾았던 남성들은 필리핀에 자기 2세가 있을지 모른다는 생각을 해봐야 할 것이다."

10여 년 전만 해도 적었던 코피노의 수는 이제는 10,000명 이상으로 늘어난 것으로 추정된다. 특히 필리핀이 어학연수의 메카로 잡으면서 10대 후반, 20대 초반의 유학생이 코피노 아버지인 경우도 급증한 것으로 알려졌다.

김한글 교수는 지난달 필리핀을 다녀왔던 신명철 한국어 지도사로부터 우스운 이야기를 들었다. 주말에 필리핀 지인들과 술을 한잔하러 필리핀 북부에서 유흥업소가 많기로 소문난 앙헬레스를 여행했다고 한다. 우연히 시내 한 나이트클럽을 갔는데 진풍경을 보았다고.

"어, 수영복 차림의 여성 종업원들이 돈을 줍느라 아우성이네요?"

그러자 같이 갔던 필리핀 동료가 웃으며 했다.

"아, 한국의 어느 돈 많은 분이 돈을 뿌리고 있네요. 종종 있는 일이에요."

"아?"

정말 저만치 나이트클럽 2층 난간에서 돈을 뿌려대는 한국 남자가 있더라는 것이다. 필리핀 동료는 말한다.

"이런 유흥업소에서 여자 종업원한테 팁 100페소 줘봤자 한국 돈으로 2,500원밖에 안 돼요. 주면 (필리핀) 애들이 좋아하니까 막 주는 거예요."

그러면서 한 마을에 사는 어느 가정의 코피노 이야기를 하더란다. 세 살배기 진미(한국 이름)의 엄마 트레실라는 3년 전 열여덟 살때 스무 살의 한국인 유학생 박모 씨를 만나 진미를 낳았다. 그러나 박 씨는 진미가 태어나자마자 떠나버렸다. 너무 충격받았단다. 수소문 끝에 찾아봤으나 박 씨는 대학생도 아니고 또 다른 곳에서 다른 필리핀 여자랑 살고 있더라는 것이다. 이런 여자가 인근에 무려네 명이나 되고 그 마을에서 태어난 코피노만도 일고여덟 명이나되더라는 것이다.

신명철 지도사는 이렇게 말했다.

"필리핀에서는 한국인 아빠를 찾자는 것도 아니고, 필리핀 땅에서 코피노가 홀로 된 엄마 손에서 자라날 때 이들의 성장 토양을 좀 더 풍요롭게 해주자는 운동을 벌이고 있어요. 실제 어떤 일부 코피노는 이렇게 말하기도 했어요."

'저 자신에게 한국인 핏줄이 섞인 것을 자랑스러워요!'

필리핀에서는 코피노인 것이 죄는 아니다. 다만 코피노 아이들이 필리핀 사회에서 딛고 설 자리가 매우 좁고 현실적으로 싱글맘이 아이들 키우기 어려운 것은 한국에서나 필리핀에서나 마찬가지이기 때문에, 이들을 위한 재정적 지원이 필요하다는 것이다.

한 명의 코피노 아이를 학교에 보내기 위해서 한 달에 500페소 정도가 소요된다. 한국 돈으로 환산하면 1만 3천 원쯤이다. 급식비에 통학비 정도를 합친 돈이다. 이런 돈이 어린 필리핀 여성들한테 없다는 것이 필리핀 당국의 고민이라고 한다.

신명철 지도사는 마닐라 근교에서 한국어 교실을 운영하며 '코피노 센터'를 개설해 자원봉사자들과 함께 매주 토요일 한글 교육, 한국음식 제공 및 교육, 현지 한국 의사들과 함께 치과 무료 진료 등을 통해 아이들을 도와주고 있다.

현지 코피노들에게 가장 큰 문제는 교육적인 부분이다. 엄마가 대부분 술집이나 가라오케에 나가서 돈을 벌고 있는 상황인 데다, 필리핀 사람들의 가족 중심적인 사고 때문에 부모님이나 형제, 자매 생계까지도 코피노 엄마들이 떠맡고 있다.

필리핀의 학교 교육은 무상이지만 코피노 아이들은 학교에 갈 차비나 점심값이 없어서 학교를 포기하는 경우가 자주 있다. 게다가 대부분 15세 이하의 아이들이기 때문에 결국 교육을 받지 못한 아이들은 어린 나이에 술집에 나가야 하는 상황도 벌어지고 있다고 신명철 지도사는 말했다.

방송에서는 코피노 문제를 이렇게 진단하였다.

"잘못된 유학 문화, 코피노에 관한 문제를 발룬 투어리즘과 연관시켜 생각해보아야 한다. 지금 필리핀에서 이렇게 코피노들에 대한 문제가 점점 커지고 있는 이유는 한국 유학생들이 필리핀으로 영어를 배우러 유학 왔다가 필리핀 여성들에게 임신을 시키고서는 무책임하게 그저 한국으로 떠나버리는 일이 많기 때문이다. 한국인 아버지로부터 버림받은 혼혈 2세들은 대부분 매춘과 행상을 하는 어머니와 가난하게 살고 있다고 한다. 필리핀에는 한국 교민이 7만 명이라 하는데 실제는 항시 여행객, 잠깐의 어학연수생을 포함해 약 35만 명 이상이 있다고 한다. 이 중 유학생들은 어차피 자신들은 영어를 배우기 위해 잠시 온 것뿐이므로 더 쉽게 행동하고 만다. 요컨대 유학을 보내는 한국의 부모님들이 각별히 관심을 가져야 한다고 생각한다."

다문화 결혼식

대한민국 중원땅 한밭벌 대전 서구 둔산동에 있는 아침대학교 김한글 교수가 활동하고 있는 국제 문화 나눔 봉사단체인 한국문화해와교류협회 후원으로 국제결혼식이 있었다. 이 단체 소속 한국의 회원 가으리 작가와 중국 회원 찐따화(秦魮華)의 결혼식이었다.

결혼식을 마친 부부는 신혼여행에 나섰다. 가으리 작가는 한눈에도 몸과 마음이 들뜬 분위기였다. 몇 년 전 '하늘나라 신문사'가 주최한 '몽골 문화 탐사'에 참가하여 몽골에 갈 때만 해도 이런 기분은 아니었는데 이번에는 달랐다. 게다가 이 여행에 함께 동행한 여인이 바로 몇 년 전 몽골의 샤오제였던 사람, 아니 이젠 가으리 작가의 부인으로 어엿한 유명작가의 사모님이 된 찐따화이니 이 얼마나 의미 깊은 여행이런가.

"여보, 기분이 어때요?"

여행 가방에 카메라를 챙기고 있던 가으리 작가가 찐따화의 말에 방긋 웃는다.

"조오치 그럼. 지난번에는 몽골이 아주 낯선 땅이었는데 이제는 처가의 나라이자 당신의 나라이니, 기분이 얼마나 좋은지 모르겠소."

"고마워요. 깐 셰 닌 더 하오이(당신 호의에 감사합니다)."

"나도 당신이 좋아. 워 아이 니(당신을 사랑해요)."

"행복해요. 이게 꿈인지 생시인지 모르겠어요."

"나도 좋아요."

가으리 작가와 부인 찐따화를 태운 비행기는 인천공항을 이륙하였다. 비행기가 높이 고도를 세우는가 싶더니 1시간 30분 정도가 지나자 중국의 베이징 공항에 착륙했다. 베이징 공항은 대륙 국가 중국이 세계로 통하는 관문이어서 그런지 많은 사람들로 붐볐다. 둘은는 다시 국내선으로 바꾸어 타고 서안으로 향했다. 목적지인 내몽골 찐따화의 친정이자 가으리 작가의 처가집인 포두(包頭)에 가기 위함이었다.

3천 년의 오랜 역사를 가진 도시 서안(西安). 이 도시는 보통 장안가로 통한다. 영하회족자치구(寧夏回族自治區) 은천(銀川)을 거쳐 내몽골 도시인 포두까지 가기 위하여 서안을 경유한다. 서안은 두 사람한테는 머나먼 이국땅에서 사랑을 나누었던 도시이기도 하다.

가으리 작가와 찐따화는 공항에서 내려 하룻밤 묵고 갈 겸 시내 관광도 할 겸해서 택시를 타고 서안역 앞에 서 있는 동서 큰 거리로 갔다.

"여보, 우리 저기 시장에 가서 몽골식 샤브샤브 좀 먹고 가요."

"그래, 이제는 당신네 땅이니까 맘대로 해요."

"치이잇, 그래서 그러나 뭐? 모처럼 친정 가까이 오니까 문득 생각이 나서 그러지."

"그으래, 가자구, 가."

'승리만두집'이란 음식점 간판이 보이고 그 옆으로 몽골식 샤브샤브 가게가 압도적으로 많았다. 주로 이 지역은 저녁 때부터 가게 문을 여는데 동신시가(東新市街) 야시장과 청진사(淸眞寺) 주변에는 회족이 경영하는 만두집, 역전의 소건가(小乾街) 등이 있어 옛 자취가 그대로 남아 있었다. 주변을 둘러보던 찐따화가 허름한 샤브샤브집으로 들어가며 말한다.

"이 지역은 참 변화가 없어요. 옛날의 자취가 그대로 있어 옛 추억이 생각 나네요."

"맞아요. 당신이 임신했을 때 내가 이 부근을 거쳐 은천을 지나 포두까지 갈 때는 참으로 아득했어. 어떻게 당신을 한국에 모셔가서 사는가 하고 말이야."

"차암, 그때 우리 촌락 왕 서방한테 맞아 죽을 뻔했지요? 소국인 조선 땅에서 대국 샤오제를 꼬드겼다고 말이에요. 호호호…… 호호호……"

"웃지 말아요. 말도 마. 그때 포두 촌락의 구렛나룻 왕 서방이란 사람이 긴 삽자루로 나를 때리려 하던 생각을 하면 지금도 아찔해."

"호호호…… 대국 왕 서방한테 혼쭐이 났구려."

"맞아요. 어휴, 그때만 생각하면……!"

가으리 작가는 샤브샤브에 독한 빼갈(白干)로 반주를 했다. 찐따화는 말한다. 이 지역 역사에 관하여는 찐따화만큼 잘 아는 사람도 없으렷다. 내몽골 포두 같은 촌락에서 서안까지 유학하여 전문대학 사학과를 졸업했다. 그녀의 해박한 서안 역사 레퍼토리가 이어진다.

"이곳 서안은 말예요, 양귀비, 진시황제, 삼장법사를 낳고 중국 역사에 높은 영광과 깊은 시련을 가져다준, 회한과 정한이 서린 곳이기도 해요."

가으리 작가는 고개를 끄덕였다.

"으응, 그래?"

"특히 이곳 서안에 있는 병마용갱은 2천 년 동안이나 땅속에 묻혀 있다가 1074년 어느 날 우물을 파던 농민에 의해 발견됐지요. 진시황의 위력으로 이뤄진 이 무덤은 가히 세계적인 볼거리예요. 흙인형 6천 개로 이루어진 지하군단의 위용! 죽은 황제를 사후에도 지키기 위해 땅속에 자리잡은 이 근위군단은 그 하나하나의 자세는 물론이고 표정까지 다르게 만들어졌으니 그저 하! 하고 놀랄 수밖에 없어요."

"아아, 그래서 사람들은 세계 8대 불가사의 하나로 들어간다고 하는군."

"그렇지요. 병마토용과 37년간이나 조성되었다는 장장 25킬로미

터의 진시황릉 주변을 돌면 그 어마어마한 장대함과 신묘함에 그
저 놀랄 뿐이지요."

둘은 모처럼 양고기 샤브샤브로 허기를 채우고 서안 주변을 관광
했다. 병마용갱 전시장을 둘러보며 깊이 생각했다. 이곳을 찾는 수
많은 국내외 관광객을 보며 진시황은 비록 갔지만 이곳을 밑천으로
수많은 중국인들이 먹고살 수 있도록 생계수단을 만들어주었으니
진시황은 과연 현재 13억 인구의 미래를 이미 내다보았단 말인가?

병마용갱을 나온 둘은 주변 여행길에 나섰다. 서안 주변에는 종
루(鐘樓), 명나라 때의 성벽, 1936년 공농홍군(工農紅軍)의 비밀기지
로 만들어져 유명한 팔로군 서안 변사처 기념관, 삼장법사의 사찰
로 유명한 자은사(慈恩寺) 대안탑(大岸塔), 섬서박물관, 당현종과 양
귀비의 러브스토리로 잘 알려진 화청지(華淸池), 측천무후의 능인
건릉 등이 있다.

밤이 되어 둘은 화차점광장(火車店廣場)에 있는 해방반점(解放飯
店)으로 들어갔다. 언제이던가 찐따화 샤오제와 하루 묵었던 호텔
이다. 가오리 작가는 몽골의 찐따화 샤오제를 한국에 데려가 결혼
하기 위하여 이곳 서안과 은천을 여러 번 드나들며 고민하고 방황
했다, 그 덕분에 중국말도 많이 배우고 중국 역사에 대해서도 많이
공부했다. 언제이던가 찐따화 샤오제 큰집의 집사라고 하던 왕 서
방이 삽자루로 가오리 작가를 때리려고 쫓아오며 큰 소리로 하던
말이 생각났다.

"조선 같은 소국 주제에 대국인 징기스 칸의 후예 찐따화 샤오제

을 그냥 데려가려느냐. 이눔아……! 이누움, 게 섰거라……!"

해방반점. 둘은 한국에서 결혼식을 마치고 신혼여행을 이곳으로 왔다. 5층의 침대방에 여정을 풀었다. 둘은 앞으로 아이 낳는 문제와 가정 꾸리는 문제 등 오소도손 이야기를 하다가 스르르 잠이 들었다.

예전에 가으리 작가와 잠자나 시인은 하늘나라 신문사의 몽골 문화 탐사반의 일원으로 참가하여 중국 베이징 공항을 거쳐 서안을 경유, 은천에 도착했다. 몽골 역사와 우리나라 역사에 관하여 연구하고 대하소설을 쓰는 데 필요한 자료를 구하기 위함이었다.

은천은 옛날 몽골군에게 멸망당한 서안국(西安國)의 도읍으로서 이곳의 서쪽 30킬로미터 지점인 가란산 동쪽 기슭에는 서안왕릉 등이 있다. 사막지대인데도 이곳만은 숲이 우거져 있었다. 특히 이곳에서 만난 소위 회족(回族)이라 불리는 이들은 불교를 숭상하는 중국 본토인들과는 달리 이슬람 교도들인데 하나같이 머리에 흰 두건을 두르고 다녔다.

은천의 시내 도로 가에서 어느 노인이 밥을 먹고 있었다. 거리에서 도시락을 먹으며 손톱깎이, 이쑤시개, 놋그릇 등을 파는 노인의 고단한 모습은 지난 1950~60년대 쯤 우리나라 시골 장터에서 만난 늙은 잡상인 모습의 재판이었다.

가으리 작가와 잠자나 시인 일행은 미리 가고자 했던 곳인 내몽골자치구(內蒙古自治區)의 하나인 도시 포두를 향하여 늦은 밤 버스로 터덜거리며 갔다.

몽골 지방은 사막 지역이라서 그런지 지대가 무척 건조하고 메말라 버스가 덜컹거리며 가고 있었다. 이곳은 실제 지대가 몽골 쪽에 치우쳐 있으면서 중국 영토에 포함되어 중국의 지배를 받고 있다. 만리장성을 경계로 삼아 중국 북방의 위쪽에 자리 잡은 도시가 바로 내몽골자치구의 포두였다. 터덜거리는 버스에서도 잠만 자는 잠자나 시인의 어깨를 흔들며 가으리 작가는 말했다.

"잠자나 시인."

"으응? 말…… 말해요."

"이곳은 중국말로 빠오터우라는 포두요. 내몽골 서쪽에 위치한 중국 유수의 공업도시지. 북쪽을 달리는 대청산맥의 지하자원과 남쪽을 흐르는 황하의 수운(水運)이라는 이상적인 입지 조건을 갖추고 있어 과거에는 초원 마을에 지나지 않던 이곳이 거대한 철강 콤비나트로 변신했어."

잠자는 잠자나 시인이 듣는지 마는지 가으리 작가의 설명은 계속되었다. 포두는 몽골어로 '사슴이 있는 땅'란 의미지만 해방 후의 포두를 사람들은 초원 속의 철의 도시라고 부른다고 했다. 포두의 역사는 그다지 오래되지는 않았다. 17세기 새로운 땅의 개척과 국경 방어의 목적으로 이곳에 마을을 세우고 한족이 옮겨왔다. 해방 후에는 철강 콤비나이트가 건설되어 중국 각지에서 노동자들이 모여들었다.

또 인근에는 우는 사막이라 불리는 향소만(響小灣)과 동하지구로 향하는 동승(東勝)이 있는데 향소만과 동승을 거쳐 칭기즈칸의 능으로 갈 수 있다. 가으리 작가의 해박한 내몽골 이야기를 들으며 버스는 포두에 도착하였다.

밤늦게 도착한 사슴의 도시 포두에는 그야말로 머리 위로부터 별빛이 마냥 쏟아지고 있었다. 어둠에 묻혀 별빛에 빛나는 사막 중간중간에는 몽골인들의 집인 게르(삿갓 모양의 집)들이 듬성듬성 있었다. 그리고 중앙에는 관광객들이 춤을 추기에 알맞도록 만들어놓은 공터가 있는데 어느 관광객들이 이미 진을 치고 와서 춤을 추고 있었다. 중국이나 몽골 지방에서 이런 관광지에 와서 춤을 추고 놀 정도면 상당한 상류층에 속한다고 할 수 있다.

가으리 작가가 잠자나 시인에게 말한다.

"잠자나 시인, 우리 저 여인들하고 춤이나 한번 춰봅시다."

"나는 춤을 못 추는데."

"까짓 이곳 몽골 땅까지 와서 한번 춰보는 게지 뭐. 아니 잠자나 시인은 외국 여행을 그렇게 많이 다니면서 보디랭귀지라는 춤도 못 춰봤어요?"

"……?"

둘이는 호기심과 얼떨결에 중국식 음악이 흐르는 포두의 초원 위에 마련된 춤판에 끼어들었다. 그런데 그 춤이 일반적인 춤이 아니라 서로 안고 도는 이른바 '카바레식' 춤으로서 누군가 파트너를 끼고 추어야 하는 것이었다. 가으리 작가가 순발력(?) 있게 어느 여인을 하나 끼고 돌았다(훗날 가으리 작가의 부인이 되는 찐따화다).

외국 여행에서 느끼는 묘한 외로움에 향수병(!)까지 겹친 데다가 미인(!)이 웬일이냐 싶어 둘이는 무조건 파트너인 여인들을 바짝 끌어안고 춤을 췄다.

'아니, 그런데 이게 웬일이야? 이상하게 몽골 샤오제도 이쪽으로 몸을 자꾸 밀착시키는 게 아닌가?

춤을 출 줄 모르는 가으리 작가가 중국 특유의 음악과 춤판, 이국의 분위기 속에서 정신이 알싸한 기분에 몽골 샤오제와 몸을 바짝 밀착시키고 추는 춤이란 참으로 정신이 아찔아찔한 혼미 상태였다. 몽골 샤오제와 춤판이 어색하게 끝이 나고 둘은 '게르'란 몽골식 숙소로 향하였다. 가으리 작가가 말했다.

"잠자나 시인."

"왜 그래. 가으리 작가?"

"나 아랫도리가 이상해. 맞아, 몽골 샤오제가 너무도 내게로 몸을 밀고 들어왔지. 아, 이를 어째!"

"허허허, 큰일 났군. 몽골 샤오제와 한밤 밀착이라니."

둘은 껄껄껄 이야기하면서 하늘을 보았다. 그런데 이게 어찌 된 일인가. 한국에서 보던 별빛은 참으로 아스라한 하늘, 저 높이 떠 있는데 이곳 몽골 초원에서의 별빛은 머리 위로 후두두둑 떨어지는 게 아닌가. 별빛이 머리 위에서 말이다.

참으로 신기하여 일행은 게르에서 나와 초원에 앉아 가까운 밤하늘에 빛나는 별빛을 감상하였다. 잠자나 시인이 시인답게 노랫가락을 흥얼거렸다.

"저 별은 나의 별, 저 별은 너의 별. 아! 저리도 별빛이 고울 수가 있을까."

가으리 작가가 박수를 치며 말을 받았다.

"맞아. 이렇게 별빛이 곱고 맑을 수가 있을까!"

가으리 작가는 축축하게 젖은 아랫도리 속옷을 만졌다. 그리고 소변을 보기 위하여 저만치 초원 가장자리로 향하여 걸어갔다. 은천에서 포두까지 버스로 오면서 목이 말라 마신 술 탓이리라 생각하며 막 소변을 보고 있는데 저만치 웬 사람인 듯한 물체가 보였다. 가으리는 허리춤을 올리며 순간적으로 소리쳤다.

"게 누구요. 사람이오?"

그러나 부시시 일어나는 물체가 맑은 별빛에 반사되어 가물가물하게 보였다. 여자인 듯싶었다. 어떤 여인이 초원 위에 앉아서 별빛을 감상하다가 엉거주춤 일어나 이쪽으로 인사를 한다.

"니 하오 마(안녕하십니까)?"

"니 하오?"

"니 하오. 리 더 루상 이 루 핑 안(즐거운 여행을 하세요)."

가까이 다가가 자세히 살펴보니 아까 춤판에서 끌어안고 춤을 춘 몽골의 샤오제가 아닌가? 저 여인 때문에 속옷에 사정까지 하지 않았던가. 가으리 작가는 너무나 그립고 반가운 나머지 달려가 손을 덥석 잡고 더듬거리는 중국말로 말했다.

"워꾸오 더 전 통 콰이 쩨 쩨 닌(매우 즐거웠습니다)."

그러나 몽골 샤오제는 말했다.

"쉐이(누구십니까)?"

"워스 한궈어런(한국인입니다)."

가으리 작가는 긴말이 필요 없다고 생각하고 몽골 샤오제를 덥석 끌어안았다. 그러자 샤오제도 기다렸다는 듯이 가으리의 품에 안긴다.

"워 아이 니(나는 당신을 사랑합니다)."

"워 아이 니!"

둘이는 누가 먼저랄 것도 없이 몽골 포두에 있는 초원 위를 뒹굴었다. 가으리 작가의 거친 숨결이 몽골 샤오제의 곱디고운 귓불에 거칠게 전해지고, 찐따오도 숨이 넘어갈 듯 가쁜 숨을 내쉰다. 어느새 알몸이 되어버린 이국의 두 젊은 청춘 남녀는 들릴락 말락 한 숨찬 소리로 서로에게 외친다.

"워 아이 니!"

"워 아이 니!"

천하를 움직일 듯 강하게 맞닿아 울리는 소리가 초원 위를 달리는 말발굽 소리로 들리는가 하면, 저 밤하늘 고요로운 별빛이 은초롱 함박지같이 내려와 두 사람의 사랑의 하모니를 축하라도 하듯 은하를 시원하게 뿌려주는 앙상블이 이어진다.

저 건너에 있는 향소만 사막 위에 휘몰이 강풍이 휘리리…… 휘리리…… 몰아치는가 하면, 저 고도의 울란바토르 초원의 먼 곳. 해맑은 협스굴 호수 위를 백조가 노닐 듯 만돌린 소리도 처연하게 들린다. 또 흑룡강성에서 가까운 러시아 이르쿠츠크 부근에 있는 지구상 가장 초롱하다는 바이칼 호숫가를 어슬렁거리는 암내 난 살쾡이 소리처럼 울부짖는 두 남녀의 불덩이 같은 몸뚱어리. 하늘마저 축복하는가! 저만치 초원 끄트머리에 별똥들이 와르르…… 와르르…… 쏟아진다.

그렇게 두어 시간 지났을까. 알몸으로 서로 뒤엉켜 있던 두 사람은 그대로 벌렁 누워 하늘가를 바라본다. 손만 뻗치면 닿을 듯 눈이 부시도록 반짝이는 저 별빛. 그 주변으로 뿌우옇게 양탄자를 펼쳐놓은 듯 은하수가 총총히 은박지 박히듯 하늘가에 눈부시게 박혀있다. 팔베개를 서로 해주며 가쁜 숨을 몰아쉬던 몽골 샤오제가 구성진 노래를 부르기 시작한다.

덩리지(鄧麗君)의 유명한 중국 대중가요인 〈위엘량 따이 삐아 워 더 씬(月亮大表我的心)〉이란 노래란다.

저……
아름다운 달이
내 마음을
대신해줄까
저……
아름다운 달이
내 마음을
대신해줄까
오오……!

내 사랑

내 사랑······!

기다렸다는 듯이 가으리 작가가 가사를 받는다.

"아! 찌 엠 미 미(달콤한 사랑이여)!"

그러자 몽골 샤오제가 의아한 듯 묻는다.

"이 노래를 아시네요?"

"그럼요. 우리 한국에도 한때 이 노래가 유행했지요. 텔레비전으로 방송된 연속극의 주제곡이기도 했거든요."

"아, 역시 지구촌은 한가족이군요."

가으리 작가가 옆에 누운 몽골 샤오제의 살며시 손목을 잡으며 다정하게 속삭인다.

"그 노래뿐이 아니에요. 내가 한시 한 수 읊어볼까요. 샤오제?"

반갑다는 듯 샤오제가 말한다.

"예, 해보세요."

"들어보세요, 그럼."

"예."

"제가 좋아하는 시인 이백(李白)의 「원정(怨情)」이에요."

미인이 발을 걷고

앉아서 지그시 눈을 찡그리네

다만 젖어 있는

눈물 자국을 보고 있지만

그것이 누구 때문인가

美人捲珠簾 深坐嚬蛾眉

但見淚痕濕 不知心恨誰

몽골 싸오제가 초원에 누운 채로 박수를 치며 좋아한다.

"아아, 역시 대한민국 작가라서 다르네요. 저도 서안에서 대학에
다닐 때 교양과목으로 많이 듣던 시 작품이에요."

가으리 작가는 도취된 듯 한마디 더 한다.

"또 한 수 더 해볼까요. 이번에는 중국 문학의 화려한 금자탑을
쌓으며 이백과 쌍벽을 이루었던 시인 두보(杜甫)의 작품 「절구(絶
句)」를 낭송해볼게요."

"호호호. 좋아요, 한국의 작가 선생님."

강이 푸르니

갈매기는 더욱 희네

산이 푸르니

꽃이 붉게 타고 있네

올봄도

타향에서 보내니

어느 날에나

고향에 돌아갈꼬

江碧鳥逾白 山靑花欲然

아침이 되었다. 밤새 뜻하지 않은 몽골 샤오제와 정열적인 정사(情事)를 교유한 탓일까. 게르에서 늦잠을 잤다. 옆에 함께 자던 잠자나 시인이 말한다.

"어젯밤 어디서 그렇게 늦게 왔어요?"

"응, 나중에 알게 될 거요."

"나는 가으리 작가가 저기 입구에 관광객들 노는 데 구경 간 줄 알고 이곳에 와서 미리 잤어요."

대충 세수를 하고 일행은 다음 일정인 향소만 사막을 향하여 출발했다. 모래사장과 하천을 끼고 한참 올라간 사막은 그야말로 끝이 없는 '우는 사막'이었다. 포두 시가지에서 동하(東河) 지구로 향하는 곳에 있는 이곳은 널다란 모랫벌 사막이었다. 가으리 작가와 잠자나는 그곳 사막 언덕길에서 미끄럼도 타고 낙타도 타보았다. 그러나 어젯밤 초원에서 찐따오 샤오제와 나눈 정사와 함께 팔베개를 하고 누워 부른 〈위엘량 따이 삐아 워 더 씬〉이란 구성진 노랫가락이 귀에 어른거려 주변의 일들이 눈에 들어오질 않았다.

그런데 저만치 어디서 많이 본 듯한 여인이 양산을 쓰고 나타났다. 그러다가 가으리 작가가 무릎을 쳤다.

"아뿔사, 엊저녁에 그 여인, 몽골 샤오제."

"……!"

처음엔 서로 바라보고 깜짝 놀라다가 주변 사람들을 의식하여 겸

연쩍게 웃었다. 자세한 내용을 모르는 잠자나 시인이 분위기를 맞춘다.

"이국땅에서 함께 춤추던 파트너라! 자아, 이것도 인연인데 사진이나 한 장 찍어요."

"셰, 셰(감사합니다)."

가으리 작가와 샤오제는 좋다며 잠시 포즈를 취해주었다. 샤오제는 가으리 작가 옆에 바짝 붙는 게 아닌가. 이국 땅에서 미모의 여인 체취를 가까이서 맡으며 함께 있는 것이란 묘했다. 그것도 꿈처럼 야릇하게 몸을 섞은 여인과 말이다. 이상한 향수에 코가 실룩거리고 머리가 아찔했다.

둘은 말은 잘 통하지는 않았지만 모래사막을 거닐며 가으리 작가가 조금 익힌 중국어와 한문서답(漢文書答)으로 대화를 나누었다.

"나는 한국에서 온 가으리란 작가예요."

"저는 이곳 내몽골 포두에서 살고 있는 찐따화예요."

둘은 전화번호와 이름과 주소, 나이, 직업 등을 주고받았다. 서로 돌아가 편지하기로. 그리고 정말 사랑하겠노라고 말이다. 손을 꼬옥 잡고 향소만 사막 위에서 잔모래 이는 바람에 대고 둘은 밀어로 약속을 했다.

"한국에 돌아가 부모님께 허락을 받고 당신을 데리러 오겠어요. 우리 결혼해요."

"좋아요. 나도 서안에 다니는 대학을 올해 졸업해요. 지금은 큰아버지 과수원에서 일을 잠시 돕고 있어요. 큰아버지는 이 일대에서 부자로 손꼽히는 마을 촌장이에요."

"우리 한국에 돌아가 행복하게 살아요."

그러자 찐따화 샤오젠은 눈가에 눈물을 보이며 말한다.

"처음 당신을 보았을 때 이상하게도 반했어요. 그래서 당신을 운명적으로 받아들인 거예요."

"맞아요. 나도 처음 당신을 춤판에서 만났을 때 어떤 인연을 생각했어요. 전생에서 만났음직한 연인 같은 사람, 즉 많이 만나 얘기를 해본 사람 같았어요."

"저도 그랬어요. 당신을 비록 처음 만났지만 어제 어디선가 많이 보고 예전에 사랑했던 사람으로 생각이 되었어요."

"차암, 사람의 느낌이란 이상해요."

은초롱같이 반짝이는 별빛에 빛나는 눈물이 찐따화의 눈가에 고이는 게 가으리 작가의 눈에도 비쳤다. 애처로운 눈길로 찐따화는 말한다.

"나도 당신만 믿고 기다릴게요. 날 버리지 말아요. 지난해 엄마가 돌아가시고 아버지는 새엄마랑 살아요. 은천 시장가의 주막집 회족 여인인데 너무 무섭고 사나워요."

"아, 그래요. 그런 아픔이 있었군요. 그래서 그런지 어젯밤 부른 〈위엘량 따이 뻬아 워 더 씬〉이란 노래가 너무 애처로웠어요. 어젯밤 밤하늘에 빛나는 별빛에서 걸러진 찐따화의 아픔이 그대의 눈빛에서 다시 아름다운 사랑으로 걸러지고, 그 사랑이란 영혼이 다시 그대의 목소리를 통하여 나오는 아픔과 사랑의 하모니였어요. 그 구성짐을 넘어 가슴에 와닿아 눈물이 나올 정도로 슬펐어요. 찐따화 니엔거처럼……!"

"아, 그랬군요. 그리고 이젯밤, 당신의 시 낭송 참 좋았어요. 서안에서 대학을 다닐 때는 우리 한족들이 강의 시간에 읽곤 했는데 다시 이 작품을 한국의 작가가 낭송하니 참 새로웠어요.

"예, 그랬군요. 감사합니다."

그때였다. 둘이 데이트를 즐길 때 저만치 한 사나이가 험상궂게 다가오고 있었다. 아마도 찐따화의 집안 어른인 것 같았다. 대뜸 뭐라고 고함을 지르면서 찐따화 샤오제의 손목을 거칠게 낚아채가는 게 아닌가. 아마도 찐따화 샤오제를 찾기 위하여 그 사나이는 한참을 헤맸나 보다. 그러다 이곳에서 어느 외국인과 농밀한 데이트를 하고 있기에 화를 내는 것 같았다. 끌려가면서 찐따화 샤오제는 자꾸만 이쪽을 힐끗힐끗 되돌아보았다.

"헌 빠오 치엔, 왕(대단히 죄송합니다, 왕 서방)."

"찐따화 샤오제, 워 헌자 오지(몹시 급합니다)."

마치 영화에서처럼 사랑하는 사람이 나쁜 사람들한테 끌려가면서 안 가려고 안간힘을 쓰는 듯 안타까운 현장이었다. 가으리 작가도 아쉬운 마음으로 손을 두어 번 흔들어주었다. 그랬더니 찐따화 샤오제도 손을 흔들어 주었다. 그렇게 아스라히 안 보일 때까지 둘은 손을 흔들었다.

"큰일 났군. 가으리 작가."

"글쎄 말이야. 저 못 잊을 찐따화 샤오제!"

"하긴 지난 베트남에서는 잠자나 시인의 러브스토리가 있었지."

"그으럼, 기똥찼지비!"

지난봄 둘이 베트남의 일명 '왕들의 도시'라는 중부 후에시를 여행할 때 일이다. 그곳에서 만나 그런 정을 나눴던 후에시 꽁까이 환티훙이 있었다. 까아만 눈썹과 빛 고운 얼굴, 약간은 탄 듯한 섹시한 그 여인.

후에시 호아홍 호텔 동카인 홀에서 '한·베트남 문화교류전'을 할 때 맑은 물이 유유히 흐르는 호옹강 가에서 둘은 만났다. 그때 환티훙 여인과 강가 갈대숲에서 갑작스럽게 부둥켜안고 깊은 키스와 몸의 밀착으로 사랑의 몸부림을 쳤다. 저녁때 달빛이 교교히 비추는 그곳 언덕에서 둘은 밤을 지새웠다.

아아!
아오자이 걸
환티훙 꽁까이야
잠자나 시인은
지금도 몽골땅에서
찐따화 샤오제를 바라보며
그녀를 생각하노라!

기다리거라
나 잠자나가― 가마
훗날 우리 만나 함께

행복하게 보금자리를
꾸리자꾸나
나의 연모의 여인 환티훙아!

　잠자나 시인의 즉석 애조시 한 수를 들으며 일행은 다음 일정으로 발길을 옮겼다. 칭기즈칸의 고향을 향하여 사막과 초원을 번갈아 만나면서 버스를 타고 터덜터덜 달렸다. 한때 아시아 대륙과 유럽까지 정벌했던 칭기즈칸의 말발굽 소리. 눈앞에 펼쳐진 널따란 초원을 보니 오래전 위대한 초원의 거인 칭기즈칸이 살아오는 듯했다.

　군데군데 말들과 양들이 그야말로 삼삼오오 널브러져 방목되며 한가하게 풀을 뜯고 있었다. 서두르지 않는 품이 장대한 스케일의 대몽골제국의 위엄을 보는 듯했다. 칭기즈칸은 자신의 무덤이 지금껏 정확히 없다고 한다. 가으리 작가가 설명한다.

　"이 사람들 대단한 사람이야. 칭기즈칸은 혹시 사후(死後)에 있을 시신 발굴로 인한 부관참시(剖棺斬屍)가 두려워 아무도 모르게 어느 장소에 매장했는데 이를 지금껏 아는 사람이 하나도 없단 말이야."

　"그 옛날에도 용의주도했군그래."

　마을 입구 주변을 보니 옛날 우리나라에서도 볼 수 있는 돌무덤이 있었다. 돌을 산처럼 쌓아놓고 흰 기를 꽂아놓았다. 산 고개를 넘으면서 무병무탈을 기원하는 뜻으로 돌 하나 주워 돌무덤에 얹어 놓고 가는 풍습은 우리와 똑같았다. 그리고 몽골인들은 얼굴색이나 검은 머리칼이 우리와 흡사했다. 역시 몽골리안 계통의 동족임을 새삼 실감케 했다. 너무나 닮은꼴에 잠자나 시인이 말했다.

"우리와 너무 닮았군. 어느 정도 닮았는지 모르겠네. 혹시 그 중요한 부분의 색깔도 같을까?"

그 말에 일행은 깔깔 웃었다. 때마침 저만치 끝간 데 없이 펼쳐진 초원 위로 검은 말 한 떼가 쉬이익…… 쉬이익…… 소리를 내며 들판을 달리고 있었다.

문득 하늘을 보았다. 하늘가엔 해맑은 구름 한 점이 노닐고 있고 푸른 초원 위에 뛰노는 검은 말의 기름진 털이 윤기 있게 반짝이고 있었다. 저 지난날 칭기즈칸이 아시아 전역을 말발굽 아래 짓밟으며 검은 꼬리를 휘젓고 내달리듯…….

대한민국 중원땅 보문산 아래 1번지 문인산방. 꼬끼오…… 꼬끼오…… 하고 새벽닭이 운다. 이른 아침이다. 이웃 복숭아 과수원집 새벽닭이 홰를 치는 모양이다. 오늘은 가으리 작가와 찐따화 샤오제의 결혼식 날이다.

그간 몽골 포두 땅에 살고 있을 찐따화 샤오제를 데려오기 위하여 얼마나 많은 연문을 썼던가. 또한 얼마나 많은 선물 꾸러미를 국제소포로 보냈던가. 그리고 중국을 거쳐 서안, 은천, 포두를 거리를 방황하기 몇 번. 복잡하기 이를 데 없는 국제결혼의 과정을 거쳐 드디어 오늘 김한글 교수가 함께 활동하는 한국문화해외교류협회 소속의 청년 작가 가으리와 몽골 찐따화 샤오제가 이곳 중원땅 '옹골

찬예식장'에서 많은 사람들의 축하를 받으며 결혼하는 것이다.

"딴따다당…… 딴따다당…… 딴따라당…… 딴따라…… 딴따다당……"

"이것으로 한중 양 국가의 경사인 두 사람의 결혼식을 마치겠습니다. 감사합니다."

주례를 맡은 한국문화해외교류협회 김진 시인의 결혼식 종료 선언이 있었다. 뒤이어 결혼식 사회와 직후 행사 준비를 하고 있는 박세형 시인이 서둘러 그간 진행된 내용을 소개한다.

"오늘 가으리 작가와 찐따화 샤오제의 신혼여행지는 중국 서안을 거쳐 은천, 내몽골의 포두가 되겠습니다. 예식장 입구에 리무진 차량을 대기한 무궁화 시인, 승용차 대기 시켜요. 그리고 그간 양국 간에 통역을 맡은 분은 이준호 작가입니다. 수고하셨습니다. 운전은 김시은 시인이 수고를 하고, 신혼여행 비행기 티켓은 중국 북방의 연변통인 대표 이강호 사장님이 마련해주셨고, 식장 준비와 팸플릿 제작은 이춘순 시인, 그 외 찐따화 샤오제의 신부 앞갈망 뒷갈망은 교정헌 이사와 김명근 스태프진이 고생했습니다. 이상 총연출은 허응몽 시인과 오지연 시인이셨으며, 총감독은 대전 아침대학교 김한글 교수님이셨습니다."

"자, 여러분. 쎄 쎄 닌, 쭈 허(감사합니다. 그리고 축하합니다)."

"뚜오 쿠이런 닌, 쎄 쎄(덕분에 감사합니다)."

"뚜오 쿠이런 닌, 쎄 쎄(덕분에 감사합니다)."

중국 서안 화차점광장에 있는 해방반점 5층.

"아니, 여보? 꿈꾸었어요?"

"어허…… 어허…… 내가 곤한 김에 긴 잠을 잤군요."

"그랬나 보군요. 그런데 웬 꿈결에 '뚜오 쿠이런 닌, 쎄 쎄'가 막 나와요?"

가으리 작가는 침대에서 일어나 이마의 땀을 닦으며 말한다.

"아아…… 그건 어제 당신과 내가 중원땅 '옹골찬 예식장'에서 올린 결혼식 때 하객들에게 감, 감사의 말을 하느라고……."

"예, 그래서 '뚜오 쿠이런 닌, 쎄 쎄'였군요. 자, 일어나요. 아래 식당에 가서 아침 먹고 가서 아버지와 새어머니, 큰아버지께 인사해야지요."

"그으럼 가야지. 옹골찬 내 처갓집인데……."

다문화사회의 미래

따뜻한 봄인가 싶더니 벌써 초여름 기운이 기웃거린다. 김한글 교수는 대전 중구 문화동 집을 나섰다. 길가 가로수에는 푸르른 잎새가 싱그럽게 솟아나며 자연의 아름다움을 발산하고 있었다.

오늘은 충남 금산 추부면 깻잎대학교 최태화 교수 초청 '다문화사회의 미래'라는 발표가 있다. 강당에 도착하니 이 분야 권위자들이 벌써 많이 와 있었다.

대전 서구 둔산동 아침대학교 김한글 교수를 비롯하여 수원에 있는 아세아 대학 한국어과 김영화 교수, 전북 부안의 솔바위 지도사, 충북 옥천의 최국화 한국어 지도사, 충남 금산의 김인경 지도사, 중국 연길시 새벽대학교 이새벽 한국어과 교수, 베트남 호치민 휴맨 직업기술학교 한국어과 강주한 지도사, 이충희 사무장, 대전 신명철 한국어 지도사, 한민족 좋은 벗들의 모임 최성인 부장, 새터민한민족동우회 려하란 회장, 허옥선 한국어 지도사 등이 참석했다.

진행을 맡은 최태화 교수는 말한다.

"한국 사회는 1990년대 이후 외국인 이민자의 국내 유입의 지속적인 증가로 인해 그간의 단일민족사회에서 다민족사회로 빠르게 이동하고 있습니다. 전체 인구에 대한 외국인의 인구 비율이 5% 이상일 때 다문화사회로 보는데 2015년 말 안전행정부 기준 다문화인구가 180여 만 명으로 3.6% 수준이어서 아직은 완전한 다문화사회로 볼 수는 없을 것입니다. 우리나라는 현재 본격적인 다문화사회로 진입하는 전환 단계에 놓여 있다고 볼 수 있습니다. 다문화사회 진전 속도는 100여 년 이상을 거친 다른 선진국들의 다문화사회 형성 기간과 비교해볼 때 빠르게 진행되고 있고, 이에 따른 사회 변화 현상도 다양하게 나타나고 있습니다."

먼저 대전 아침대학교 김한글 교수의 '다문화사회 변화와 교육'에 대하여 발표가 있었다.

"사회변화 현상 중의 하나인 다문화사회로의 변화와 관련하여 한승준 교수는 우리나라 다문화정책 거버넌스에서 이행 과정을 3단계로 나누고 단계별 사회변화 현상을 분류 제시하고 있는데, 우리나라는 1단계를 지나 2단계에 머물고 있다고 보아도 될 것입니다. 다문화 교육은 인종, 민족, 사회적 지위, 성별, 종교, 이념에 따른 집단의 문화를 동등한 가치로 인식하며, 다른 문화에 대한 편견을 줄이고, 다양한 문화를 이해하기 위한 지식, 태도, 가치 교육을 가르치는 것을 말합니다. 아동부터 성인까지, 이주민과 내국인 모두를 대상으로 다각도로 이루어져야 합니다. 다문화 교육은 서로 다른 문화가 공존하는 현실에서 상호 존중하며 사회 구성원으로서 모두가 필요한 역할을 수행함으로써, 조화로운 공동체를 형성하도록 도우며, 정체성 확립과 편견 해소를 목적으로 해야 합니다."

이어 아세아대학 한국어과 김영화 교수는 '다문화 가족의 교육의 전망'이라는 주제로 발표했다.

"다문화 교육 정책은 중앙부처에서는 외교통상부, 여성가족부, 교육과학기술부, 보건복지부, 문화체육관광부 등 여러 부처가 담당하고, 지자체들도 중앙부처의 사업 수행뿐만 아니라, 지역 실정에 알맞은 자체적인 정책을 수립·추진하고 있습니다. 한국어·문화 교육 다문화주의에 기초하여 내실화하고, 모두를 위한 교육으로 확대·전환하여야 하며, 인간 존중과 인간 양성을 추구하는 교육과정으로의 전환과 다문화 역량 강화로 창의성을 함양하는 교육이 되어야 합니다."

세 번째로 대전 신명철 한국어 지도사가 '대전중구다문화센터의 다문화의 교육 현안과 전망'이란 실례를 소개했다.

"지난 2014년부터 올해 2017년 4년차에 이르기까지 대전광역시 중구다문화센터 한국어교실에서 대전으로 이주한 외국인을 대상으로 한국어 지도를 하고 있습니다. 유급이 아닌 자원봉사로 지원활동으로 정부중앙자원봉사센터에 실적이 매주 시간이 기록되고 있습니다. 대전중구다문화센터 수강생 외국인은 필리핀과 베트남 그리고 몽골인이 주류를 이룹니다. 이들은 보통 한국에 정착한지 짧게는 1년에서 10여 년이 된 분들입니다. 한국어 이해 수준은 정착

초기에는 초급 수준이고 10여 년 된 분들은 말하기 쓰기 듣기의 중급 수준이었습니다. 이곳 이주민 여성들은 학력이 고졸이거나 대졸 수준이어서 한국어 학습 시 영어를 섞어 커뮤니케이션을 하면 소통이 쉽습니다. 이주민 수강생 가운데 45세의 '놀모'라는 필리핀 여성은 한국어 강의 시간보다 두 시간 미리 도착하여 한국어 교실 관계자들에게 영어를 가르치고 뒤이어 한국어를 수강할 정도로 수학 능력이 높았습니다. 교재로는 학습지와 보조자료, 기구, 도표, 악기 등을 사용하였고 매주 수강생들에게 숙제를 지정하고 다음 주 출석하면 숙제를 중심으로 교육하는 맞춤형 교육을 운영했습니다.

교육방식으로는 수강자 자신의 읽고 앞에서 발표하고 칠판에 쓰는 방식으로 양방향 소통 방식을 취했습니다. 대부분의 이주 외국인들은 대중 앞에서 발표할 기회가 적기 때문에 처음에는 어색해하다가 차츰 익숙해져갔습니다. 즉, 한국어로 말하기 쓰기 듣기 교육을 토털 시스템 접목식으로 운영하였습니다. 외교통상부 출입국관리사무소의 협조를 얻어 귀화 면접시험 문제풀이를 수강생들에게 집중적으로 교육하였습니다. 수강생들 중에는 한국인으로 이미 귀화한 분도 있지만 아직 미귀화한 분들이 있어 그렇습니다. 주요 내용은 애국가 1절 부르기와 한국어 이해 능력으로서 말하기 쓰기 듣기의 테스트와 국민의 4대 의무의 뜻풀이와 국경일의 의미, 한국 국민으로서 기본 소양과 대중교통(버스, 지하철)과 노약자석(경로석) 의미 이해, 올바른 국민의 자치관과 자세 등을 학습했습니다.

이주 외국인들에게 어려운 한국어를 주입식으로 교육할 경우 지루해질 수 있습니다. 이때는 잠시 음악을 통한 치유의 접목으로 유연하게 운영하였습니다. 즉, 통기타를 이용하여 〈애국가〉 〈아리랑〉 〈고향의 봄〉, 그 외에 민요나 동요 등 한국 전통노래를 함께 하며 경쾌함으로 환기시켰습니다. 특히 영어권의 동남아시아인들에게는 팝송을 함께 하면 좋아했습니다. 지난 1970년대 미국의 컨트리 가수 존 덴버의 〈Take Me Home Country Road〉나 외국 번안가요 〈사랑해〉 등 같은 노래로요. 또 야외수업을 종종 했습니다. 음악회, 출판기념회, 시 낭송회 등 문화행사에 초대하여 현장학습을 하는 것입니다. 한국에 와서 살면서 쉽게 접하기 어려운 이런 행사에 초대하면 무척 좋아했습니다.

이분들은 한국인 남자와 결혼하여 한국 국적을 취득한 여성들입니다. 실제 미장원을 운영하는 '로즈마호'라는 필리핀 여성은 55세로서 남편과 사별하고 아이도 없이 혼자서 살고 있습니다. 14년 전 20여 세나 나이가 차이가 나는 남편과 결혼했는데, 남편이 작고한 것입니다. 한국으로 시집오는 대부분의 동남아 여성은 남편과 보통 10년에서 20여 년 이상 나이 차이로 일정 부분 세월이 지나면 남편이 먼저 작고하여 먼 한국에 홀로 남거나 아이와 함께 힘겹게 살고 있습니다. 수강생 전원에게 한국에서 살면서 가장 소중한 사람 세 명을 꼽아보라고 했습니다. 첫 번째는 자녀이고, 두 번째는 시부모나 시숙, 세 번째가 남편이었습니다. 일반적인 생각에는 남편이 첫 번째로 생각하는데 의외로 남편은 맨 뒤로 나오고 어떤 이는 아예 순서에도 들어오지 않았습니다. 이유는 이렇습니다.

'매일 술만 먹고 와서 잔소리하고 큰소리친다!'

'돈을 안 벌어오고 폭력을 행사한다!'

'깜순이라며 무시해요!'"

이번에는 베트남 호치민 휴맨직업기술학교 한국어과 강주한 지도사가 '다문화가정에 대한 관심'이라는 주제로 발표를 했다.

"이제는 주변의 다문화가정에 관심이 필요한 시점입니다. 이들의 가정폭력, 경제적 빈곤, 음주 흡연 문제, 자녀 양육 태도 차이, 문화, 편견 차이 등으로 어려움을 겪는 이가 많습니다. 이 같은 문제를 해결하기 위해 결혼 이민자와 한국 배우자 간의 상호 문화적 이해가 선행되어야 합니다.

다문화가정의 이혼이 늘고 있습니다. 통계조사에 따르면 다문화 부부의 이혼 사유는 성격 차이(29.4%), 경제적 무능력(19.0%), 외도(13.2%), 학대와 폭력(12.9%)의 순으로 나타났습니다. 보통의 한국인 부부들과 별다를 것 없어 보이는 이혼 사유지만 그 배경에는 서로 다른 문화에 대한 이해 부족과 갈등이 주요 원인이라 볼 수 있습니다. 다문화 가족은 '틀림'이 아닌 '다름'이란 문화로 이해해야 합니다.

한국인이 더러 중국이나 동남아 일대를 여행하다가 피살당했다는 보도를 볼 것입니다. 이는 한국에서 이혼을 당하고 귀국했거나 공장이나 식당에 취업 월급도 못 받고 폭행과 폭언에 시달리다 본국으로 돌아온 가족이나 지인들의 소행입니다. 한국에서 핍박을 당하고 귀국한 어느 외국인은 이렇게 말하기도 했습니다.

'한국인이라면 이가 갈립니다. 만나면 죽이고 싶어요!'

이 섬뜩하고 한(恨) 서린 말을 듣고 우리는 반성해야 합니다."

다음에는 충북 옥천의 최국화 한국어 지도사가 '이제는 다문화 가족과 코시안을 끌어안아야 한다'라는 주제로 발표했다.

"이 지구상에 혈연적으로 단일한 국가는 사실상 존재하지 않습니다. 단군왕검이 우리나라 조상의 시초라는 것도 명백한 증거는 없이 후대 사람들이 쓴 문헌을 통해서만 알 수 있을 뿐입니다. 5천 년이라는 긴 기간 동안 우리나라는 다른 나라와 교류가 많았습니다. 역사적으로 볼 때 우리나라와 인접한 일본, 중국, 몽골, 러시아 등으로부터 1천여 회에 가깝게 외침을 받았습니다. 이러는 과정에서 다른 나라 사람들과 본의든 타의든 직간접으로 혈연관계를 맺었을 것입니다. 그렇다면 다른 나라와의 교류와 침입을 통하여 문화가 전파되기도 하고, 다른 나라 사람들과의 혼인 등으로 충분히 다문화적 모습과 역사가 존재하였다고 할 수 있습니다. 면밀히 살펴보면 우리나라도 단일민족이 아니라 옛날부터 다양한 민족이 어울려 살아왔던 다문화국가라는 이야기입니다.

유전자(DNA) 구조를 조사해보면 중국이 108개 구조, 일본이 8개, 그리고 우리나라는 북방과 남방계열이 변이된 DNA 구조가 66개 구조라고 합니다. 과학적으로도 우리나라는 단일민족이 아니라는 것입니다. 그 당시 1990년대 말 신문에 의하면 피부색이 다르고 동남아 외국인이라는 이유만으로 목욕탕 입장을 거부당했다고 합니다. 얼마나 무지한 행동입니까? 이뿐만이 아니고 공장에서의 학대

사례, 서구적 외형의 외국인은 우대하면서도 얼굴이 까맣고 후진국 출신인 외국인들에게는 특히 배타적이고 무시했다고 합니다. 할 수 없이 교회에서 샤워 부스를 설치해주어 외국인들은 종교적 목적이 아니라 목욕하기 위해 교회에 갔다는 것입니다. 그러나 최근까지도 우리나라에서는 우즈베키스탄 여성이 목욕탕 주인으로부터 거부당한 일이 발생했습니다. 단일민족이라는 허울 아래 제노포비아(Xeno Phobia, 이방인 기피증)이 만연되고 있음을 알 수 있습니다.

실제 요즘 농촌의 마을에 가면 다문화의 모자이크판을 볼 수 있습니다. 작은엄마는 러시아 사람, 큰엄마는 우즈베키스탄 사람, 아랫집은 필리핀댁, 윗집은 베트남댁 등 우리도 모르는 사이에 어느새 의식 속에 전 세계가 다 들어와 있습니다. 우리 사회에서는 농촌 사회가 특히 글로벌 하우스(Global House) 형태로 생활 패턴이 완전히 믹싱되어 있습니다. 이런 다문화 시대에 살고 있기 때문에 풀어야 할 숙제도 많고 부정적인 시각도 있습니다. 그렇지만 그들을 막강한 인력자원으로 활용할 수도 있다는 긍정적인 생각을 가져야 합니다. 다양한 재주와 능력을 지닌 다문화 인적자원을 잘 활용하여 더불어 살아가는 것이 중요합니다. 이제는 다문화가족 코시안을 끌어안아야 합니다."

이번에는 전북 부안의 솔바위 지도사가 발표자로 나섰다. 주제는 '이제는 인구가 국제경쟁력'이다.

"2015년 5월 현재 세계 인구는 72억 명입니다. 그중에 우리나라와 이웃한 중국의 인구는 55개 소수민족을 포함 15억 명, 인도가 12

억 명, 유럽연합이 5억 1천 명, 미국이 3억 명입니다. 또 인도네시아가 2억 5천만 명, 러시아가 1억 4천만 명, 일본이 1억 2천만 명입니다. 그리고 우리와 밀접한 필리핀이 1억 명, 세계인구 순위 28위의 우리나라가 5천만 명입니다. 1960~1980년대만 해도 땅이 넓고 인구가 많은 중국은 보잘것없는 가난한 대륙이었습니다. 그러나 근래에는 G2의 국가로 미국과 맞서고 있습니다. 또 세계 최빈국이었던 인도가 핵과 신소재 컴퓨터산업의 혁명으로 중국을 뒤쫓고 있습니다. 미국과 중국, 인도의 국제 경쟁력 성장세 뒤에는 많은 인구의 인력 풀(Pool)이라는 막강한 배경이 있습니다."

끝으로 대전 아침대학교 김한글 교수가 마무리 발언을 했다. 주제는 '대한민국 다문화 초강국으로 가는 사돈의 나라'이다.

"여러분, 일본 아베 총리의 딸이 한국으로 시집을 오면 어떨까요? 이미 아베의 부인 아키에 여사는 한국계 기타리스트 호테이 도모야스와 스캔들을 일으키기도 하고 한국 드라마와 영화, 패션을 좋아하는 대표적인 일본 한류 여성입니다. 우리로서는 환영할 일입니다. 또 블라디미르 푸틴 러시아 대통령의 둘째 딸 예카테리나 푸티나'가 한때 한국의 윤종구 전 해군 제독의 차남 윤준원 씨와 결혼설이 나돌 만큼 연인지간이었습니다. 즉, 푸틴 대통령의 사돈 국가가 한국이 될지 모릅니다. 그리고 필리핀의 전 베니그노 노이노이 아키노 대통령과의 열애설이 있는 한국계 필리핀 방송인 그레이스 리가 있습니다. 그레이스 리는 1982년 서울에서 태어나 10세 때 아버지 직장을 따라 필리핀으로 이주했고, 한국 이름은 이경희입니다. 필리핀 최고 명문대인 아테네오데마닐라대학에서 커뮤니케이션을 전공했습니다. 즉, 전 아키노 대통령의 처가가 한국이 되는 것입니다. 우리와 밀접한 중국 시진핑 주석의 외동딸 시밍쩌(習明澤)는 항저우(杭州)외국어고등학교를 졸업하고, 저장(浙江)대학 외국어학부에서 영어 번역을 전공한 뒤 미국 하버드대로 유학을 떠났습니다. 하버드대학을 졸업한 뒤 중국으로 귀국, 아버지 시진핑의 이미지 메이킹을 다듬어준다고 합니다. 그런 시밍쩌가 한국의 멋진 남자와 만나 결혼해서 대한민국이 시진핑의 사돈 나라가 된다면 얼마나 좋을까요?

미국의 오바마 대통령은 슬하에 두 딸 말리아와 나타샤를 두었습니다. 두 딸이 우리나라 남북으로 동시에 시집을 온다면……? 아 얼마나 꿈같은 이야기입니까! 슬하에 두 명의 딸과 세 명의 아들 등 다섯 명의 다자녀를 두고 독서와 테니스가 취미인 우즈베키스탄의 대통령 이슬람 압두가니예비치 카리모프, 3선의 대통령 연임으로 우리나라를 지난 1992년부터 다섯 번이나 방문하고 한국을 '핵심 협력 대상국'으로 인식하고 있다고 합니다. 카레이스키(고려인)이 20만 명이나 거주하는 우즈베키스탄의 카리모프 대통령의 다섯 명 자녀 중에 한 사람이 한국인과 결혼한다면 얼마나 좋을까요?

끝으로 세계 다문화국가의 효시이면서 차세대 세계적인 지도자로 불리는 캐나다의 젊은 쥐스탱 트뤼도 총리는 자녀를 셋 두었습니다. 셋 중에 막내아들 아드리앙이 훗날 21세기 세계적인 다문화국가를 이루고 있는 한국에 장가를 든다면 얼마나 좋을까요? 그러면 대한민국이 캐나다의 처가가 되는 것 아닌가요! 2015년 많은 나라들이 거부한 시리아 난민들을 기꺼이 환대한 트뤼도 총리는 이렇게 말했습니다.

'다양성은 캐나다의 강점이다!'

캐나다는 프랑스의 다문화가정 흡수 정책이 아닌 다문화주의 다양성을 국가 정책으로 처음 채택한 나라입니다. 1971년 다문화주의를 공식적으로 채택, 문화적 다양성을 국가 정체성으로 표방하는 다문화주의 정책을 구현했습니다. 캐나다의 다문화주의 모자이크 이론은 소수민족 문화를 용해시키기보다는 각 문화를 살려내 화려한 모자이크 패턴을 만든다는 것입니다. 어떤 이는 이렇게 말하기도 합니다.

'만약 지금 한국에 와 있는 다문화가족이 전부 본국으로 돌아간다고 하면 전국의 공장 50%가 문을 닫아야 하고, 아기 출산율은 디플레이션(Deflation) 현상으로 인류 생산이 정지되어 시계가 멈출 것이다.'

전통적인 유교문화권의 우리 한민족은 이민족에 대한 배타성이 있습니다. 근대사를 살펴볼 때 일제강점기 일본군의 한국 침략, 6 · 25전쟁을 거치면서 미군(흑인)의 진출 등이 대표적입니다. 낯선 민족에 대한 두려움과 기피증이 근래 동남아와 동북아 지역의 다문화가족이 급격히 증가하면서 이제는 제노포비아 현상이 사회에 번지고 있습니다. 물론 근래 크고 작은 외국인 범죄가 늘어나면서 제노포비아 현상은 심화되어 사회적인 문제로 부상하고 있습니다. 이제는 문화의 이해, 인종 초월, 종교 갈등을 초월하여 지구촌의 한 사람이 되어야 합니다.

앞으로 2100년경이면 외국인 다문화가족이 약 1천만 명에 육박하여 우리 인구의 20%를 차지한다고 합니다. 이렇게 되면 한국인 5명당 1명이 외국인이라는 이야기입니다. 대전시의 예를 들면 인구 150만 명에 30만 명 정도의 외국인이 거주한다는 이야기입니다. 그러면 대전시 인구 150만 명이 전부 한국어 교사가 되어 이웃집, 버스, 지하철, 시장 등에서 만나는 외국인들에게 한국의 문화를 교육할 수 있어야 합니다. 주변에 자주 만나는 다문화가족이 있으면 친절하게 대해주고 따뜻한 배려를 해주어야 합니다. 대한민국이 좋아 살겠다고 찾아온 고마운 민족이 아닌가요!

요컨대, 일본과 러시아, 필리핀, 중국, 미국, 캐나다 등의 수상과 총리의 아들딸들이 대한민국으로 시집과 장가를 든다면…… 세계 주요 각국의 사돈 나라인 한국을 세계에서 어찌 함부로 할 것인가요? 싫든 좋든 다문화사회로 가는 작금의 현실에서 우리는 함께 살아야 합니다. 대한민국을 찾는 세계 각국의 다양한 민족에게 한국적인 다문화교육으로 전인화를 시켜야 합니다. 그리고 이를 토대로 국가경쟁력을 높여 동북아는 물론 세계 강국으로 자리매김한다면 얼마나 위대한 축복인가요!

김한글 교수는 발표 마무리를 했다.

"요컨대, 대한민국이 21세기 최고의 다문화강국으로 발돋움하여 문화, 역사, 경제, 정치, 교육 분야 강국으로 성장한다면 작지만 가장 강력한 세계 최강국으로 거듭날 것입니다. 저 유명한 인도의 예언자이자 시성(詩聖) 타고르의 말처럼 '일찍이 아시아의 황금시기에 빛나는 동방의 밝은 빛이 되리라!'"

동방의 등불

타고르

일찍이 아시아의 황금 시기에
빛나던 등불의 하나인 코리아.
그 등불 다시 한 번 켜지는 날에
너는 동방의 밝은 빛이 되리라!

마음엔 두려움이 없고,
머리는 높이 쳐들린 곳.
지식은 자유스럽고,
좁다란 담벽으로 세계가 조각조각 갈라지지 않는 곳.
진실의 깊은 속에서 말씀이 솟아나는 곳.
끊임없는 노력이 완성을 향해 팔을 벌리는 곳.
지성의 맑은 흐름이
굳어진 습관의 모래벌판에 길 잃지 않는 곳.
무한히 퍼져 나가는 생각과 행동으로
우리들의 마음이 인도되는 곳.
그러한 자유의 천당으로
나의 마음의 조국 코리아여 깨어나소서!　　　　(大尾)

김우영 장편소설

코시안
Kosian